Zu diesem Buch: Wir schreiben das Jahr 1877: Nach seinem Abenteuer als Leibkoch eines Lords beschließt Pistoux, England endgültig den Rücken zu kehren. Aber endlich im geliebten Marseille angelangt, bleibt dem französischen Meisterkoch das berufliche Glück verwehrt. So muß er notgedrungen das Angebot des zwielichtigen Reiseunternehmers Enzo Dimitrios annehmen, der neureichen Amerikanern die mediterranen Sehenswürdigkeiten nahebringen will. Also heuert Pistoux als Schiffskoch an, um die Entourage des Stahlfabrikanten Powell zu verköstigen. Doch kaum ist der luxuriöse Raddampfer in See gestochen, verschwindet ein Passagier spurlos. Dann wird der Küchenjunge tot aufgefunden. Unter der brennenden Sonne des Mittelmeers beginnt ein Duell zwischen dem Amateurdetektiv und seinen zu allem entschlossenen Widersachern.

Wieder einmal spielt Virginia Doyle souverän mit den Gesetzmäßigkeiten des Genres. In ihrem Kriminalroman «Die schwarze Nonne» (Nr. 43321) erwies sich Monsieur Pistoux als überaus lukullische Reinkarnation von Sherlock Holmes. Diesmal orientiert sich die Autorin an Wilkie Collins und setzt, die Handlung mosaikartig aus Berichten, Briefen und Tagebuchaufzeichnungen zusammen.

Ambitionierte Hobbyköche finden alle Rezepturen des Monsieur Pistoux im Anhang.

Virginia Doyle **KREUZFAHRT
OHNE WIEDERKEHR**

Rowohlt Taschenbuch Verlag

rororo thriller
Herausgegeben von Bernd Jost

Originalausgabe
Veröffentlicht im Rowohlt Taschenbuch Verlag
GmbH, Reinbek bei Hamburg, September 1999
Copyright © 1999 by Rowohlt Taschenbuch Verlag
GmbH, Reinbek bei Hamburg
Redaktion Peter M. Hetzel
Umschlaggestaltung Notburga Stelzer
(Illustration: Jürgen Mick)
Satz Adobe Garamond PostScript (PageOne)
Gesamtherstellung Clausen & Bosse, Leck
Printed in Germany
ISBN 3 499 43352 4

Inhalt

*«Da saßen sie, diese Eindringlinge, aßen bei
Restaurateuren und Traiteuren, in Kneipen,
Gasthöfen und Tavernen, bis auf die Straße hinaus.
Mit Fleisch und Fischen füllten sie sich ...*

Brillat-Savarin

‹· *PROLOG* ·›   Er schwebte. Ihm war, als hätte sein Körper all sein Gewicht verloren. Nur sein Kopf erinnerte ihn daran, daß er den Gesetzen der Schwerkraft unterworfen war. Er konnte ihn nicht heben. Und da war dieser Schmerz. Als sei ein Spieß durch seinen Schädel hindurchgetrieben worden, um ihn auf die Holzplanken zu nageln wie einen Schmetterling.

Er mußte lächeln. Spieß. Bratenspieß. Er sah einen monströsen Ofen vor sich, unter dem die Flammen eines riesigen Feuers loderten. Über dem Feuer ein längliches Stück Fleisch. Ein ganzes Tier. Gefüllt mit Nüssen, Rosinen, Äpfeln und frischen Kräutern. Das Tier drehte sich langsam über dem Feuer. Fett tropfte herab. Das Tier lächelte ihn mit einer knusprig gebratenen Fratze an. Es war gar kein Tier. Es war ein Mensch. Er war es selbst.

Er schrie laut auf und schlug um sich.

Ihm war heiß gewesen. Jetzt fror er erbärmlich. Er richtete sich mühsam auf. Es schien endlos lange zu dauern. Und wieder geriet er ins Schwitzen. Und wieder fror er kurz darauf ganz erbärmlich.

Er merkte, daß er vergessen hatte, die Augen zu öffnen. Mit aller Kraft bemühte er sich, die Lider zu heben. Es gelang ihm nur langsam. Die Lider zitterten.

Jetzt konnte er sehen. Er saß auf dem Boden. Vor ihm ein großer Tisch und umgeworfene Stühle. Was war geschehen?

Ihm wurde schwindelig. Er schloß die Augen. Er rutschte wieder zu Boden. War das eine Wand hinter ihm? War das jetzt wieder der Boden unter ihm?

Plötzlich schien er wieder zu schweben. Er schwebte nach draußen. Der Mond stand am Himmel und leuchtete rosig wie ein duftender, saftiger Pfirsich. Ein kalter Wind fegte über das Meer.

Von Südosten her näherte sich ein Segelschiff, ein Zweimaster mit einem blauen Kiel und vom Mondlicht gelb gefärbten Segeln.

Er wollte winken, aber er hatte seine Arme in der Offiziersmesse vergessen …

᪥Teil 1:᪥
Voyage Surprise

‹·I·› Begegnung im

Zwielicht Er saß im Bistro du Port an der Ecke zur Place Victor-Gelu an einem kleinen Tisch am Fenster und blickte nach draußen. Über das Hafenbecken hinweg sah er die vor einigen Jahren fertiggestellte Basilika Notre-Dame-de-la-Garde über die Dächer der Stadt ragen. Es war später Nachmittag in Marseille.

Der Himmel war wolkenverhangen, ein kühler Wind blies vom Meer her über die Stadt. Draußen machten sich vereinzelte Fischer an ihren Netzen zu schaffen, gelegentlich lief ein Passant vor dem Fenster des Bistros vorbei. Von seinem Platz aus sah Jacques Pistoux die Masten zahlloser Segelschiffe, die festgemacht hatten und beladen oder entladen wurden. Hier und da war auch der hohe Schornstein eines modernen Raddampfers zu erkennen.

Zum wiederholten Mal rechnete er durch, wieviel Geld er noch hatte. Es machte ihn unruhig. Den Pastis, der vor ihm stand, würde er noch bezahlen können. Einen kleinen Imbiß am Abend ebenfalls. Und dann? Nervös tastete er in seiner Jackentasche nach dem Portemonnaie und zog es schließlich hervor. Hatte er wirklich keinen Schein übersehen, keine Münze?

Pistoux faltete ein Stück Papier auseinander. Es war zerknickt und schon schmutzig geworden. Er faltete es auseinander und verzog das Gesicht. Es war eine Fotografie.

Er kannte die Gesichter auf dem Bild. Die Männer hatten sich in vier Reihen aufgestellt. Fast alle trugen ihre weiße Arbeitskleidung, bis auf den Chef, der im Gehrock zwischen ihnen saß, mit stolzer Miene, der Kommandeur einer ganz besonderen Armee. Fünfundvierzig Männer, alle mit weißer Haube auf dem Kopf und gezwirbeltem Schnurrbart, fünfundvierzig Männer in blütenweißen Uniformen, die schon bald mit Blut und Fett und Schweiß und manchmal auch mit Tränen der Verzweiflung getränkt sein würden. Die hintere Reihe stand auf einem Podest, die mittlere saß auf Stühlen, die vordere Reihe kniete. Hinter ihnen erstreckte sich der weite graue Himmel der englischen Hauptstadt, Schornsteine waren zu sehen, ein Kirchturm, Dächer.

Es war eine internationale Brigade. Die Plonguers kamen aus Rußland, die Rôtisseurs aus Schottland, die Pâtissiers aus Italien, die Garde-mange stand unter der Herrschaft eines Deutschen. Aber die Entremettiers, Poissoniers, Sauciers und Sommeliers waren Franzosen. Sie alle traten jeden Tag aufs neue an, um den anspruchsvollen Gästen des Grand Hotel Derby in der Nothumberland Avenue das beste Essen zuzubereiten, das in London serviert wurde.

Der dritte von rechts in der zweiten Reihe, der große schlanke Mann mit dem dunklen Teint des Südfranzosen und dem forschenden Blick, das war er selbst. Er hatte den Posten des zweiten Entremettiers innegehabt. Das Bild rief keine angenehmen Erinnerungen in ihm wach. Eine Woche, nachdem das Foto aufgenommen worden war, hatte er das für seinen Luxus berühmte Hotel verlassen müssen.

Er erinnerte sich, wie er nach dem Gespräch mit dem Chef de cuisine durch den engen, stickigen Gang im Keller des luxuriösen Hotels gegangen war. Er hatte noch mal einen sehnsüchtigen Blick in die Küche geworfen, wo die Feuer in den Öfen erloschen waren. Die schwache Gasbeleuchtung, die die Arbeitsplätze der weißgekleideten schwitzenden Männer erleuchtete, war noch nicht abgedreht worden, denn einige Lehrlinge waren noch mit den letzten Aufräumarbeiten beschäftigt.

Gerade noch, während des Coup de feu, der Stunde höchster hektischer Aktivität, wenn die Gäste ihr Diner in vollendeter Perfektion verlangten, hatte er zu der verschworenen Gemeinschaft gehört, hatte mit riesigen Kupfertöpfen hantiert, sich um die Suppen und das Gemüse gekümmert, war auf dem Sägemehl, das den Boden bedeckte, ausgerutscht, hatte geflucht, als er die ungeduldigen Bestell-Kommandos des Aboyeur im Hintergrund vernahm, nach einem Schürhaken gegriffen, um das Feuer anzufachen, hatte seine Commis angebrüllt, gehustet, wenn der Rauch nicht richtig abzog, und nörgelnd vor dem Chef saucier gekuscht. Kurzum, es war der ganz normale Alltag eines Kochs in der Küche eines Luxushotels gewesen. Einem Ort, wo der Luxus nur auf die Gasträume beschränkt war. Die Küche befand sich im Keller, hatte lächerlich kleine Fensterschlitze, die während des Coup de feu geschlossen werden mußten, so daß es heiß und stickig wurde.

War es wirklich nur eine Verkettung unglücklicher Umstände gewesen, die ihn dazu gezwungen hatte, London wieder zu verlassen? Er hatte eine glänzende Karriere vor sich gesehen, und alle Hoffnungen waren mit einem Mal zerplatzt wie Seifenblasen.

Janine, das Zimmermädchen. Pistoux war ihr zufällig am späten Abend vor dem Bediensteten-Eingang begegnet, wo sie wieder einmal vergeblich auf ihren Verlobten wartete, der offenbar mit einigen Freunden weggegangen war, ohne ihr Bescheid zu sagen. Urplötzlich hängte sich die junge Dame bei Pistoux ein, lächelte ihn an und schlug ihm vor, noch einen Spaziergang durch die Straßen des nächtlichen London zu machen.

Pistoux lächelte bitter, als er sich erinnerte: Wie naiv er sich verhalten hatte! Trotzdem hatte er sich schuldig gemacht. Ein Mann darf eine solche Situation nicht ausnutzen, er muß abwarten können, alles andere ist Selbstsucht und Eigennutz. Trotzdem war es passiert.

Erst im Morgengrauen kam er wieder zur Besinnung. Er schreckte aus dem Schlaf hoch, neben sich spürte er den warmen, nackten Körper der jungen Frau, die er … die ihn? … wider besseres Wissen verführt hatte. Und sofort kamen ihm wieder jene Sätze ins Bewußtsein, die sie gesprochen hatte, bevor sie einschlief, Sätze, in denen nicht er, sondern der andere die Hauptrolle gespielt hatte.

Janine war die Geliebte von Antoine gewesen, dem Assistenten des Chef Garde-manger. Antoine war ein Heißsporn, der ins englische Exil gehen mußte, weil er einige Jahre zuvor als glühender Revolutionär auf den Barrikaden von Paris für die Kommune gekämpft hatte. Ein unberechenbarer Mensch, der zu Exzessen neigte. Seinen Geburtstag pflegte er zu feiern, indem er den Kopf in das Rumfaß tauchte, in dem Korinthen und anderes Trockenobst für den Weihnachtspudding getränkt wurden, und bis zur Bewußtlosigkeit trank.

Am Abend nachdem Janine ihm ihr Abenteuer mit Pistoux gestanden hatte, rannte er wie ein Berserker mit gezücktem Messer durch den Keller des Hotels auf der Suche nach Pistoux. Der war jedoch von einigen wohlmeinenden Kollegen in Sicherheit gebracht worden. Pistoux überlebte, aber am nächsten Morgen fand man den Ex-Revolutionär mit dem Kopf im Rumfaß. Er hatte sich zu Tode gesoffen.

Pistoux wurde noch am gleichen Abend entlassen. Seine Karriere als Koch in den Luxushotels von London war unwiderruflich beendet. Kein Küchenchef würde ihn mehr einstellen. Ein Kollege gab ihm einen Zettel mit der Adresse eines neugegründeten Reisebüros: «Americans Abroad» organisierte Reisen für reiche Amerikaner, die sich viele Monate Zeit nahmen, um den europäischen Kontinent kennenzulernen. Mit einer Reisegruppe gelangte er nach Marseille. Leider stellte sich kurz nach der Ankunft heraus, daß die Agentur zahlungsunfähig war, nachdem ein Teilhaber mit der gesamten Barschaft verschwunden war. Die Amerikaner traten die Heimreise an, und Pistoux quartierte sich mit dem wenigen Geld, das er noch übrig hatte, in einem billigen Hotel in der Nähe des Hafens ein.

Am Nebentisch fragte jemand den Wirt, der gerade einen Tisch mit seiner fleckigen Schürze trocken wischte: «Pardon, Monsieur, c'est le Mistral?»

Der Wirt, ein drahtiger Mann, der alle Bewegungen doppelt so schnell wie ein normaler Mensch machte, kicherte verhalten und entgegnete: «Mais non, Madame. Le Mistral …» Er machte eine weit ausholende Handbewegung, «… le Mistral, c'est une autre chose.»

Die Dame, offenbar eine englische Gouvernante, vermutete Pistoux, nickte befriedigt und sagte zu der jungen Dame neben sich: «Siehst du, Daisy, kein Grund zur Aufregung.»

Die Angesprochene sah sie verständnislos an und fragte mit einem breiten Akzent, den Pistoux noch nie gehört hatte: «Was hat er denn gesagt?»

«Aber, meine Liebe, haben wir nicht monatelang die französische Sprache gelernt?»

«Die reden hier doch alle, als kämen sie aus Louisiana.»

«Der Wirt spricht ein ausgezeichnetes Französisch, sei nicht so ungerecht.»

«Meinetwegen. Aber was hat er denn nun gesagt?»

«Dies ist nicht der Mistral, meine Dame. Der Mistral, das ist eine ganz andere Sache», übersetzte die Gouvernante.

«Aber das habe ich dir doch auch schon gesagt. Nach allem, was ich gelesen habe, kann dies nicht der Mistral sein, denn der ist viel eisiger und schneidender und macht die Menschen unruhig und ...»

Die Gouvernante rümpfte die Nase: «Schon gut.»

Pistoux, der dank seines letzten Englandaufenthaltes die Sprache der beiden Damen sehr gut verstand, lächelte still vor sich hin. Ganz offensichtlich handelte es sich bei der hübschen jungen Frau mit dem breiten Gesicht, den hervortretenden Backenknochen und dem gelockten Blondschopf unter dem eleganten Hut um eine Amerikanerin. Und die etwas vertrocknet wirkende, dünne Person mit der spitzen Nase neben ihr war ihre englische Gouvernante.

Die Gouvernante zählte langsam und sehr genau einige Münzen ab und legte sie gewissenhaft auf den Tisch, wobei sie verstohlen zum Zinktresen blickte, ob der Wirt es auch wahrnahm. Dann erhoben sie sich, die Gouvernante zog ihr Halstuch zurecht, die junge Dame ihre Federboa, und sie verließen das Bistro.

Pistoux blickte ihnen nach, wie sie am Quai du Port entlangschritten und verschwanden. Dann bestellte er noch etwas Wasser zu seinem Pastis.

Seit drei Wochen durchquerte er Tag für Tag die Stadt auf der Suche nach Arbeit. Es war schwierig. In Marseille gab es zwar viele Restaurants, aber noch mehr Köche. Nun sah es so aus, als müsse er woanders sein Glück versuchen. Aber wo? Er hatte bereits in Monte Carlo, Nizza und einem kleinen Ort namens Cannes angefragt, wo neuerdings dank der englischen

Kolonie einige interessante Lokale der Haute Cuisine eröffnet hatten.

Als dritter Rôtisseur oder zweiter Poissonier hätte er sich verdingen können, aber das wollte er nicht. Er war stolz. Für ihn kam nur eine leitende Position in Frage. Natürlich würde er nicht gleich Chef de cuisine werden, auch Chef saucier müßte es nicht sein, aber die Leitung einer der anderen Partien strebte er schon an, schließlich verfügte er über ausgezeichnete Referenzen als Entremettier oder Saucier.

Leider hatte ihn sein beruflicher Stolz in eine schwierige Lage gebracht. Sein Zimmer in der Pension Clotilde in der Rue de Bougogne, einer engen Gasse, in der schmutzige Kinder herumtollten, war seit Tagen nicht bezahlt, und die Wirtin hatte ihm ihr Mißfallen signalisiert, indem sie Handtücher und Seife aus seinem Zimmer entfernte. Als nächstes würde zweifellos die Waschschüssel verschwinden.

Er war stillschweigend darüber hinweggegangen, aber er fühlte sich erniedrigt.

Der Wirt stellte einen frischen Krug mit Wasser vor ihn auf den Tisch und nickte ihm aufmunternd zu. Er schien mit seinen wenigen Gästen, die kaum etwas bestellten, zufrieden zu sein.

Ein Luftzug wirbelte die Sägespäne auf dem Fußboden durcheinander. Ein dicker Mann mit grobem Gesicht und Knollennase trat ein. Er zog den weißen Zylinder ab, der viel zu elegant wirkte, klopfte sich den Gehrock ab und setzte sich an den Tisch neben Pistoux.

Der Wirt schien ihn zu kennen. Ohne zu fragen, stellte er ein Glas Rotwein vor ihn auf den Tisch. Dann beugte er sich zu ihm hinunter und flüsterte ihm etwas ins Ohr. Der dicke Mann warf Pistoux einen kurzen Blick zu, schien nachzudenken und fragte dann: «Nehmen Sie noch einen Pastis?»

Pistoux nickte erstaunt.

Der Wirt eilte zum Tresen, kam mit der Flasche zurück und schenkte großzügig ein. Pistoux bedankte sich, und der dicke Mann deutete im Sitzen eine Verbeugung an. Dann zog er eine Zeitung aus der Tasche seines Gehrocks und studierte die Titelseite. Kurz darauf warf er einen Blick auf seine goldene Taschenuhr, lehnte sich zurück, warf Pistoux unverhohlen einen musternden Blick zu und sagte: «Wie ich höre, suchen Sie eine Anstellung.»

«Ja.»

«Sie sind Koch?»

«Ja.»

«Sie haben Erfahrung im Ausland gesammelt?»

«Ja.»

«Ich suche einen Chef de cuisine.»

Pistoux wartete ab.

«Darf ich mich zu Ihnen setzen?» fragte der Mann.

Pistoux lud ihn mit einer Handbewegung dazu ein.

Als sie sich gegenübersaßen, sagte der Mann: «Es geht um eine Schiffsreise. Auf einem Raddampfer. Reiche Amerikaner. Richtung Spanien. Die Herrschaften sind sehr anspruchsvoll. Sehr interessiert an der französischen Küche. Die Fahrt dauert zwei Wochen, von Marseille nach Cadiz. Und danach ergäben sich weitere Möglichkeiten. Was halten Sie davon?»

«Ein Raddampfer?»

«Ein feines Schiff», sagte der Dicke. «Die ‹Pluto› hat sogar schon den Atlantik überquert. Ich nutze sie für Kreuzfahrten. Es gibt eine Menge Amerikaner, die das Mittelmeer erkunden wollen. Ich organisiere solche Reisen. Sind Sie seefest?» Er verzog seine vollen Lippen zu einem Lächeln, das eher wie ein Grinsen winkte.

Pistoux war unschlüssig.

«Auf einem Schiff habe ich noch nie gearbeitet.»

«Eine Kleinigkeit für einen Mann mit Erfahrung», sagte der Mann. «Es ist eine kleine Reisegesellschaft. Sie kochen für neun Passagiere, für mich und zwölf Besatzungsmitglieder. Das Schiff war ursprünglich für 40 Fahrgäste vorgesehen. Es wurde umgebaut. Jetzt haben die Passagiere viel mehr Platz. Es ist sehr bequem. Sie bekommen eine geräumige Kajüte, Monsieur ...?»

«Jacques Pistoux.»

Der Dicke verzog wieder das Gesicht: «Was meinen Sie? In einigen Tagen geht es los. Sie hätten noch genügend Zeit, sich selbst um den Proviant zu kümmern. Ich gebe Ihnen freie Hand ...»

«Ihr Vertrauen ehrt mich, aber ...»

Der Dicke machte eine abschätzige Handbewegung: «Ich verlasse mich auf meine Menschenkenntnis.» Er zögerte: «Ich bin händeringend auf der Suche nach einem Koch.»

Pistoux griff nach seinem Glas. Er überlegte. Irgend etwas an diesem Mann wirkte seltsam. War es die bunte Krawatte, die selbstgefällige Art, wie er dasaß, das Lächeln, das ihm etwas Gaunerhaftes verlieh?

«Ich könnte mir denken, daß Sie Geldprobleme haben.» Der Dicke leckte sich die Lippen. «Ich bin duchaus bereit, ihre Skepsis mit einem kleinen Vertrauensvorschuß zu ...» Er kramte umständlich einige Geldscheine aus der Hosentasche und legte sie auf den Tisch.

Pistoux sah das Geld an. Schon wollte er den Kopf schütteln, ablehnen, denn dies war ihm allzu schnell gegangen. Da zog der Mann eine Karte aus der Rocktasche und legte sie auf die Geldscheine.

«Ich weiß, daß Sie zusagen werden. Es ist eine kurze Reise. Ganz und gar problemlos. Anschließend können wir über weitere Exkursionen sprechen. Sie legen sich nur für zwei Wochen fest. Ich gebe zu, ich bin etwas in Verlegenheit, verzeihen Sie mein Drängen.»

Pistoux hatte den Eindruck, daß dieser Mann es gewohnt war, andere zu überreden. Er spürte, wie sein Magen knurrte. Eine böse Vorahnung? Oder einfach nur Hunger? Für ein richtiges Abendessen fehlte ihm das Geld. Heute würde er zum ersten Mal seit langer Zeit wieder hungrig ins Bett gehen müssen. Wenn er nicht zugriff.

«Ich sehe, Sie haben Ihre Entscheidung getroffen», sagte der Mann. «Kommen Sie morgen vormittag zu dieser Adresse.» Der Dicke tippte mit dem Zeigefinger auf die Karte, die auf den Geldscheinen lag. «Ich erwarte Sie.»

«Aber Sie kennen mich nicht», gab Pistoux zu bedenken.

«Ich habe Ihnen ins Gesicht gesehen, ich kenne Sie. Wenn Sie wollen, bringen Sie mir Ihre Referenzen mit.» Wieder zog er seine Taschenuhr hervor. «Einverstanden?»

Der Dicke stand auf. Pistoux merkte, wie sein Magen für ihn entschied. Er wollte dennoch nein sagen, sich Bedenkzeit erbitten, Fragen stellen.

«Ja», sagte er zu seiner eigenen Verblüffung.

«Fein, wundervoll», der Mann erhob sich und streckte ihm seine Hand hin: «Abgemacht, wir sehen uns morgen. Dann werden wir alles weitere besprechen. Entschuldigen Sie mich, ich bin leider in Eile. Also dann bis morgen.»

Sie gaben sich die Hand.

Der Dicke zwinkerte Pistoux zu: «Seien Sie so nett und zahlen Sie meinen für mich mit.»

Und schon war er durch die Tür verschwunden.

Pistoux griff nach der Karte und las: «Enzo Dimitrios, Agentur für Mittelmeer-Reisen, Hôtel Cosmopolite, Marseille».

Er nahm die Geldscheine an sich, ließ einen auf dem Tisch liegen und stand auf. Der Wirt hinter dem Tresen faltete ein Handtuch zusammen und sah ihn aufmunternd an: «Glück gehabt?»

«Kennen Sie den Mann?»

«Nicht besonders. Er kommt ab und zu her und trinkt ein Glas Wein.»

Er will, daß ich auf seinem Schiff arbeite. Ein Kreuzfahrtdampfer.»

«Ein Dampfer, hm?» sagte der Wirt desinteressiert und begann, den Zinktresen zu polieren.

«Wo kann man hier in der Nähe preiswert essen?» fragte Pistoux.

Ohne aufzublicken, sagte der Wirt: «Gehen Sie zu meiner Schwester. Sie hat ein kleines Restaurant in der Rue Fortia. Die Fischer gehen dorthin. Sie kocht die beste Bouillabaisse der Stadt.»

Pistoux bedankte sich und verließ das Bistro.

«Chez Marguerite» war ein kleines Lokal, dessen Eingang mit einem weißen, kunstvoll geknüpften Vorhang verhängt war. Rechts und links der Tür standen zwei runde Eisentische, an denen Männer in Pullovern oder Fischerhemden saßen. Drinnen war es eng, aber sauber. Die Patronne im langen schwarzen Rock und weißer Bluse war schweigsam. Pistoux hatte noch einen Rundgang gemacht, war die Canebière hinauf- und hinuntergeschlendert und hatte sich die Auslagen in den Schaufenstern angesehen. Nun war er einer der ersten Gäste zum Abendessen.

Natürlich bestellte er die *Bouillabaisse*. Vorher gab es einen *Salade niçoise*, hinterher einen *Tian de lait*, einen provenzalischen Pudding. Dazu trank er eine halbe Flasche eines Weißweins aus Cassis, einem kleinen Ort ganz in der Nähe.

Danach hatte er sich entschieden: Er würde die Kreuzfahrt mitmachen. Nach zwei Wochen konnte er sich immer noch überlegen, was er in Zukunft tun wollte. Immerhin war er noch nie in Spanien gewesen.

Zufrieden verließ er das Lokal und entschloß sich zu einem ausgedehnten Verdauungsspaziergang.

Unglücklicherwiese geriet er in eine jener Straßen, wo Frauen in den Fenstern modriger Häuser sitzen und auf männliche Kundschaft warten. Er fluchte wegen seines Leichtsinns und bemühte sich, das Bordellviertel so schnell wie möglich wieder zu verlassen. Beim Versuch, einer Horde russischer Matrosen auszuweichen, lief er in eine finstere Gasse und wurde aus einem muffig riechenden Hauseingang heraus von einer Frau mit rauchiger Stimme angesprochen. Eine Dicke in einem Fenster rief ihm etwas Obszönes zu. Dann bog er in eine andere Gasse in Richtung Hafen, wie er hoffte.

In diesem Moment hörte er das Geschrei. Zuerst dachte er, es sei eine Auseinandersetzung zwischen keifenden Weibern, aber dann erreichte er einen düsteren kleinen Platz, wo er in einer Ecke zwei Schatten miteinander ringen sah. Verwirrt blieb er stehen, blickte sich um. Alle Fensterläden waren geschlossen, in der Dunkelheit war kaum etwas zu erkennen. Nur dort, wo das Handgemenge stattfand, hatte der Mond einen Weg gefunden, seine blassen Strahlen in die Häuserschlucht hinunterzuschicken.

Die Kämpfenden waren Mann und Frau. Das war nun auch deutlich an den Stimmen zu erkennen. Die Stimme der Frau schrie ihre Verwünschungen jedoch nicht auf französisch, sondern auf englisch. Jetzt hatte der Mann es geschafft, die Frau um die Hüfte zu packen. Es gelang ihm, sie sich über die Schulter zu werfen. Offenbar wollte er mit seiner Beute in einem Hauseinang verschwinden.

Pistoux zögerte nicht lange. Mit großen Schritten rannte er über den Platz.

«He!» rief er. «Was machen Sie da!»

«Zu Hilfe!» schrie die Frau auf englisch und zappelte noch heftiger.

Der Mann drehte sich um und schwankte. Als er Pistoux erblickte, ließ er die sich windende Frau auf den Boden fallen und ballte die Fäuste.

Die Frau schrie vor Schmerz und Wut auf und rief: «Dieser Mann will mich entführen!»

Der Unbekannte stürzte sich auf Pistoux. Sein Atem roch nach Alkohol und Knoblauch. Er war betrunken und taumelte. Pistoux hatte leichtes Spiel. Er wich aus, stellte dem Mann ein Bein und warf ihn zu Boden. Dann reichte er der jungen stöhnenden Frau die Hand und zog sie wieder auf die Beine.

«Retten Sie mich!» rief sie aus und klammerte sich an ihn.

Der Unbekannte kam wieder auf die Beine. Jetzt sahen sich die beiden Kontrahenten in die Augen. Plötzlich hatte Pistoux' Gegner ein Messer in der Hand. Er grinste teuflisch.

«Du bist tot!» lallte er.

«O mein Gott!» stöhnte die Frau.

Pistoux schüttelte sie ab, täuschte einen Faustschlag an und griff mit der anderen Hand nach dem Arm seines Gegners, drehte ihn um, bis der Mann vor Schmerz aufschrie und das Messer fallen ließ.

«Heben Sie es auf!» rief Pistoux der Frau auf englisch zu.

Dann stieß er den Mann zu Boden und verpaßte ihm einen

Faustschlag. Er wurde ohnmächtig. Die Frau beugte sich nach dem Messer und fragte: «Soll ich ihn erstechen?»

Pistoux entwand ihr das Messer.

«Kommen Sie», sagte er keuchend, «wir müssen hier verschwinden.»

Er faßte die Frau am Arm und zog sie fort.

Schweigend hasteten sie durch die Gassen. Pistoux war verwirrt: Was um Himmels willen machte diese junge Amerikanerin, die er heute nachmittag noch in Begleitung ihrer Gouvernante im Hafenbistro gesehen hatte, hier in dieser verrufenen Gegend? Als sie endlich wieder vertraute und breitere Straßen erreicht hatten, fragte er: «Was ist passiert?»

«Ich habe einen Spaziergang gemacht. Dieser Kerl hat mich eingeladen. Aber noch bevor wir uns unterhalten konnten, hat er mich mit sich fortgezerrt. Ich glaube … er wollte mir … etwas antun.»

«Dies ist doch keine Gegend für eine junge Dame», sagte Pistoux verärgert.

«Wieso nicht? Ich bin nur den Matrosen gefolgt.»

«Zu so später Stunde sollten Sie in Ihrem Hotel sein.»

«Das sagt Mama auch immer. Aber ich will doch Europa kennenlernen.»

«Sie kommen aus Amerika?»

«Aus Lorain, Ohio. Kennen Sie Lorain?»

«Nein. Ich war auch noch nie in Ohio.»

«Eine schreckliche Gegend. Europa ist viel schöner.»

«Ich bringe Sie jetzt in Ihr Hotel. Wo wohnen Sie?»

«Hôtel Cosmopolite.» Sie blieb abrupt stehen. «Ich heiße Daisy Powell, und Sie?»

«Jacques Pistoux.»

«Oh, Sie sind Franzose. Ich habe Sie für einen Engländer gehalten.»

«Ich habe eine Zeitlang dort gelebt.»

«Wie interessant. Ich würde gern mal nach England fahren. England ist wie …»

Sie plapperte unentwegt. Pistoux war immer noch verärgert. Was glaubte diese Person eigentlich, was gerade passiert war?

Es gelang ihm mühsam, sie zu unterbrechen: «Hören Sie, wir wären eben beinahe ermordet worden.»

«Ist das nicht furchtbar? Wir müssen unbedingt Vater davon erzählen. Aber ich glaube, Craig wird nicht sehr erfreut sein. Craig ist mein Verlobter. Craig Moore, Sie sollten ihn kennenlernen.»

Pistoux ließ sie reden und zog sie mit sich fort.

Irgendwie schaffte er es, sie zum Hotel zu bringen. Als er sich vor dem Portal verabschiedete, tat sie beleidigt.

«Sie hätten mir wirklich die Freude machen können, noch etwas mit mir zu trinken.»

«Sie müssen sich jetzt ausruhen», sagte Pistoux. Und ich auch, dachte er bei sich.

«Werden wir uns wiedersehen?»

«Ich fürchte, ja.»

Daisy Powell klatschte in die Hände: «Fein! Vater wird begeistert sein.»

Und Craig, fragte sich Pistoux, was wird er wohl sagen?

«Bestimmt, aber jetzt muß ich mich verabschieden.»

«Ja, Sie sehen müde aus. Gute Nacht. Danke, daß Sie mich gerettet haben.»

Pistoux verbeugte sich verwirrt und ging kopfschüttelnd davon.

Liebe Nora,   *Nizza, im Mai 1877*

wie schade, daß Du nicht mitgekommen bist. Ich weiß ja, daß
Du Dich oft mit Daisy nicht gut verstanden hast. Aber hier in
der Fremde hält man mehr zusammen, hat mehr Verständnis
füreinander. Daisy ist einfach ein Energiebündel. Ich frage
mich nur, von wem sie das haben könnte, ihr Vater ist nicht
gerade ein überschwenglicher Charakter und ihre Mutter vor
allem ängstlich und pedantisch. Nur Daisy ist nicht zu bremsen, und manchmal stiehlt sie sich davon und erkundet auf eigene Faust die Umgebung. Heute allerdings hat sie sich gleich
nach der Ankunft ins Bett gelegt. Kopfschmerzen sagt sie,
aber ich habe einige seltsame Male an ihren Armen und sogar
am Hals entdeckt, obwohl sie ein Halstuch umgebunden
hatte. Als ob sie jemand sehr hart angefaßt hätte, ein Mann
vermutlich. Wenn man dann bedenkt, daß sie am Abend vor
unserer Abfahrt sehr spät und ganz allein ins Hotel zurückgekommen ist, dann … ich wage kaum, mir vorzustellen, in was
für ein Abenteuer sie geraten ist. Marseille ist ja so eine eigenartige Stadt, so fremd und bunt. Es gibt viele Ausländer dort,
und alle sprechen eine andere Sprache, manche arabisch und
russisch, und sogar die Einheimischen reden in einem Dialekt, der gar nicht so klingt wie das Französisch, das Mademoiselle Geneviève, unsere Hauslehrerin, uns beigebracht hat.
Der Reiseleiter, der unsere Kreuzfahrt organisiert, ist ebenfalls
ein internationaler Charakter. Er heißt Enzo Dimitrios und ist
Italiener und Grieche zugleich. Daisys Vater hat herausgefunden, daß er ein ehemaliger Offizier der Fremdenlegion ist. Die
Fremdenlegion ist eine französische Armee, die die Kolonien
verteidigt. ‹Ein abenteuerlicher Haufen›, wie Daisys Vater
sich ausdrückte. Es scheint ihm zu gefallen, mit einem ehema-

ligen Legionär zu tun zu haben. Du weißt ja, daß er ein Faible für alles Militärische hat und gerne von seinen Abenteuern im Bürgerkrieg erzählt, als er – manchmal wenn man ihn hört, glaubt man, er war ganz alleine – die Konföderierten besiegt hat … Aber ich merke schon, ich schweife ab.

Ich fange lieber wieder von vorne an: Vorgestern morgen sind wir in eine Kutsche gestiegen und auf dem Landweg von Marseille nach Osten gefahren. Es hat ewig gedauert und war sehr unbequem. Unsere erste Station war Toulon, eine Hafenstadt mit vielen Kriegsschiffen und feschen Matrosen, die in ihren Uniformen in den Cafés sitzen. Dann ging es weiter nach Hyères und an der Küste entlang, wo wir begeistert das blauschimmernde Mittelmeer betrachteten, bis zu einem kleinen hübschen Fischerort namens Saint-Tropez. Es war wirklich beschwerlich, denn Mister Dimitrios hat einen Stellwagen organisiert, in den wir alle zusammen einsteigen mußten. Ein bißchen kam es mir so vor, als seien wir selbst Einheimische, so ungewohnt fühlte es sich an, auf den langen harten Bänken einander gegenüberzusitzen. Eine Postkutsche wäre mir lieber gewesen! Manchmal gab es Streit: Daisys Vater wollte schnell ans Ziel kommen, aber Emily, seine Frau, wollte andauernd aussteigen und Skizzen machen. Sie ist ja Landschaftsmalerin aus Passion, wie ich Dir, glaube ich, schon schrieb. Daisy mußte ständig vermitteln. Craig las die ganze Zeit in einem Buch und hatte keine Augen für seine Umgebung, Clara, Emilys Gesellschafterin, klagte über Kopf- und Magenschmerzen, George Dillion, Mr. Powells Sekretär, schwitzte fürchterlich, er ist ja so dick! Nur Agatha und Annabelle, die beiden Dienstmädchen, hatten ihren Spaß, wahrscheinlich deshalb, weil sie während der Fahrt nicht arbeiten mußten. In Saint-Tropez haben wir den Fischern in ihrem kleinen Hafen beim Anlanden ihrer Beute zugesehen und anschließend in einem einfachen Bistro in der Nähe ein *Thunfischragout mit Artischocken* gegessen, das wirklich gut schmeckte. Unsere Unterkunft war sehr einfach und, abgesehen von dem Balkon mit Meeresblick, schrecklich unbequem und eng.

Am nächsten Tag ging es weiter nach Nizza. Das ist eine große Stadt und, wie Craig uns aus seinem Reiseführer vorlas, eine italienische, die jetzt zu Frankreich gehört. Craig meinte im Scherz, eines Tages würde womöglich die britische Armee hier einmarschieren, denn der Ort ist wohl so etwas wie ein Winterquartier für alte Lords. Deshalb heißt die Uferstraße an der hübschen Bucht auch «Promenade des Anglais», weil man so viele Engländer trifft. Sie scheinen alle auf dem Weg ins Kasino zu sein. Auch wir waren dort, glücklicherweise, denn dort gab es ein gutes Abendessen, das viel besser schmeckte als diese komischen *Kichererbsenpfannkuchen*, die unser Reiseführer als besondere Spezialität empfohlen hat. Sie sind wohl mehr etwas fürs gemeine Volk und werden überall in den Bars der verwinkelten Altstadt angeboten, die ich zusammen mit Daisy erkundet habe. Wir haben dieses ölige Zeug nicht aufgegessen und sind sowieso bald wieder zurückgegangen, denn die größte Attraktion dieser düsteren Gassen sind die Ratten! Das Kasino hingegen ist ein wundervolles Gebäude. Es heißt «Casino de la Jetée-Promenade» und ist auf Pfählen mitten ins Wasser gebaut worden. Über eine Brücke gelangt man auf diese künstliche Insel, in deren Mitte ein hoher Kuppelbau steht. Daneben ein Turm, der wie ein Leuchtturm aussieht, und dahinter andere, die an Kirchtürme in Rußland erinnern. Es gibt ein großes Restaurant mit Meeresblick (natürlich!), man kann direkt am Wasser sitzen. Wir haben den ganzen Abend dort verbracht. Die einzige, die sich nicht fürs Roulette nach dem Dinner interessierte, war Daisys Mutter: Sie wartete auf den Sonnenuntergang. Irgend jemand hatte ihr erzählt, das Abendlicht in Nizza sei unvergleichlich. Das wollte sie als Künstlerin unbedingt bestaunen. Ich finde, sie übertreibt ein wenig mit ihrer Malerei.

Liebe Nora, jetzt lies bitte aufmerksam weiter. Etwas Entscheidendes ist passiert! Ich habe jemanden gesehen … o Gott, wie lächerlich ich mich plötzlich ausdrücke! Ich meine natürlich, ich habe einen Mann gesehen … nein, das klingt auch nicht besser. (Ich sehe Dich vor mir, wie Du jetzt lächelst, ein bißchen spöttisch, denn Du hast Dich ja schon immer viel besser ausdrücken können als ich.) Dieser Jemand, dieser Mann, nun also, es ist ganz einfach: ich liebe ihn. Es traf mich wie ein Blitz! Es handelt sich um einen stattlichen jungen Mann, etwa im Alter von Craig, also Mitte Zwanzig, mit schwarzem Haar, buschigen Brauen, einem ovalen Gesicht mit einer spitzen Nase, langen Armen und Beinen … aber nein! Was schreibe ich da! Mir fehlen die Worte. Wenn ich nur wüßte, wie er heißt. Und vor allem: Was er mit Craig zu tun hat. Daß die beiden sich kennen, schien mir angesichts der Situation eindeutig. Aber Craig hat es geleugnet! Ist das nicht seltsam? Ich bin verwirrt. Auf meine unschuldige (wirklich unschuldig? oh, Nora!) Frage, wer denn der Herr gewesen sei, mit dem er sich zu später Stunde nach Einbruch der Dunkelheit draußen auf der Terrasse getroffen hat, reagierte Craig mit hartnäckigem Schweigen. Wo ich doch sonst so gut mit Daisys Verlobtem auskomme. Eigenartig. Aber ich bin mir sicher, die beiden haben mehr als nur höfliche Worte ausgetauscht. Und ich bin mir ebenfalls sicher, daß Craig diesem großen, schönen Unbekannten in dem eleganten Abendrock und mit den feinen langgliedrigen Händen einen Briefumschlag zusteckte. Ich weiß, was ich gesehen habe! Er hat diesem Mann einen Briefumschlag überreicht, und nun will er nicht zugeben, ihn zu kennen! Wie darf ich das verstehen? Bin ich nicht alt genug, mich für einen Bekannten des Verlobten meiner Freundin zu interessieren? Wenn ich nur wüßte, wie er heißt, woher er kommt. Wirklich zu schade, daß Craig ihn nicht an unseren Tisch geführt hat.

Was blieb mir unter diesen Umständen anderes übrig, als selbst die Initiative zu ergreifen. Nora, gehe nicht zu hart mit mir ins Gericht, was sollte ich denn tun? Ihn einfach vergessen? Unmöglich. Es ist Schicksal, zweifellos. Es ist doch nicht meine Schuld, daß er plötzlich neben mir stand, als ich meinen Blick über den Roulette-Tisch schweifen ließ, unentschlossen, ob ich noch etwas Geld setzen sollte oder nicht. Vielleicht war ich ein kleines bißchen schuld daran, daß mir meine Chips aus der Hand glitten … Aber wäre es nicht jeder Frau so gegangen, die plötzlich den Mann ihrer Träume neben sich bemerkt, zum Greifen nahe? Er kniete vor mir nieder und sammelte sie alle wieder ein. Als er sie mir in die Hand gab – langsam, Stück für Stück ließ er sie hineinfallen! –, lächelte er mich an und sagte: «Wie überaus angenehm, Ihre Bekanntschaft zu machen.» – «Sind Sie ein Freund von Craig?» wagte ich vorlaut zu fragen. «Craig?» fragte er. «Craig Moore, der Verlobte von Daisy Powell. Ich habe sie mit ihm zusammen gesehen.» Jetzt wurde er seltsamerweise etwas verlegen (ist es nicht himmlisch, einen Mann in Verlegenheit zu bringen?). Er zögerte, dann sagte er: «O ja, Craig, natürlich, Craig, ja ja, wir sind, äh, bekannt.» Genau so, ich habe es mir gemerkt. Wir sahen uns schweigend an, er zwirbelte seinen Schnurrbart, und dann verbeugte er sich und verschwand. Ich drehte mich um und bemerkte Craig auf der anderen Seite des Roulette-Tisches. Er sah sehr finster aus. Und ich glaube, ich bin knallrot angelaufen.

Liebe Nora, mir zittern die Hände, ich kann nicht mehr

weiterschreiben. Ich sollte schlafen. Ich sollte ihn aus meinen Gedanken verbannen. Aber viel lieber möchte ich von ihm träumen. Ob mir das gelingt?

> Ich schreibe Dir bald wieder.
> Herzlichst und ganz aufgeregt,
> Deine Mary

⌁ 3 ⌁ FORSCHUNG UND GENUSS

George Dillion trug eine Nickelbrille. Auch sonst war das meiste an ihm rund, bis auf seinen Mund, der spatenförmig geschnitten war. Er war, «als Vorhut», wie er sich ausdrückte, schon zwei Tage früher aus Nizza nach Marseille zurückgekommen, um den Küchenchef der «Pluto» zu instruieren. Pistoux runzelte die Stirn, als der Sekretär von Irvine Powell dieses Wort gebrauchte. Überhaupt mißfiel ihm sehr, daß sich jemand in seine Angelegenheiten einmischte.

«Wir werden uns hervorragend verstehen», hatte Dillion gleich zur Begrüßung erklärt. «Ich bin ein Gourmet, müssen Sie wissen. Um nicht zu sagen, ein Fanatiker.» Er lachte trocken.

Dillion hatte Pistoux am Morgen in seine Kajüte gebeten. Offenbar fühlte er sich für alles, was die Reise der Powells und ihres Anhangs betraf, zuständig.

Er saß in einem Ohrensessel hinter einem niedrigen kleinen Schreibtisch in der Kabine, die steuerbords unter Deck lag. Darin befand sich außerdem eine Schlafkoje, ein trübes Deckenlicht, ein Ausguß mit einer Waschschüssel, ein kleines, ebenfalls kariertes Sofa, eine Wäschetruhe, ein Schrank und ein Regal mit wenigen Büchern.

Als Pistoux eintrat, putzte der Sekretär sich akribisch die

Brille und bedeutete dem Koch mit einer Handbewegung, er möge sich auf den kleinen Stuhl vor dem Schreibtisch setzen. Nachdem Pistoux Platz genommen hatte, schob er sich die Brille auf die Nase, lehnte sich zurück, stopfte sein Taschentuch in die Rocktasche und klemmte die Daumen in die Taschen seiner Weste. Dann sagte er seine Begrüßungssätze und lachte trocken. Pistoux wartete ab.

«Wie mir unser guter Dimitrios erklärte, haben Sie als Koch in England gearbeitet und sind also unserer Sprache mächtig.»

Pistoux nickte: «Ganz recht.»

«Ausgezeichnet. Dann will ich Sie mal mit den Gegebenheiten bekanntmachen, mein Bester.»

«Pardon?»

«Nun, Sie sollen doch wissen, für wen Sie arbeiten. Und seien Sie versichert, dies ist zwar nur eine Schiffsreise, aber zweifellos werden Ihre Fähigkeiten zum Tragen kommen.» Er machte eine Pause, sah sein Gegenüber zufrieden an und fuhr dann fort: «Sie haben in London im ‹Derby› gearbeitet?»

«Ja.»

«Ausgezeichnete Adresse. Bin selbst mal dort abgestiegen. Gutes Essen. Hat mich beeindruckt. Muß wohl so vor fünf Jahren gewesen sein. Sind Sie damals auch schon dort gewesen?»

«Nein.»

«Tja, das ist kein Beinbruch, würde ich sagen. Dennoch eine gute Referenz. Warum sind Sie dort weggegangen?»

«Aus persönlichen Gründen.»

«Ah so, jaja. Kann verstehen, daß man sich als Franzose nach seiner sonnigen Heimat zurücksehnt. Kommen Sie aus der Gegend hier?»

«Ich wurde in Nizza geboren.»

«Na wunderbar. Sie sind unser Mann. Sehr schön.»

Dillion nahm wieder die Brille ab. Sie schien ihm noch nicht blank genug. Er hielt sie ins Licht und zog erneut sein Taschentuch hervor.

Während er wieder zu putzen begann, sagte er: «Wir sind eine amerikanische Reisegesellschaft. Aber glauben Sie nicht, wir würden Ihr gutes französisches Essen nicht zu schätzen wissen. Im Gegenteil, da sind wir ganz prekär, mein Guter, ganz prekär.»

Pistoux sah ihn fragend an.

Dillion lächelte, als hätte er ein besonders schönes Rätsel vorgetragen. «Ich komme noch darauf zurück, Monsieur Pistoux, nur Geduld.»

«Lassen Sie sich ruhig Zeit.»

«Ja, wie gesagt …» Dillion setzte sich die Brille wieder auf und knüllte das Taschentuch in der rechten Hand zusammen. «… sind wir eine amerikanische Reisegesellschaft aus Lorain, Ohio. Das ist kein sehr berühmter Ort, aber eine durchaus wohlhabende Gemeinde, dank der dortigen Stahlindustrie. Unser aller Arbeitgeber ist der Inhaber der größten Fabrik am Ort, Powell Industries, vielleicht haben Sie schon mal davon gehört?»

«Nein.»

«Nun, fällt ja auch nicht in Ihr Metier, würde ich sagen. Kochtöpfe werden wohl eher aus Kupfer gefertigt, nicht wahr?» Dillion blickte Pistoux beifallheischend an.

«Hier im Süden nehmen wir auch gerne Tontöpfe für unsere Fleischgerichte …», sagte Pistoux.

«Eine sogenannte Daubière, ich weiß, ich weiß. Das *Daube d'Avignon* ist eins meiner Leibgerichte und auch das von Mr. Powell, können Sie sich gleich merken. Haben Sie eine Daubière in der Schiffsküche?»

«Nein.»

«Schaffen Sie eine an ... Aber wo waren wir gerade stehengeblieben?»

«Die Reisegesellschaft.» Pistoux wurde allmählich etwas ungeduldig.

«Richtig. Wie gesagt, Irvine Powell ist unser aller Arbeitgeber. Dazu kommt seine Frau, Emily, die sich in den Kopf gesetzt hat, auf ihre alten Tage noch als Künstlerin berühmt zu werden. Eine talentierte Frau, zweifellos.» Dillions Lippen zuckten höhnisch und straften seine Worte Lügen. «Eine Ausstellung in unserer heimatlichen Town Hall ist für die Rückkehr schon anberaumt. Zweifellos wird sie ein großes Echo finden.»

Er machte eine Pause.

«Die nächste Generation der Powells wird von Miss Daisy Powell repräsentiert, ein reizendes Mädchen mit vielen Talenten, etwas zu erlebnishungrig vielleicht, aber glücklicherweise schon einem anständigen jungen Mann versprochen, der in Paris zur Familie gestoßen ist: Craig Moore aus Boston, ein junger Mann aus bester Ostküstenfamilie, Teehandel, wenn ich das richtig sehe. Das Vermögen der Moores soll dem der Powells durchaus ebenbürtig sein. Aber inwieweit die Stahlproduktion vom Teehandel profitieren kann, wird wohl erst die Zukunft erweisen. Die Hochzeit jedenfalls ist für den Winter geplant. Aber ich langweile Sie mit allzu vielen Details. Sitzen Sie bequem?»

Pistoux blickte Dillion erstaunt an. Ein Wichtigtuer, dachte er, und jemand, vor dem man sich in acht nehmen muß.

Dillion sprach weiter: «Dann hätten wir da noch die reizende Mary Lamb, Daisys Busenfreundin. Ihre Eltern sind unglücklicherweise allzu früh verstorben, und so haben sich die Powells ihrer angenommen. Ein schwärmerisches Mädchen, wenn Sie mich fragen, ein bißchen ängstlich und sehr zurückhaltend. Mr. und Mrs. Powell hatten gehofft, die junge

Dame würde den Unternehmungsdrang ihrer Tochter etwas bremsen, aber ein entsprechender Erfolg hat sich bis jetzt leider noch nicht eingestellt.»

Die Familienverhältnisse ebenso wie die Chrakterfehler der Reisenden interessierten Pistoux nicht im geringsten. Er würde ohnehin die ganze Zeit in der Küche stehen und hart arbeiten. In einem Hotel wie dem «Derby» und auch in den Restaurantküchen, in denen er gekocht hatte, wußten die Köche niemals etwas über die Leute, für die sie ihre Speisen zubereiteten. Maßstab für das Gelingen eines Gerichts war die Reaktion des jeweiligen Chef de partie oder des Küchenchefs. Nur in wenigen Fällen drang das Urteil der Gäste über die Kellner direkt zu den stundenlang angestrengt Arbeitenden. Die Küchen der Restaurants wie der Hotels waren so installiert, daß die Gäste nichts davon mitbekamen. Der Geruch des garenden Gemüses oder das Aroma des schmorenden Fleisches waren im Gastraum unerwünscht und würden nur den Genuß der einzelnen Speisen stören. Darüber hinaus war den wohlhabenden Gästen der Anblick schwitzender Küchenarbeiter einfach nicht zuzumuten. Und die stolzen Köche waren froh, wenn sie in ihrem Reich ungestört blieben. Was sollte also dieses ganze Geschwätz über die Herrschaften, die Pistoux verköstigen sollte? Es interessierte ihn nicht.

Immerhin kam der Sekretär jetzt auf Personen zu sprechen, die eher im Umfeld eines Kochs waren.

«Dann wären da noch die Bediensteten: Clara Hart aus Minnesota ist Mrs. Powells Gesellschafterin. Sie ist noch nicht lange bei uns. Genauer gesagt wurde sie erst kurz vor der Reise engagiert, weil eine alte Freundin von Mrs. Powells die Reise aus gesundheitlichen Gründen nicht antreten konnte. Glücklicherweise war Miss Hart rechtzeitig zur Stelle. Mir scheint zwar nicht, daß sie eine besonders unterhaltsame Person ist, aber Mrs. Powell hat jemanden, mit dem sie über Malerei sprechen kann. Ihre Tochter ist in dieser Hinsicht sehr ignorant und Miss Lamb eher unbedarft, von Agatha und Annabelle, dem englischen und dem französischen Dienstmädchen, ganz zu schweigen, deren Qualitäten wohl auf anderem Gebiet liegen.» Dillion schnalzte mit der Zunge.

«Was die Crew und ihre Küchenhilfen betrifft, wird Ihnen zweifellos Kapitän Kerbrac die entsprechenden Mitteilungen machen. Ich komme nun lieber zum wichtigsten Punkt unserer Unterredung ...» Dillion stand auf und kam hinter dem Schreibtisch hervor. «... sehen Sie hier ...» Er stand jetzt vor dem kleinen Bücherregal und deutete mit dem Finger auf die in Leder gebundenen Exemplare: «Sie sollen gleich wissen, daß Sie es bei meiner Person wenn schon nicht mit einem Kollegen, so durchaus mit einem Menschen mit beachtlichem Sachverstand in kulinarischen Dingen zu tun haben. Mein Steckenpferd und ein Segen für den Magen meines Herrn», fügte er pathetisch und mit selbstgefälligem Lächeln hinzu. «Meine kulinarische Bibliothek ist umfangreich, jedoch war es mir nur möglich, einige wenige Werke mit auf die Reise zu nehmen. Mr. Powell hat mir sein leibliches und seelisches Wohl – zwei Dinge, die unmittelbar zusammengehören, wie Sie zweifellos wissen – anvertraut. Für mich ist dies nicht nur eine Bildungsreise im herkömmlichen Sinne, mein lieber Monsieur Pistoux, sondern gleichsam eine kulinarische Entdeckungsreise zur Erkundung der französischen und auch der spanischen Küche.» Dillion machte eine Pause, holte tief Luft und erklärte mit stolzer Miene: «Nach unserer Reise werde ich Vorträge halten! Womöglich ein Buch schreiben! Sie sehen also, was für ein bedeutsames Amt Sie übernommen haben. Die kulinarisch interessierte Welt Amerikas wird von Ihren Kochkünsten hören!»

Dillion blickte Pistoux triumphierend an. Doch der Franzose war wenig beeindruckt. Vielmehr machte er sich Sorgen. Die spanische Küche war ihm fremd. Er kannte nur wenige baskische Gerichte, die auch in Frankreich gekocht wurden, zum Beispiel ein Gericht mit *Huhn und Paprika* oder eine *Piperade*. Er wußte von einer Nachspeise, die den Namen *Flan catalan* trug, also auch etwas mit Spanien zu tun hatte. Er kannte das Kartoffelomelette, das die Spanier *Tortilla* nannten. Aber sonst? Vielleicht sollte er diese Stellung doch lieber aufgeben, bevor er sie angetreten hatte?

Dillion schien von den Unsicherheiten des Kochs nichts bemerkt zu haben. Er griff nach einem kleinen Büchlein, das auf dem Regal stand, und hielt es demonstrativ in die Höhe: «Hier, das ist unsere Bibel!»

Pistoux blickte erstaunt auf das Buch.

«Zweifellos», erklärte Dillion, «ist dieses bahnbrechende Werk aus dem Jahr 1825 Ihnen bekannt.»

Pistoux sah ihn fragend an. Auf dem Ledereinband war nichts zu erkennen, was auf den Inhalt des Buches schließen ließ.

«Die ‹Physiologie des Geschmacks› von Monsieur Jean Anthèlme Brillat-Savarin», sagte Dillion feierlich.

«Ich kenne den Namen dieses Herrn, nach ihm wurde ein Käse benannt.»

«Zweifellos richtig», stimmte Dillion zu. «Was für eine Ehre.»

Pistoux sah ihn aufmerksam an. Dillion zögerte: «Nun, also …», sagte er dann, «um auf den wichtigsten Punkt dieses Gesprächs zu kommen.» Er drehte sich zum Bücherregal um und deutete auf die verschiedenen Werke: «Wie Sie sehen, bin ich bezüglich kulinarischer Lektüre bestens ausgestattet. Es wird mir, selbstverständlich in Absprache mit Mr.

Powell, eine große Ehre sein, den täglichen Speiseplan mit eigener Hand zusammenzustellen. Ich habe schon einige Vorarbeiten geleistet und kann Ihnen heute abend einen detaillierten Speiseplan für die nächsten zwei Wochen unserer Kreuzfahrt überreichen. Der größte Teil der dafür notwendigen Zutaten – soweit lagerfähig – ist bereits bestellt, den Rest der Organisation und die Besorgungen von frischen Zutaten in den anzulaufenden Häfen überlasse ich selbstverständlich Ihnen.»

Pistoux war wie vor den Kopf geschlagen. Hatte er da eben richtig gehört? Wollte dieser aufgeblasene Amerikaner ihm da etwa zu verstehen geben, daß er ihm Tag für Tag vorschreiben wollte, was er zu kochen hatte? Sollte er zum Handlanger eines angeberischen Ausländers werden? Das konnte doch wohl nicht wahr sein!

«Einverstanden?» fragte Dillion.

«Ich werde darüber nachdenken.»

«Wunderbar. Dann ist ja alles soweit bestens geregelt. Und machen Sie sich keine Sorgen, was die spanischen Gerichte betrifft. Ich habe da für eine tatkräftige Unterstützung für Sie gesorgt. Das wäre es dann. Sie wollen jetzt sicherlich die Küche, ihre Mitarbeiter und den Rest der Crew kennenlernen. Wenden Sie sich an Kapitän Kerbrac.»

Damit war Pistoux entlassen.

Leicht betäubt von dem Redeschwall des Amerikaners und zornig, weil ihm das Heft aus der Hand genommen worden war, ging er den dunklen Korridor entlang und stieg an Deck. Oben angekommen, blickte er mißmutig auf das rege Treiben im Marseiller Hafenbecken. Es war ein sonniger Maitag. Vom Meer her wehte eine frische Brise, aber es war wieder wärmer geworden.

Sollte er diese Stellung wirklich annehmen? Wo er weder

bestimmten konnte, was er kochen wollte, noch sich die eigenen Mitarbeiter aussuchen konnte?

Jemand räusperte sich hinter ihm. Er wandte sich um.

∽ 4 ∾ Die Kisten

DES DIMITRIOS «Entschuldigen Sie, Monsieur?» Pistoux war überrascht, erstaunt, verwirrt. Vor ihm stand eine zierliche Spanierin in Landestracht. Nicht ihr schwarzes Kleid verwirrte ihn, nicht die weiße Schürze, die sie umgebunden hatte. Es war ihr schwarzes Haar, das in üppigen Wellen auf ihre Schultern fiel, und ihr roter Mund. Er merkte, daß er sie ungehörig lange anstarrte. Dieses außerordentlich schöne Gesicht und vor allem der rote Mund! Er riß sich zusammen.

«Ja, bitte?»

«Monsieur Pistoux?» fragte sie auf französisch mit spanischem Akzent.

«Ja.»

«Ich bin Miranda.»

«Miranda.»

«Ja.» Sie lachte. Es war ein wundervolles Lachen. «Sie wissen nicht, wer ich bin», stellte sie amüsiert fest.

«Nein, in der Tat, entschuldigen Sie.»

«Wir sind uns noch nicht vorgestellt worden. Wir werden zusammenarbeiten. Hier an Bord. In der Küche.»

«Oh, ich verstehe.»

«Ich bin die Köchin. Die spanische Köchin», präzisierte sie. «Und Sie müssen der französische Koch sein, der mir angekündigt wurde.»

«Ich bin Ihnen angekündigt worden?» fragte Pistoux, noch immer begriffsstutzig. «Sind Sie meine, meine ...»

Sie lachte wieder. «Der Küchenjunge, meinen Sie? Nein, ich bin Ihre bessere Hälfte.«

«Sie sprechen in Rätseln, Mademoiselle.»

«Wir teilen uns die Küche dieses Schiffs. Ich bin für die spanischen Gerichte zuständig, Sie für die französischen. Anscheinend hat man Sie nicht unterrichtet.»

«Offensichtlich nicht.» Pistoux fühlte ein Gefühl des Unbehagens in sich aufsteigen. Sie war erstaunlich jung, vielleicht 18 Jahre alt. Und erstaunlich schön. «Ich ging davon aus, daß ich als Küchenchef ...»

«Wir werden uns nicht ins Gehege kommen. Es sei denn, Sie wollen anfangen, spanisch zu kochen. Ich hoffe, Sie sind nicht enttäuscht?» Sie sah jetzt beunruhigt aus.
«Nein, nicht wirklich, ich meine ...»

«Dann ist es gut. Bestimmt können wir eine Menge voneinander lernen.»

Pistoux blickte sich hilfesuchend um. Sie wartete geduldig.
«Und die anderen?»

«Die anderen?»

«Die Küchenmannschaft. Wo kann ich sie finden?»

Sie lächelte nachsichtig und bedauernd: «Man hat Sie wirklich nicht unterrichtet. Wir sind die Küchenmannschaft.»

«Wir zwei. Nur wir zwei?»

«Oh, es gibt noch einen Küchenjungen.» Sie lachte. «Auch ihn werden wir uns teilen müssen.»

Pistoux stand unschlüssig da. Was hatte das zu bedeuten? Machte sich hier jemand über ihn lustig?

«Entschuldigen Sie, das kommt etwas überraschend.»

«Zweifellos hatten Sie mehr erwartet. Das tut mir leid.»

Er ließ ihre Schönheit auf sich wirken. Was konnte man noch mehr erwarten? Ihm war unbehaglich zumute. Mit so einer schönen Frau zu arbeiten, das konnte heikel werden.

«Sie haben mit Mr. Dillion gesprochen», stellte sie fest.

«Ja, eben gerade.»

«Ein schwieriger Mensch. Er tut so, als entscheide er über unsere Arbeit. Das wird nicht ganz einfach werden. Ich glaube, wir sollten zusammenhalten.»

«Sie haben recht», sagte Pistoux gedankenverloren. War er nicht eben soweit gewesen, die Stellung abzulehnen? Auf diesem Schiff, unter der Regie von Mr. Dillion würde er kaum so arbeiten können, wie es ihm vorschwebte. Und nun mußte er auch noch feststellen, daß er sich die Küche mit jemand anderem teilen mußte. Aber der Gedanke, mit dieser jungen, hübschen Spanierin zusammenzuarbeiten, brachte seinen Entschluß fortzugehen ins Wanken. Aber ganz offensichtlich war es ein völlig falscher Grund zu bleiben. Ein völlig falscher, aber sehr verführerischer Grund. Er beruhigte sich mit dem Gedanken, daß er keine Wahl hatte.

«Sind Sie schon mal in Spanien gewesen, Monsieur?» fragte Miranda.

«Nein, ich muß gestehen, daß mir Ihre Heimat völlig fremd ist.»

«Ich werde Sie mit der spanischen Küche vertraut machen.» Dieses offenherzige Lächeln, merkte Pistoux, ließ ihm eigentlich keine Wahl. Sie wollte, daß er blieb. Warum sollte er sie enttäuschen? «Und Sie?» fuhr Miranda fort, «können mir die Grundlagen der französischen Küche beibringen. Auf diese Weise haben wir beide etwas von dieser Reise, nicht nur ...», sie blickte sich rasch um, «..., dieser aufgeblasene Mr. Dillion.»

Pistoux lächelte erleichtert, sie hatte ihn überredet, und er wußte, daß er sich überreden lassen wollte.

«Sie haben recht, wir sollten zusammenarbeiten.»

«Wir werden beide gewinnen», sagte sie.

«Ja.»

Lächelnd hielt sie ihm ihre Hand hin: «Das freut mich sehr.»

Er sah ihre schmale Hand an, zögerte, dann ergriff er sie und hörte sich zu seinem großen Erstaunen sagen: «Ich heiße Jacques.»

«Miranda», sagte sie ernst.

Dann hörten sie eine Stimme hinter sich: «Monsieur Pistoux.»

«Das ist der Steuermann, Carlo Spuntini», sagte Miranda, drehte sich um und ging.

Pistoux sah einen kleinen Mann, der aussah wie ein Bauer, auf sich zukommen. Spuntini blickte der Spanierin nach, die jetzt anmutig an Land kletterte. Dann baute er sich vor dem Koch auf und sagte leutselig:

«Sie haben unseren Glückskäfer schon kennengelernt, wie ich sehe. Was sagen Sie?»

Pistoux warf dem kleinen Mann im blau-weiß gestreiften Matrosenhemd einen erstaunten Blick zu: «Was soll ich sagen?»

Spuntini zwinkerte ihm fröhlich zu.

«Ich hatte gar nicht gewußt, daß ich mir die Küche mit jemandem teilen muß.»

«Mit der würde ich einiges teilen», sagte er. Dann verfinsterte sich seine Miene: «Aber Vorsicht, Signore, sie ist der Schützling von Dimitrios. Weiß der Teufel, wo dieser Grieche sie aufgelesen hat.»

«Gut zu wissen», murmelte Pistoux und spürte ein Gefühl der Enttäuschung in sich aufsteigen.

«Kommen Sie, Kapitän Kerbrac will Sie sprechen.»

Pistoux folgte dem Steuermann zur Kapitänskajüte. Spuntini klopfte an, öffnete die Tür und ließ ihn an sich vorbei eintreten. Er blieb draußen und schloß die Tür.

Die Kapitänskajüte war groß, aber nicht so groß wie die von Dillion. Kapitän Kerbrac saß hinter seinem breiten Schreibtisch, der den größten Teil der Kajüte einnahm und auf dem viele Seekarten und Bücher lagen. Von der Decke hing das Modell eines stattlichen Segelschiffs. Er blickte auf und deutete auf den Stuhl vor dem Tisch.

Für einen Bretonen war Gabin Kerbrac ziemlich groß. Mit seinem üppigen Bart und dem wirren, fast weißen Haarschopf hatte er etwas von einem Bären an sich.

«Monsieur Pistoux», sagte der Kapitän mit rauher Stimme, «es freut mich, Sie als Besatzungsmitglied an Bord der ‹Pluto› begrüßen zu dürfen. Normalerweise haben wir eine Köchin, Miranda, aber die jetzige Reisegesellschaft hat ausdrücklich auch noch einen französischen Koch gewünscht. Sie sollten aber wissen, daß Sie nicht allein arbeiten, zumal der Sekretär von Monsieur Powell bestimmte Vorstellungen hat, die …»

«Ich weiß», unterbrach Pistoux, «ich habe bereits mit Mr. Dillion gesprochen, und auch Miranda habe ich schon kennengelernt.»

«Sehr gut, dann kann ich mir weitere Worte sparen. Ohnehin sollten Sie alle nötigen Details mit Monsieur Dimitrios besprechen.»

Pistoux nickte.

«Ihre Kajüte lassen Sie sich vom Steuermann zuweisen. Im Vergleich zu einem Segelschiff haben wir es hier recht komfortabel, aber falls Sie Seereisen nicht gewöhnt sind, werden Sie natürlich unter der Enge leiden. Waren Sie schon mal auf einem Schiff beschäftigt, Monsieur Pistoux?»

«Nein.»

«Sie werden sich schon zurechtfinden. Im Zweifelsfall vertrauen Sie sich Miranda an. Sie ist zwar jung, hat aber schon reichlich Erfahrung auf See gesammelt, vor allem auf Kreuzfahrten wie dieser.»

«Vielen Dank für das Vertrauen, Kapitän.»

«Ich erkenne einen Mann, wenn ich ihn vor mir habe. Und ich bin unerbittlich, wenn jemand mich enttäuscht.»

Er blickte Pistoux finster an, aber hinter der grimmigen Maske leuchteten die Augen eines freundlichen Menschen.

«Was nun die Kreuzfahrt betrifft: Unsere amerikanischen Passagiere haben ihre eigene Route gewählt. Die Reise führt uns nach Cadiz in Andalusien. Sind Sie schon mal in Spanien gewesen?»

«Nein.»

«Es wird eine angenehme Reise ohne Probleme. Die Etappen sind kurz, es wird genug Möglichkeiten geben, sich in den Häfen zu erholen, falls die Damen und Herren dies für nötig erachten. Wir sollen die Strecke in zwei Wochen zurücklegen. Möglicherweise werden es eher drei. Das Schiff ist zwar ein Raddampfer, aber ein wenig altersschwach ist die ‹Pluto› schon, na ja ...» Der Kapitän blickte vor sich auf die große Mittelmeerkarte: «Barcelona, Valencia, Alicante, Cartagena, Almeria, Malaga, Gibraltar, Cadiz. Landausflüge stehen ebenfalls auf dem Programm unserer Passagiere, also werden wir keinen strikten Zeitplan einhalten. Von Cadiz aus wollen die Amerikaner nach Jerez, wo Mr. Powell sich mit einigen Fässern Sherrywein und Brandy eindecken will. Wie er die nach Amerika transportieren will, soll unsere Sorge nicht sein. Danach wollen die Herrschaften noch nach Madrid und dann nach Portugal, wo sie sich Richtung Heimat einschiffen werden. Aber auch damit haben wir nichts zu tun, es sei denn, Sie, Monsieur, sollten sich der Gesellschaft auf deren Wunsch anschließen.

«Ist dies nicht ein eher ungewöhnliches Schiff für eine solche Reise?» fragte Pistoux.

Kerbrac lächelte: «Die ‹Pluto› hat sich schon mal in gefährliches Gewässer begeben, da haben Sie recht. War etwas ganz Besonders damals, als sie 1837 erstmals in See stach. Ich konnte leider nicht dabeisein. Damals war ich noch Leichtmatrose auf einem Segler. Die ‹Pluto› wurde in England gebaut und hat zweimal den Atlantik überquert. Später war sie zwischen Glasgow und Cork unterwegs. 1847 ist sie dann vor den Klippen der Ballycotton Bay gesunken. Aber irgendein verrückter Engländer hat sie geborgen und wieder eingesetzt. Allerdings hat es Jahre gedauert, bis das Schiff wieder repariert war. Die engen Kabinen für die 40 Passagiere wurden zusammengelegt. Ziemlicher Luxus auf See. Jetzt können wir nur noch 20 Personen unterbringen. Aber für unsere Zwecke reicht es. Monsieur Dimitrios wird schon wissen, warum er sich ausgerechnet einen ramponierten Raddampfer für seine Kreuzfahrt-Unternehmungen angeschafft hat. Na ja, wir haben es schon bis Griechenland und Palästina geschafft, da wird sie diese kleine Tour auch noch überstehen. Die Maschinen sind ein bißchen altersschwach, aber ...»

«Aber wenn ich das richtig sehe, ist der Dampfer doch mit zwei Masten versehen und komplett aufgetakelt.»

«Bravo, Monsieur, Sie haben sich schon umgesehen! Das ist mein Werk. Eigentlich war von der Takelage nicht mehr viel übrig, aber ich gehe lieber auf Nummer Sicher. Monsieur Dimitrios war nicht sehr begeistert, aber ich konnte ihn überreden. Weiß der Teufel, wie ich das geschafft habe.» Er warf einen Blick auf das Modell des stattlichen Segelschiffs, das von der Decke herabhing: «Solche Schiffe sind mir lieber, aber man kann sich nicht alles aussuchen im Leben.»

Wohl wahr, dachte Pistoux.

«Das ist alles, was ich Ihnen zu sagen habe. Ich schätze, Sie haben noch eine Menge Vorbereitungen zu treffen. Wir haben noch nicht mal allen Proviant an Bord nehmen können, weil dieser Dillion eine Menge Sonderwünsche hat. Aber das ist Ihr Problem.»

Der Kapitän sah Pistoux auffordernd an. Der Koch erhob sich und nickte.

Als er schon an der Tür der Kajüte angelangt war, rief Kerbrac plötzlich: «Übrigens, Pistoux!»

«Ja?»

Der Kapitän grinste: «Die Mannschaft bekommt das gleiche Essen wie die Passagiere. Also strengen Sie sich an.»

«Selbstverständlich.»

«Und noch was.»

«Ja?»

«Ich esse für mein Leben gern *Sardinen*. Und mein Lieblingsdessert ist der *Far breton*.»

«Ich werde Monsieur Dillion entsprechende Vorschläge machen, Kapitän.»

«Sehr schön. Das war's dann.»

Pistoux verließ lächelnd die Kajüte.

Als nächstes schaffte er das Gepäck aus dem Hotel in seine Kabine. Dann studierte er die Menüliste, die Dillion ihm von einem Matrosen bringen ließ. Darauf waren vor allem provenzalische Gerichte verzeichnet.

«Kein Problem», murmelte Pistoux im Schein der Petroleumlampe. Nur der Far breton fehlte.

Mittlerweile war es dunkel geworden. Morgen würde sein erster Arbeitstag sein. Pistoux entschloß sich, nachdem er sich notdürftig eingerichtet hatte, schlafen zu gehen.

Mitten in der Nacht wachte er von gedämpften Geräuschen und leisen Stimmen auf. Er zog sich etwas über und verließ die Kajüte. An Deck war zunächst niemand zu sehen, die verhaltenen Geräusche kamen vom Vordeck. Er tastete sich am Rettungsboot entlang und stolperte am Besanmast über eine Tau-rolle, dann hatten sich seine Augen an die Dunkelheit ge-wöhnt. Als er einige Schatten sah, die sich bewegten, blieb er stehen. Vor dem Hauptmast war eine Ladeluke geöffnet wor-den. Dort, so schien es, waren einige schemenhafte Figuren damit beschäftigt, längliche Kisten zu verstauen. Er schlich weiter nach Backbord, erreichte die Reling und beugte sich darüber. Dort unten lag ein Ruderboot, von dem aus die Ki-sten von schweigenden Männern fast lautlos an Seilen hoch-gehievt wurden.

Seltsam, dachte Pistoux, wieso wird die ‹Pluto› nicht vom Kai her beladen, und warum findet diese Aktion mitten in der Nacht statt? Zufall oder Absicht? Was mag in diesen Kisten sein, und wieso wird ein Kreuzfahrtschiff überhaupt auf diese Weise beladen?

Das Ruderboot war jetzt leergeräumt. Pistoux beobachtete, wie die Kisten in den Laderaum versenkt wurden. Dann klet-terten die Gestalten wieder über die Reling zurück in ihr Boot und ruderten nahezu geräuschlos davon. Nur einer blieb an Bord, der die ganze Zeit über abseits gestanden hatte. Pistoux glaubte, in der Gestalt mit dem Hut seinen Arbeitgeber erken-nen zu können.

Neue Zweifel erwachten in Pistoux. Sollte er wirklich auf diesem Dampfer mitfahren? Was wußte er schon von der Be-satzung, den Passagieren und diesem mysteriösen Enzo Dimi-trios?

Er ging zurück in seine Kajüte, legte sich in seine Koje und lag eine Weile grübelnd im Dunkeln. Dann schlief er ein und träumte von den roten Lippen der schönen Miranda.

⌁ 5 ⌁ ÉIN REVOLVERHELD «Tja, liebe Freunde», erzählte Irvine Powell einige Wochen später seinen Zuhörern, «und damit komme ich zum ersten merkwürdigen Zwischenfall unserer Reise.»

Der Amerikaner saß mit einigen leitenden Angestellten von «Powell Industries» und Geschäftsfreunden im Rauchsalon seiner Villa in Lorain, Ohio. Die Damen hatten sich zum Kaffee zurückgezogen, die Herren frönten ihrer Leidenschaft für dicke Zigarren und feinsten Cognac, nachdem sie gemeinsam eine üppige französische Mahlzeit genossen hatten, mit der Mr. und Mrs. Powell den Erfolg ihrer Bildungsreise nach Europa dokumentieren wollten. Das Menü war von Powells Sekretär zusammengestellt worden, der das Küchenpersonal entsprechend den Lektionen, die er bei Jacques Pistoux gelernt hatte, instruiert hatte: Zuerst hatte es eine *Soupe aux moules* gegeben, dann *Pâtes aux herbes*, anschließend *Beefsteak mit Oliven* und zum Dessert eine *Crème de citron mit Rotweinfrüchten*.

«Mr. Dillion wird mir bestätigen, daß ab diesem Tag unsere friedliche Reise durch Frankreich einen neuen Aspekt bekam.» Mr. Dillion nippte an seinem Cognac und nickte zustimmend. «Verstehen Sie mich richtig, alles war aufs beste organisiert, nicht zuletzt dank unseres verdienstvollen Dillion, der sich nicht nur als Sekretär, sondern auch als umsichtiger Fachmann für Reiseorganisation hervorgetan hat.» Mr. Dillion nickte seinem Chef dankbar zu und senkte bescheiden den Kopf.

«Unser Ausflug nach Nizza war ein großer Erfolg gewesen», Mr. Powell lachte selbstgefällig. «Wir haben zwar nicht die Bank des Kasinos gesprengt, aber unsere Reisekasse dank einiger Gewinne am Roulette-Tisch aufbessern können und kamen an einem sonnigen Maitag zurück nach Marseille, wo wir unser Kreuzfahrtschiff in Augenschein nehmen konnten, das im Hafenbecken auf uns wartete. Dank der umsichtigen Organisation von Dillion und unseres Reiseveranstalters Enzo Dimitrios war das Schiff abfahrbereit und unser Gepäck bereits an Bord gebracht. Ein interessantes Schiff übrigens, die ‹Pluto›, ein Schiff mit Vergangenheit gewissermaßen.» Powell nahm einen Zug an seiner Zigarre. Seine Zuhörer sahen ihn aufmerksam an, sie hätten ihm jede Geschichte mit Begeisterung abgenommen, denn sie waren allesamt, ob als Angestellte oder als Geschäftsfreunde, abhängig von der Gunst des Stahlfabrikanten.

«Die ‹Pluto› war ein Raddampfer, meine Herren. Aber nicht so einer, wie wir sie vom Mississippi her kennen. Kein stolzer Fluß-Steamer mit großem Rad am Heck, nicht einer dieser schwimmenden Paläste, auf die wir Amerikaner zu Recht stolz sind. Rein äußerlich betrachtet, wirkte die ‹Pluto› mehr wie ein Zweimaster. Aber in der Mitte befand sich statt eines dritten Mastes ein hoher Schornstein und jeweils an Back- und Steuerbord ein Schaufelrad. Dieses stolze Schiff hatte zweimal den Atlantik überquert und war später zum Kreuzfahrtschiff umgebaut worden. Sie können sich denken, meine Herren, daß die Aussicht auf eine Fahrt mit diesem Raddampfer für mich eine erhebende Angelegenheit war. Natürlich weiß ich im nachhinein, daß bei dem Schiff wie auch bei dem Mann, in dessen Hände wir uns vertrauensvoll begeben hatten, einiges im argen lag. Aber ich will Mr. Dillion keinen Strick daraus drehen. Denn auch wenn es später zu einigen unangenehmen Situationen kam, war es doch nicht seine Schuld, er konnte die Lage genausowenig wie wir alle überblicken.» Dillion blickte betreten zu Boden und klammerte sich an sein Cognacglas.

«Wie dem auch sei, das Unheil begann um die Mittagszeit,

als ich mit meiner Tochter vom Einkaufen zurückkam. Wir hatten mit Blick auf die bevorstehende Reise einige notwendige Besorgungen gemacht. Meine Tochter war ganz wild auf einen echten französischen Matrosenanzug. Also klapperten wir die Geschäfte in der Canebière ab – das ist so was Ähnliches wie unsere Main Street –, und gegen Mittag hatten wir einige Matrosenkostüme für meine Tochter und eine echte Admiralsuniform für mich erstanden. Emily konnte es kaum erwarten, wieder an Bord zu gehen und Maskenball zu spielen. Ich muß zugeben», fügte Powell lachend hinzu, «daß mir ihre Begeisterung, als sie mich in der Admiralsuniform begutachtete, nicht wenig schmeichelte.» Zufrieden beobachtete er den Rauch, der sich von seiner Zigarre nach oben kräuselte.

«Aber als wir uns dann entschlossen, nach erfolgreichem Einkauf einen Umweg durch einige kleinere Straßen und Gassen zu machen ...» Er hielt effektvoll inne. «Als wir also diese engen Gassen betraten, machte mich Emily plötzlich erschreckt auf einige Männer aufmerksam, die uns zuerst aus einem Hauseingang heraus beobachtet hatten und uns nun zu folgen schienen. Zuerst lachte ich über ihre Angst, aber dann wurde mir klar, daß wir tatsächlich verfolgt wurden. Unglücklicherweise hatten wir mal wieder – es kam leider allzuoft vor, wie Mr. Dillion Ihnen bestätigen wird – die Orientierung verloren. Wir gingen schneller, unsere Verfolger ebenfalls. Nun ist es eine Sache, meine Herren, in der eigenen Stadt auf windige Gestalten zu treffen oder im Wald auf einen Bären, aber im Ausland reagiert man niemals souverän, erst recht dann, wenn man die eigene Tochter neben sich hat.»

Mr. Powell unterbrach sich, legte vorsichtig seine Zigarre beiseite und griff nach dem Cognacglas. Er nahm einen großen Schluck, leckte sich die Lippen, seufzte genüßlich und stellte das Glas wieder auf den Rauchtisch neben seinem Sessel.

«Wir wollen nicht von Angst sprechen», fuhr Mr. Powell fort. «Wir Amerikaner sind da ganz anderes gewohnt. Aber in einer fremden Stadt können kleine Konflikte ungeahnte Folgen haben.»

Mr. Dillion nickte, als hätte er solche Folgen schon des öfteren erlitten.

«Trotz unserer Orientierungslosigkeit in diesen engen Gassen gelangten wir zum Hafen. Und plötzlich schienen unsere Verfolger wie vom Erdboden verschluckt. Doch das war ein Trugschluß. Kaum hatten wir unser Schiff erreicht, wo gerade Mr. Dillion ...», Powell deutete mit der Zigarrenspitze auf seinen Sekretär, «... sich angeregt mit unserem neuen Koch, Jack Pistoux, unterhielt. Haben wir eigentlich jemals darüber gesprochen, um was es ging, Dillion?»

«Es hatte sich kurz darauf erledigt, Sir.»

«Ah ja, schön.»

«Aber ich komme in diesem Zusammenhang gern darauf zurück ...»

«Gleich, gleich, Dillion, gleich. Lassen Sie mich meine Geschichte nur noch zu Ende bringen.»

Dillion, der sich in seinem Sessel leicht aufgerichtet hatte, offenbar froh, auch etwas zu der Erzählung beitragen zu dürfen, sank wieder in sich zusammen.

«Unsere Verfolger, wie gesagt, wie vom Erdboden verschluckt, statt dessen Dillion und Mr. Pistoux in angeregter Diskussion, und da schrie meine kleine Emily plötzlich auf ...»

Die Tür zum Rauchsalon wurde geöffnet: «Entschuldigen Sie, Sir», sagte der Butler, der sich englisch benahm, aber mit einem Südstaaten-Akzent sprach, «entschuldigen Sie, aber Mrs. Powell würde gerne ...»

Powell hob gebieterisch den Arm, ohne den Butler anzusehen: «Fünf Minuten noch, kommen Sie in fünf Minuten wieder!»

Der Butler verschwand hastig.

«Also», fuhr Powell fort, «wo war ich?»

«Emily schrie auf», assistierte Dillion.

«Richtig, Emily schrie plötzlich auf, denn diese zwielichtigen Gestalten hatten uns ganz offensichtlich den Weg abgeschnitten. Sie warteten vor uns am Hafenkai ...» Powell legte wieder eine dramaturgische Pause ein und griff nach seinem Cognacglas.

«Entschuldigen Sie, Sir», meldete sich Dillion ungefragt zu Wort: «Sie warteten nicht auf Sie am Hafenkai.»

«Schweigen Sie, Dillion!» Powell machte eine herrische Geste mit seiner Zigarre.

Dillion schwieg.

«Ich», betonte Powell, «hatte zunächst den Eindruck, daß sie uns den Weg abschneiden wollten. Aber, wunderte ich mich im nächsten Moment, woher konnten diese Burschen denn wissen, zu welchem Schiff wir gehörten? Und tatsächlich, plötzlich merkte ich, daß sie etwas ganz anderes im Sinn hatten. Ganz offensichtlich hatten sie es auf meinen Sekretär, den guten Dillion, abgesehen.» Dillion räusperte sich unzufrieden.

«Jedenfalls ging mir dieser Gedanke zunächst auch noch durch den Kopf. Aber dann stürzten diese Kerle sich auf unseren neuen Koch, Jack Pistoux. Neben mir stieß meine Tochter einen Schreckensschrei aus. Auch ich war wie vom Donner gerührte, zumal Dillion dank eines präzisen Faustschlags von einem dieser Gauner zu Boden ging und gar nicht mehr aufstehen wollte.»

Alle Augen richteten sich auf Dillion, der betreten zu Boden sah.

Powell erhob die Stimme: «Sie können sich denken, was ich tat.» Als die Anwesenden ihn wieder ansahen, wiederholte er triumphierend: «Sie können sich denken, was ich tat, während der arme Dillion auf dem Boden herumkroch und nach seiner Brille suchte. Ich tat das, was jeder aufrechte und freie Amerikaner getan hätte und was man in einer solchen Situation immer tun sollte, wenn es darum geht, Leib und Leben seiner Nächsten zu verteidigen, ich zog meinen Revolver.»

Die Zuhörer murmelten beifällig.

«Unser Koch wehrte sich mit Händen und Füßen, aus seiner Nase schoß Blut, aber er gab nicht auf, meine Tochter schrie: Hilf ihm, hilf ihm doch! Da gab es kein Zögern mehr. Ich rannte am Kai entlang und wurde gerade noch rechtzeitig bemerkt: Einer dieser Schurken, der Anführer offensichtlich, hatte ein Messer gezückt und war schon im Begriff, auf Mr. Pistoux einzustechen, da feuerte ich zwei Schüsse ab. Das brachte sie zur Vernunft, denn diese armseligen Burschen waren nur mit Messern bewaffnet. Noch bevor unser guter Dillion seine Brille gefunden hatte, waren diese Verbrecher auf und davon. Habe ich recht, Dillion?»

«Ja, Sir.»

«Nun, bis auf seine blutende Nase hatte unser Koch den Vorfall gut überstanden. Aber als ich ihn fragte, was es denn mit dieser Keilerei auf sich hatte, stierte er nur dumpf vor sich hin, sah meine Tochter mit finsterem Blick an, als sei ausgerechnet sie an allem schuld, und keuchte. Und Emily, die einfühlsame Seele, sagte nur: ‹Laß ihn sich doch erst mal erholen, Vater›, und nahm mich beiseite. Tatsächlich haben wir später gar nicht mehr darüber gesprochen, stimmt's, Dillion?»

«Ja, Sir.»

«Zu dumm.»

«Wenn ich mir noch eine Bemerkung erlauben darf, Sir», bat Dillion.

«Nur zu, ich bin ja fertig, und die Damen warten auch schon nebenan.»

«Der Zwischenfall überzeugte Mr. Pistoux schlagartig, doch bei uns zu bleiben.»

«Doch zu bleiben? Wollte er denn fort?»

«Ja, aber darüber sprachen wir ja, kurz bevor diese Schläger kamen.»

«Aber warum denn?»

«Kann ich Ihnen nicht sagen, Sir.»

«Wie dem auch sei», sagte Powell und stemmte sich aus einem Sessel. «Wir wollen die Damenwelt von Lorain, Ohio, nicht länger warten lassen.»

6 ～ DIENER UND

HERREN «Da ist ja Lucien», sagte Miranda, nachdem sie vom Servieren des Desserts zurückgekommen war. Der Küchenjunge war plötzlich zu Pistoux' großem Erstaunen in der Küche aufgetaucht und hatte sich in der Ecke neben dem Herd auf einen Mehlsack gekauert und aus seinem Bündel ein dickes Buch hervorgekramt. Darin las er nun im schwachen Licht einer Talglampe. Vom Arbeiten schien er nicht viel zu halten.

«Lucien kann lesen», fügte Miranda bedeutungsvoll hinzu.

Pistoux mußte zweimal hinsehen, bis er merkte, daß Lucien trotz seiner Kleinwüchsigkeit ein erwachsener Mensch war. Ein Liliputaner. Er hatte glattes, schwarzes Haar, ein längliches Gesicht, schwarze Augen und schiefe Zähne. Er trug Hemd und Hosen aus Baumwolle, die ihm zu groß waren, und weder Schuhe noch Strümpfe.

«Kann er auch arbeiten?» fragte Pistoux.

Miranda lachte: «Er muß erst morgen anfangen. Ich habe ihm gedroht, das Buch wegzunehmen. Und sicherheitshalber habe ich seine anderen beiden weggeschlossen. Die bekommt er nur, wenn er fleißig ist.»

«Die anderen beiden?»

«Das Buch besteht aus drei dicken Bänden. Es heißt ‹Der Graf von Monte Christo›. Kennen Sie es?»

«Ja.»

Was machen Sir nur für ein Gesicht. Sie haben es wohl in Ihrer Jugend gelesen?»

«Ja.»

«Das Buch spielt hier in Marseille, nicht wahr?»

«Zumindest fängt es hier im Hafen an.»

«Ich kann leider nicht lesen», sagte Miranda. «Schon gar nicht französisch.»

«Und wer sorgt jetzt dafür, daß der Abwasch erledigt wird?»

«Lucien fängt morgen früh um vier Uhr an. Er wird es schon schaffen.»

«Dann sollte er bald zu Bett gehen.»

«Er wird sich schlafen legen», versicherte Miranda und trat zu dem kleinen Mann, der Pistoux jetzt ungeheuer alt vorkam. «Sobald er die letzte Seite gelesen hat. Stimmt's, Lucien?»

Lucien hatte überhaupt nicht zugehört. Er bewegt lautlos und konzentriert die Lippen.

«Kennen Sie ihn schon länger?»

«Ich habe mit ihm in einem Bistro am Hafen gearbeitet», sagte Miranda. «Als ich diese Stelle hier angeboten bekam, traf ich ihn wieder. Er war entlassen worden und hatte sein ganzes Geld für diese Bücher ausgegeben. Saß am Hafenkai und las. Können Sie sich das vorstellen?»

«He, Lucien», rief Pistoux, «wo hast du Lesen gelernt?»

«Im Zirkuswagen, wenn wir unterwegs waren», murmelte der Liliputaner.

«Ich bürge für ihn», sagte Miranda. «Morgen früh wird die Küche wieder in allerbestem Zustand sein.»

Pistoux nickte lahm. Gegen diese schöne junge Frau kam er nicht an.

Pistoux ließ seinen Blick durch die Küche schweifen. Für eine Schiffsküche war sie recht groß, aber gemessen an einem Restaurant ziemlich bescheiden, zumal für jemanden, der es gewohnt war, in Hotels zu arbeiten. Glücklicherweise hatte der Herd passable Ausmaße. Über der Feuerstelle hingen Kupferpfannen, außerdem Kellen und Löffel, Töpfe in allen Größen und Formen stapelten sich rechts neben dem Backofen, und auf den Regalen standen unzählige Blechschüsseln. Er hatte natürlich, wie jeder Koch, sein eigenes Messerset, das er stets in einem Gürtel bei sich trug. Kittel und Mütze gehörten ebenfalls zu seiner ganz persönlichen Ausrüstung. Das Porzellan und alle sonstigen Utensilien, die für das Servieren in der Offiziersmesse nötig waren, befanden sich in einem separaten Raum, ebenso die Speisekammer, von der aus man eine Leiter hinunter ins Schiffsinnere klettern konnte, wo die Vorräte für die dreiwöchige Kreuzfahrt in einem speziellen Laderaum verstaut worden waren. Frischfleisch und einige lebende Hühner und Kaninchen würden am nächsten Tag geliefert werden. An Kartoffeln, Reis, Bohnen und anderem Gemüse von Artischocken bis Zucchini herrschte kein Mangel. Und Carlo Spuntini, der italienische Steuermann, hatte versprochen, dafür zu sorgen, daß täglich frischer Fisch vorhanden war. Er kam aus einer Fischerfamilie und kannte sich mit Angeln und Netzen aus, behauptete er. Außerdem habe er sich bei den Fischern im Hafen über die Fanggründe informiert.

Das erste Abendessen auf der ‹Pluto› war Pistoux geglückt. Als Hauptgericht hatte er ein deftiges *Daube provençale* ausgewählt. Dafür hatte Pistoux sich ein ganz besonderes Stück Fleisch ausgesucht, von dem er wußte, daß man es seinen Gästen auf keinen Fall im Rohzustand zeigen durfte: Joue de boeuf. Wenn ein Unkundiger ein Stück Ochsenbacke zum ersten Mal sah, war er meist schockiert. Das Fleisch war dunkel, eher bräunlich und durchzogen von unzähligen feinen und nicht so feinen Äderchen, sah furchtbar häßlich und klumpig aus, war zäh wie ein Stück Leder. Aber genauso mußte es sein. Er hatte nach dem schärfsten Meser gegriffen, die Klinge noch mal extra abgezogen, dann die unförmigen Fleischklumpen auf die Tischplatte geworfen und mit konzentrierten Schnitten rasch zerteilt. Zur Verschönerung trug dies wenig bei, aber es half, die dicksten Sehnen und das überflüssige Fett abzuschneiden. Das anschließende Marinieren in einer Mischung aus Rotwein und Essig verstärkte noch den zweifelhaften äußerlichen Charakter des Fleisches. Aber nach fünf Stunden Schmoren im Ofen bei kleiner Hitze, wenn der Fleischsaft sich mit dem Gemüse und dem Wein verbunden hatte und die Äderchen aufgingen, die Sehnen zerschmolzen und die Fleischteile aufgingen, war aus der Joue de boeuf das feinste Ragout der Welt geworden. Kein Filet kam dagegen an. Die Ochsenbacke war das Lieblingsfleisch der Meisterköche.

Nun hoffte Pistoux, daß die Passagiere und vor allem der unsympathische Mr. Dillion damit zufrieden waren.

Der unsympathische Mr. Dillion! Er ließ nicht locker. Der Sekretär des amerikanischen Industriellen hatte ihm einen «abwechslungsreichen und verbindlichen» Speiseplan für die gesamte Reise angekündigt. Ein eindeutiger Affront gegen den Koch, wie Pistoux meinte, aber nach dem Zwischenfall am Hafen wollte er zuallererst aus der Stadt verschwinden, in der ihm nur Armut und Gefahr zu drohen schienen. Pistoux rieb sich die Nase, die leicht geschwollen war, und seufzte.

Miranda scheuchte Lucien nach draußen: «Nimm dir eine Kerze und lies in deiner Schlafkoje weiter!»

Kaum war er gegangen, trat Enzo Dimitrios in die Küche. Er war gut gelaunt und etwas angetrunken.

Er grüßte Pistoux nur flüchtig und wandte sich dann an die Spanierin: «Na, mein Täubchen», sagte er. «Hast du dich mit unserem französischen Meisterkoch arrangiert.»

Pistoux war erstaunt über den vertraulichen Ton, den Dimitrios anschlug. Er wollte sich nichts anmerken lassen, aber sein Gesicht verzog sich angewidert.

«Wir arbeiten gut zusammen», erwiderte Miranda kühl.

«Schön, schön, das freut mich. Hast du heute abend schon etwas vor, schönes Kind?»

Pistoux stemmte die Hände in die Hüften und starrte seinen Arbeitgeber an, der ihm allerdings den Rücken zugewandt hatte. Offenbar ging er davon aus, daß er sich hier an Bord seines Schiffes alles erlauben konnte.

«Ich gehe ins Bett und werde schlafen», sagte Miranda.

«Was für ein Zufall», sagte Dimitrios, «genau das will ich auch tun.»

Er taumelte ein wenig. Offenbar hatte er eine ganze Menge getrunken.

«Da werden sich unsere Wege zweifellos trennen», sagte Miranda.

Dimitrios lachte: «Das Püppchen hat Humor», murmelte er bei sich und fuhr dann lauter fort: «Aber heute wirst du mir nicht entkommen, heute nicht!»

Mirandas Blick fiel auf Pistoux und verfinsterte sich. «Sie sollten hier nicht vor allen Leuten so reden», sagte sie wieder an Dimitrios gewandt.

Der Angesprochene drehte sich um: «Ach, wegen ihm? Dann soll er doch gehen. Los, Meisterkoch, gehen Sie, Sie werden hier nicht mehr gebraucht. Schlafen Sie sich aus!»

Pistoux spürte, wie der Zorn in ihm aufstieg. Er ballte die Fäuste und atmete einmal tief durch. Sein Blick fiel auf Miranda. Sie sah gefaßt aus. Hatte sie sich in ihr Schicksal gefunden?

«Gehen Sie, Monsieur», sagte sie zu ihm. «Ich werde hier schon allein fertig.»

Dimitrios lachte vor sich hin: «Übrigens erwartet Sie Mr. Dillion in seiner Kabine.»

Pistoux stand einen Moment lang unschlüssig da, aber auf ein weiteres Kopfnicken der jungen Spanierin hin verließ er die Küche und trat hinaus aufs Deck. Sie mußte schließlich selbst wissen, was sie tat, dachte er grimmig.

Dillion thronte wieder hinter seinem Schreibtisch in der Kabine, die, wie Pistoux jetzt erst richtig auffiel, wesentlich größer war als seine eigene. Aber was ging nur in ihm vor? Wieso war es ihm plötzlich zuwider, nur einer der Bediensteten zu sein. Er war doch nur ein Koch und kein wohlhabender Mann. Er mußte arbeiten, er mußte sich in sein Schicksal fügen. Und das hieß, sich mit einer kleinen Kajüte zufriedenzugeben und Befehle von Menschen entgegenzunehmen, die er nicht ausstehen konnte. Und Dinge geschehen zu lassen, die ihm überhaupt nicht gefielen. Er verdrängte den Gedanken an das, was jetzt womöglich in der Schiffsküche passierte.

«Blicken Sie nicht so finster drein, Pistoux», sagte der Sekretär, ohne ihm den Stuhl anzubieten. «Freuen Sie sich mit mir. Morgen werden die Kisten mit dem Wein geliefert. Wir haben eine großartige Auswahl an provenzalischen Weinen erstehen können: aus Gigondas, Vacqueras, Châteuneuf-du-pape. Natürlich diverse rote Bordeaux. Dazu feine Weißweine von der Loire, einige Burgunder und so weiter. Es wird uns bei Tisch an nichts mangeln und Ihnen in der Küche hoffentlich auch nicht.»

Dillion suchte einige Papiere auf dem Schreibtisch zusammen, stieß dabei fast sein Glas um und hielt den Zettel dann hoch: «Hier sind ihre Instruktionen! Der Speiseplan für die nächsten Wochen. Wir erwarten jeweils am Mittag ein spanisches und am Abend ein französisches Menü. Drei Gänge jeweils genügen übrigens völlig. Sie müssen sich nicht verausgaben. Ich gehe davon aus, daß sie das alles in Zusammenarbeit mit Ihrer Spanierin problemlos bewältigen können. Hier, bitte sehr.» Er hielt dem Koch die Papiere hin. Pistoux griff danach und warf einen Blick darauf.

«Nicht jetzt, bitte», sagte Dillion ungnädig. «Sie haben die ganze Nacht Zeit, diese Liste zu lesen und für gut zu befinden, was Ihnen zweifellos nicht schwerfallen wird. Wenn alles planmäßig verläuft, werden wir morgen abend in See stechen. Bedenken Sie nur eins, nämlich den Leitspruch, den ihr Landsmann, der zu Recht berühmte Brillat-Savarin, formuliert hat.» Er griff nach dem kleinen Büchlein, das zu seiner Rechten auf dem Schreibtisch lag: «‹Pünktlichkeit ist die oberste Tugend des Kochs.› Ich verlasse mich in jeder Hinsicht auf Sie. Ich danke Ihnen.»

Damit war Pistoux entlassen.

Er verließ die Kabine des Sekretärs, stieg nach oben an Deck und sah vom Achterdeck her eine gebückte Gestalt auf sich zukommen. Es war Enzo Dimitrios. Er stöhnte und hielt die Hände gegen den Unterleib gepreßt. In dieser grotesken Stellung humpelte er zur Reling, beugte sich mühsam hinüber und erbrach sein Abendessen ins Hafenbecken.

Nun, dachte Pistoux befriedigt, das war ganz offensichtlich ein kurzes Vergnügen gewesen, und ging besänftigt zu Bett.

~ 7 ~ *SCHWÄRMEREI* Liebes Tagebuch, bitte verzeih mir, aber ich bin wütend. Natürlich auf mich selbst. Wie konnte ich nur! Was bin ich doch für ein Dummchen! Aber nun ist es geschehen. Ich habe mich zum Gespött gemacht. Mit großer Verzweiflung male ich mir aus, wie peinlich es sein wird, wenn ich wieder nach Hause zurückkomme. Man wird mich auslachen. Ich weiß doch, daß Nora eine Klatschbase ist. Sie wird alles weitererzählen. Alle meine Freundinnen werden schon einen Tag, nachdem mein Brief in der Heimat angekommen ist, über mich sprechen. Sie werden feixen und Grimassen ziehen. Und wenn ich wieder nach Hause komme, werden sie tuscheln und hinter vorgehaltener Hand kichern. Wie konnte ich nur meine Gefühle so offenlegen! Ich bin sehr wütend auf mich! Aber nun ist es zu spät. Ich frage mich, ob es eine Möglichkeit gibt, das Unheil zu verhindern. Vielleicht sollte ich hierbleiben, in Europa. Meine einzige Hoffnung ist er. Aber wird er mich überhaupt als seiner würdig empfinden? Bin ich es wert, daß er seine Augen auf mich richtet, wo ich mich so blamabel verhalten habe? Jetzt, nachdem ich meine Liebe auf so unwürdige Weise verraten habe? Ich hätte schweigen sollen. Ich hätte warten sollen. Aber nun ist es geschehen.

Etwas Unerhörtes passiert, liebes Tagebuch. Ich habe mich umsonst gegrämt, war umsonst verzweifelt, weil ich fürchtete, ihn, den Mann meiner Träume, nie mehr wiederzusehen. Und nun ist er hier. Auf unserem Schiff. Er fährt mit! Ich zittere am ganzen Körper, wenn ich mir vorstelle, daß ich ihm schon morgen ganz allein an Deck gegenüberstehen werden. Was werde ich ihm sagen? Wie wird er mich ansprechen? Werde ich meine Gefühle verbergen können? Wie wird er reagieren, wenn ich wieder erröte. Und ich weiß, ich werde erröten.

Nun aber der Reihe nach, ich will mich nicht in Klagen verlieren.

Wir hatten den Vormittag damit verbracht, uns in unseren Kabinen einzurichten. Ich finde es ein bißchen ungemütlich hier auf diesem Dampfer, vor allem eng. Aber Mr. Powell behauptet, eine bequemere Unterkunft für eine Seereise könne es gar nicht geben. Natürlich weiß ich noch, wie eng und bedrückend es war, als wir mit dem Steamer von New York nach Holland reisten. Aber das lag auch am schweren Seegang und daran, daß ich krank geworden bin. Das Mittelmeer ist wesentlich angenehmer zum Reisen, ruhig und glatt und strahlend blau. Wie gesagt, wir packten alle unsere Koffer aus, die gleich nach der Ankunft mit der Kutsche vom Hotel geliefert wurden. Ich finde es immer aufregend, meine Sachen in eine neue Umgebung einzuordnen, aber hier an Bord müssen leider die meisten Dinge im Koffer bleiben, was mühselig ist, wenn man etwas in den zahllosen Fächern, Seitentaschen und Schubladen sucht. Ein Überseekoffer ist schon eine feine Sache, aber einen echten Schrank kann er nicht ersetzen. Immer wieder passiert es mir, daß ich ein Kleidungsstück, ein Tuch oder ein Schmuckstück nicht wiederfinden kann, obwohl ich weiß, daß es da sein muß.

Als wir uns dann um die Mittagszeit alle auf dem Vorderdeck wiedertrafen, wo der emsige Mister Dimitrios unter einem Sonnensegel eine Art Terrasse hatte errichten lassen, waren wir ganz erstaunt, plötzlich Stimmen vom Kai her rufen zu hören. Ich saß neben Daisy in einem Deckchair, und wir sprachen über die bevorstehende Reise und meine Angst vor einem neuen Anfall von Seekrankheit. Daisy machte sich ein bißchen über mich lustig, denn sie hatte natürlich in ihrem ganzen Leben noch nie an Seekrankheit gelitten. Emily, ihre Mutter, hatte schon wieder ihre Staffelei aufgebaut und versuchte sich an einer Skizze des Hafenpanoramas, wobei sie, wie üblich, über die schwierigen Lichtverhältnisse lamentierte. Agatha und Annabella, die beiden Dienstmädchen, waren noch unter Deck beschäftigt. Craig döste vor sich hin, nachdem er Daisy mit seiner Fürsorge (Ob ihr auch warm genug sei? Ob er ihr eine Wolljacke holen solle? Ob sie vielleicht etwas zu trinken haben möchte?) nervös gemacht und sie ihn angewiesen hatte, sich endlich mal hinzusetzen. Mr. Powell und Mr. Dillion waren eifrig über die Reiseroute, das Wetter und die Verpflegung diskutierend an Land gegangen. Ich glaube, sie fragten sich mal wieder, wo eigentlich unser Reiseleiter, Mr. Dimitrios, abgeblieben war. Der hatte ja von Anfang an die Gewohnheit gehabt, in entscheidenden Momenten zu verschwinden. Um uns herum herrschte eifrige Betriebsamkeit, denn die Mannschaft bereitete alles für unser Auslaufen am Abend vor. Auf dem Achterdeck sah ich gelegentlich den französischen Koch und die spanische Köchin, die übrigens eine hinreißende Schönheit ist. Der Koch ist eine stolze Erscheinung. Aber er scheint für nichts Augen zu haben als seine Arbeit. Irgendwann machte auf der Seeseite ein Fischerboot fest, und der Fischer begann mit dem Koch um den Preis frisch gefangener Sardinen, Rotbarben und Doraden zu feilschen. Aus dem hohen Schornstein stieg eine dünne Rauchsäule in den blauen Himmel. Es war sommerlich warm, die Luft von den nahen und fernen Stimmen der Seeleute und Fischer durchdrungen, die auf ihren Kuttern, Segelschiffen und am Kai ihren Arbeiten nachgingen.

Dies war die Situation gleichförmiger Geschäftigkeit und erwartungsfroher Entspannung, die plötzlich wie von einem Erdbeben erschüttert wurde, besser gesagt ein Seebeben (natürlich!), noch besser gesagt: Es war eine Erschütterung, die nur ich wahrnahm, denn sie fand nur in mir selbst statt. Ein Herzbeben sozusagen.

Wie gesagt, wir hörten Stimmen. Rufe. Natürlich achteten

wir nicht darauf. Es war Craig, der sich plötzlich aufrichtete und horchte. «Wer ist da?» fragte er, was Emily zum Lachen brachte, denn es klang so, als hätte er geträumt. «Fulton? Was zum Teufel ...», murmelte er dann, worauf Clara, Emilys Gesellschafterin, die (wie immer, möchte man fast sagen) mit irgendwelchen Stickereien beschäftigt war und neben der Staffelei saß, ihn strafend anblickte.

Erstaunt erhoben wir uns, und tatsächlich: Dort unten neben dem Landungssteg stand ‹er›, stattlich, elegant, in heller, gestreifter Hose, mit dunklem Rock und einem hellgrauen Zylinderhut. Hinter ihm ein Einspänner.

«Mr. Fulton?» fragten Emily und Daisy wie aus einem Mund.

«Was denn für ein Fulton?» fragte Clara.

Und Emily: «Mir scheint, mein lieber Craig, dieser Mann kennt dich. Er winkt dir zu.»

«In der Tat», sagte Craig.

«Wollen wir ihn nicht an Bord bitten?» fragte Daisy zu meiner großen Freude.

«An Bord bitten?» Craig schien wirklich noch ein wenig verschlafen zu sein.

«Ist dieser Mann ein Amerikaner?» fragte Emily.

«Äh, ja, ganz recht», stotterte Craig. Das hatte er nun von seiner Heimlichtuerei. Er warf mir einen sehr schuldbewußten Blick zu. Trotz meiner Aufregung schaffte ich es sogar, überlegen zu lächeln.

«Nun, wenn er ein Landsmann ist, sollten wir ihn wohl an Bord bitten», entschied Emily souverän und legte ihren Pinsel beiseite.

«Ich werde ihn holen» sagten Craig und Clara wie aus einem Mund, woraufhin sie sich erstaunt anblickten.

Emily lachte: «Offenbar reißt man sich um den Herrn.»

«Also ...», sagte Craig, aber Clara war schon auf dem Weg. Ich konnte deutlich sehen, daß es Craig nicht recht war. Er blickte zornig hinterher.

Immerhin war es dann sein Privileg, «Mr. John Fulton aus Connecticut, ein alter Schulfreund» vorzustellen. Seinem säuerlichen Gesichtsausdruck nach zu schließen, schien er nicht sehr stolz auf diese Bekanntschaft zu sein. Er tat so, als hätte er ihn nicht erst kürzlich gesehen. Ich merkte, wie er mich forschend ansah. Aber ich tat so, als hätte ich die Begegnung in Nizza längst vergessen.

Emily ließ einen Deckchair für Mr. Fulton holen. Er erzählte von seiner Reise durch Italien, die ihn schließlich auf den Weg von Süden nach Norden an die französische Riviera und bis nach Marseille gebracht hatte. Er wolle nun nach Spanien weiterreisen, denn er habe so viel von den Reizen Andalusiens gehört.

Natürlich blieb Emily gar nichts anderes übrig, als ihn zum Lunch einzuladen. Mein Herz hüpfte vor Freude.

Allerdings muß ich zugeben, daß ich dann bei Tisch weniger fröhlich war: Ich war derart aus dem Häuschen, daß mir das Besteck aus den Händen fiel und ich mein Weinglas umwarf. Hunger hatte ich ohnehin keinen. Außerdem wollte ich nicht, daß John bemerkte, wie sehr meine Hände zitterten. Es war das erste Mal, daß uns eine spanische Mahlzeit serviert wurde, für die unsere Köchin verantwortlich war. Zu meinem Leidwesen benutzte Mr. Dillion die Gelegenheit, über den Unterschied der spanischen und südfranzösischen Küche zu dozieren. Ich glaube, John hat sich genauso gelangweilt wie ich. Aber da Daisys Vater von solchen Gesprächen über das Essen nie genug kriegen kann, mußten wir uns alle fügen und so tun, als würden wir aufmerksam zuhören. Immerhin hatte ich Gelegenheit, meinen Angebeteten hin und wieder heimlich anzusehen. Ich glaube, ich habe noch nie einen schöneren Mann gesehen. Auch wenn seine Gesichtszüge nicht fein zu nennen sind, finde ich in ihnen doch eine gewisse Noblesse; vor allem aber einen sehr männlichen Zug, etwas Abenteuerliches. Ist er ganz allein durch Italien gereist? Wie extravagant!

Und dann am Nachmittag platzte die Bombe (liebes Tagebuch, bitte entschuldige meine Wortwahl)! Emilys Vater hat offenbar Gefallen an John gefunden und ihn eingeladen, seine Reise nach Andalusien mit uns zusammen auf der ‹Pluto› zu machen. Was für ein Glück! Wie mir Agatha erzählte, als sie mir ein ausgebessertes Nachthemd brachte, haben sich Mr. Powell und unser neuer Mitreisender den ganzen Nachmittag hindurch über Sherryweine und spanischen Brandy unterhalten. Das hat Mr. Powell wohl auf die Idee gebracht. Immer nur mit einem akribischen Erbsenzähler wie Mr. Dillion über solche Dinge zu reden ist ja auch langweilig. Ich werde heute nacht kein Auge zumachen, ich werde mich nicht mehr an Bord trauen, ich werde ständig in Ohnmacht fallen, ach herrjeh!

Aber nein! Ich muß ihn für mich gewinnen. Doch wie nur? Wie? O Gott, wie ist das schlimm, wenn man sich niemandem anvertrauen kann!

Ich muß zu Bett. Dieses sanfte Schaukeln des Schiffs macht mich ganz unruhig. Mir ist heiß.

Hilfe!

Gute Nacht.

~·**8**·~ PROMENADE AN DECK Es war ein strahlend schöner Tag. Nur vereinzelt konnten die Reisenden kleine Wolken am Himmel ausmachen. Das Meer lag spiegelglatt da und schimmerte blau wie der Himmel. Steuerbord lag die französische Küste, die allmählich verschwand, als die ‹Pluto› Kurs auf Barcelona nahm. Aus dem Schornstein des Raddampfers pulste stetig schwarzer Rauch.

Irvine Powell hatte es sich in einem Deckchair unter dem Sonnensegel bequem gemacht und rauchte eine Zigarre. Gelegentlich döste er ein, denn er war zufrieden mit sich und der Welt. Seine Frau Emily stand wieder vor ihrer Staffelei, die sie etwas weiter Backbord aufgebaut hatte. Ihr heutiges Programm lautete ‹maritime Stilleben›. Sie hatte bereits eine neue Zeichentechnik mit dem Kohlestift ausprobiert. George Dillion saß Powell gegenüber und las in Brillat-Savarins «Physiologie des Geschmacks». Er war gerade beim Kapitel «Vom Durste» angelangt und las: «Der künstliche Durst, Spezialität des Homo sapiens, stammt aus jener eingeborenen Ahnung: daß dem Getränk eine Kraft innewohne, die nicht die Natur hineingelegt, die erst die Gärung erzeugt hat. Ein künstlicher Genuß, nicht ein natürliches Bedürfnis: so wird er wahrhaft unlöschbar; denn was man schluckt, ihn zu löschen, das schürt ihn immer neu. Dieser Durst, der schließlich Gewohnheit wird, umfaßt die Säufer der ganzen Welt. Meist endet er erst mit dem Stoff – oder wenn dieser den Trinker besiegt oder kampfunfähig gemacht hat.»

«Was bedeutet ‹Stoff›?» murmelte Dillion vor sich hin.

Eine Möwe schrie. Irvine Powell schlug die Augen auf und paffte heftig an seiner Zigarre, um sie wieder unter Dampf zu bringen. Dann nahm er sie aus dem Mund, gähnte, streckte sich und sagte: «Na, Dillion, ich sehe, Sie bilden sich. Was sagen Sie zu unserer Küchenbrigade?»

«Mir scheint, Sie haben eine gute Wahl getroffen, Mr. Powell.»

«Nur nicht so bescheiden, Dillion, es ist ganz allein Ihr Verdienst.»

«Vielen Dank, Sir.»

«Der Franzose versteht sein Handwerk. Ich beginne zu glauben, daß er tatsächlich schon in einem Grand Hotel beschäftigt war. Und was die Spanierin betrifft: Sie steht ihm kaum nach. Allerdings ist sie mir etwas zu feurig. Greift gern zum Pfeffer, scheint mir. Aber sie ist wahrhaftig auch eine scharfe Person.»

Mr. Powell blickte nach Backbord, ob seine Frau mitgehört hatte, und stellte beruhigt fest, daß sie ganz mit dem Porträt einer Taurolle beschäftigt war.

«Auch das Servieren klappt ausgezeichnet», ergänzte Powell.

«Nur der Küchenjunge verhält sich etwas tapsig», meinte Dillion.

«Der arme Mann. Ist weiß Gott kein erhebender Anblick.»

«Mr. Dimitrios scheint mit der Köchin allerdings nicht so zufrieden zu sein.»

«Ist mir aufgefallen. Offenbar wartet er nur darauf, daß sie einen Fehler macht, um sie abzukanzeln. Seltsam.» Powell probierte einige Rauchringe, die sofort vom Fahrtwind zerblasen wurden.

«Die Mannschaft erzählt sich da so Geschichten», deutete Dillion vage an, mit einem ängstlichen Blick in Richtung Emily Powell.

«Soso?»

«Spuntini, der Steuermann, plaudert gern ein bißchen. Er deutete etwas von einem mißglückten Annäherungsversuch an.»

«Tja», stellte Powell fest. «Diese Südländer sind in Gefühlsdingen manchmal recht heftig.»

«So ist es wohl.»

Powell blickte träge um sich: «Wo ist er denn eigentlich, unser wackerer Fremdenlegionär?»

«Ist er nicht vorhin in den Laderaum hinuntergestiegen?»

«Was tut er denn da?»

«Keine Ahnung.»

«Na, egal. Ich will nur hoffen, daß er sich wegen dieser Köchin nicht zu irgendwelchem Unfug hinreißen läßt.» Powell schloß die Augen, das Gespräch versiegte, die Zigarre erlosch.

«Die Genüsse der Liebe erhöhen den Durst», las Dillion nun wieder in seinem Buch. Er nickte zustimmend und dachte über das spanische Mittagsmenü nach: Es würde *Kichererbsen in Vinaigrette* und anschließend *Schinken in Tomatensauce* geben.

Auf dem Achterdeck unterhielte sich Daisy mit Agatha, dem stämmigen, wohlgenährten englischen Dienstmädchen. Sie berieten über den Schnitt des Kleides, daß Daisy sich in Marseille extra für die Schiffsreise gekauft hatte. Es war blau, sportlich geschnitten und hatte einen Matrosenkragen.

«An den Hüften muß es etwas enger sein, meinst du nicht?» fragte Daisy besorgt.

«Oh, ich finde es schon sehr eng.»

«Es betont meine Taille.»

«Aber es ist unmöglich, man kann es nicht enger machen. Es wird aufplatzen.»

«Unsinn!» rief Daisy ärgerlich. «Ich möchte eine Wespentaille haben.»

«Aber Miss Daisy, das ist doch ein Hirngespinst.»

«Was willst du damit sagen?» Daisy ließ ihren Blick störrisch über das Meer gleiten und ruckte an ihrem Kleid herum.

«Nichts.»

«Das war doch eine häßliche Anspielung. Du solltest nicht immer von dir auf andere schließen.»

Agatha sah ihre junge Herrin verblüfft an: «Aber nein, fragen Sie doch Annabelle, sie wird Ihnen bestätigen, daß da nichts zu machen ist», sagte Agatha.

Annabelle stand einige Meter von ihnen entfernt und blickte gelangweilt über die Reling ins Wasser.

«Annabelle!» rief Daisy.

Das französische Dienstmädchen schreckte auf.

«Komm doch mal her, du mußt mich beraten.»

Annabelle, die zierliche Französin, die immer etwas ängstlich wirkte, trat zu ihnen.

«Meine Taille!» sagte sie und stemmte die Fäuste in die Hüften.

«Was ist damit, Mademoiselle?»

«Enger!»

Annabelle begriff nicht, um was es ging.

«Ja», sagte sie, «mir scheint auch, daß das Kleid zu eng ist.»

Daisy stampfte mit dem Fuß auf. Agatha mußte sich grinsend abwenden.

«Es muß enger gemacht werden!» sagte Daisy.

Annabelle faßte nach dem Stoff und zog daran: «Ja, natürlich, es muß enger gemacht werden.»

Agatha sah sie finster an: «Enger?»

«Aber ja, warum nicht», sagte Annabelle opportunistisch.

«Dann kannst du es ja enger nähen», sagte Agatha schnippisch, drehte sich um und ging davon.

«Sie benimmt sich einfach unmöglich», sagte Daisy.

«Ja, Mademoiselle.»

«Apropos unmögliches Benehmen», fiel Daisy plötzlich ein. «Wo ist eigentlich meine liebe Freundin Mary, der ich diese Reise geschenkt habe, um ein bißchen Gesellschaft zu haben.»

«In ihrer Kabine, Mademoiselle.»

«Seit Tagen habe ich kein Wort mit ihr gesprochen. Ich möchte mal wissen, wozu wir sie überhaupt durch halb Europa schleppen, wenn sie immer nur in ihrem Zimmer hockt.»

«Sie schreibt Briefe, Mademoiselle.»

«Ach, an wen denn?»

«Daß weiß ich nicht.»

«Und worüber, bitte schön? Über die Zimmereinrichtung?»

«Außerdem schreibt sie ständig etwas in ihr Tagebuch.»

«Sie scheint ja eine Menge erlebt zu haben, daß sie so viel aufschreiben kann. Würde mich doch wirklich mal interessieren, was das wohl ist.»

«Das werden Sie bestimmt nie erfahren, Mademoiselle. Sie bewahrt das Tagebuch unter ihrem Kopfkissen auf.»

«Soso», sagte Daisy nachdenklich, «was du nicht sagst.»

«Oh, da kommt Monsieur Craig.»

«Wenigstens läßt er sich mal blicken. Geh schon mal vor, ich werde dir gleich das Kleid bringen.»

«Ja, Mademoiselle.» Agatha warf Annabelle einen spöttischen Blick zu, als sie auf dem Weg unter Deck an ihr vorbeikam.

«Guten Morgen, Craig.»

«Hallo, Liebes.»

«Du scheinst neuerdings mehr Spaß an Unterhaltungen mit deinem Freund John Fulton zu haben als mit mir.»

«Wie bitte?» Craig sah sie verstört an.

«Ich stelle fest, daß du mich vernachlässigst.»

«Aber Liebes, ich …»

«Widersprich mir nicht, ich habe recht.» Daisy zog einen Schmollmund.

«Also Daisy, bitte.»

«Er muß ja wirklich ungeheuer interessant sein. Clara scheint ihn ja ebenso anzuhimmeln.»

«Willst du damit andeuten, ich würde ihn anhimmeln?»

«Nun ja.»

«Du bist scheußlich, Daisy.»

«Ach ja? Bin ich das?»

«Bitte ereifere dich doch nicht so. Was ist denn nur los?» Craig blickte nervös um sich.

Daisy zupfte zornig an ihrem Kleid herum: «Ich ereifere mich? Ich finde, jetzt gehst du wirklich zu weit.»

«Aber nein, du drehst mir ja das Wort im Mund herum.»

«Schon wieder eine Unterstellung. Ich glaube fast, du willst Streit mit mir anfangen.»

«Aber das ist doch absurd!»

«Absurd, finde ich dein Verhalten, mein Lieber.»

Plötzlich tauchte John Fulton in ihrem Blick auf. Selbst an Bord trug er seinen hellgrauen Zylinder.

«Na, dann will ich mich mal in den Klub der John-Fulton-Bewunderer aufnehmen lassen», erklärte Daisy schnippisch.

«Bitte?»

«Du könntest mir mal meinen Sonnenschirm aus der Kabine holen, Liebster.»

«Jetzt sofort?»

«Aber natürlich. Ich bitte dich darum.»

Damit ließ sie Craig stehen und ging mit einem bezaubernden Lächeln auf den Lippen zu John Fulton hinüber, der sie soeben bemerkt hatte und eine Verbeugung andeutete.

«Guten Tag.»

«Einen wunderschönen guten Tag, Miss.»

«Na», sagte Daisy mit einem fröhlichen Lachen, «haben Sie es schon bereut, auf unserem Seelenverkäufer angeheuert zu haben?»

«Wie bitte?» John Fulton schien etwas verwirrt angesichts des leutseligen Tonfalls.

«Ist Ihnen nicht langweilig auf diesem alten Kahn?»

«Aber nein, im Gegenteil. Ich finde es sehr schön hier.» Fulton sah sich mit einer weit ausholenden Geste um: «Das Meer, der Himmel, der Wind.»

«Sie sind ja ein Poet, Mr. Fulton», sagte Daisy spöttisch.

«Ich bin sehr glücklich, daß Sie mir erlaubt haben, diese Reise mit Ihnen zu machen.»

«Oh, bedanken Sie sich bei meinem Vater. Er ist der Boss hier.»

«Der Boss ...» Fulton lachte.

«Sie sind also ein Schulfreund von Craig?»

«Ja.»

«Da können Sie mir sicherlich eine Menge von ihm erzählen.» Daisy hängte sich bei Fulton ein und zog ihn mit sich fort. «Wie war er denn so als Junge?»

«Wie alle anderen, wieso?»

«Aber Mr. Fulton! Wollen Sie damit etwa sagen, daß mein Zukünftiger einer wie alle anderen ist? Ich wollte eigentlich etwas Besonderes haben.»

«Oh, so war das nicht gemeint. Ich sprach von der Vergangenheit.»

«Wollen Sie mir nicht von ein paar Streichen erzählen, die Sie zusammen ausgeheckt haben?»

«Hm, ich weiß nicht, ob das wirklich im Sinne von Craig wäre. Vielleicht sollten Sie ihn selbst fragen.»

«Sie sind schrecklich loyal. Ihr Jungs haltet wohl immer noch zusammen?»

«Nun ja.»

«Ich habe so den Verdacht, daß Ihr Jurastudium Sie für das Leben untauglich gemacht hat.»

«Das Jurastudium?»

«Ja, Sie haben doch auch Jura studiert, oder? Was denn sonst. Sie leiden unter dem gleichen Symptom wie Craig. Er wägt alles ab. Jede Aussage wird daraufhin überprüft, ob sie ihn vor Gericht in einem vorteilhaften Licht erscheinen läßt.»

«Vor Gericht? Wie meinen Sie das?» Fulton war sichtlich verwirrt.

«Falls er mal als Anwalt am Gericht zu tun hat, muß er sich ja entsprechend verhalten. Ich nehme an, so etwas lernen Sie auch in Ihrem Studium.»

«Hm, ja, natürlich.»

«Und das verdirbt jede Romantik. Sie wägen ab, Sie prüfen, Sie taktieren. Und das ist etwas, was eine Frau auf die Palme bringen kann, verstehen Sie?»

«Ich bin nicht sicher, ob ...»

«Nanu», Daisy blickte zum Heck, wo plötzlich eine Gestalt aufgetaucht war.

«Was ist?»

«Da hinten, das ist ja Mary. Erstaunlich. Offenbar hat sie sich doch entschlossen, ihre dunkle Kajüte zu verlassen.»

«Mary?»

«Mary Lamb. Das ist nun wiederum meine Schulfreundin. Allerdings habe ich in letzter Zeit nicht besonders viel von ihrer Gesellschaft gehabt.»

«Was ist mit ihr?»

«Sie schreibt Tagebuch.» In Daisys Stimme schwang etwas Verachtung mit.

«Das ist doch kein Handicap.»

«Wenn man nur noch mit seinem Tagebuch redet, schon. Sehen Sie nur, was für einen finsteren Blick sie uns zuwirft.»

«Ich glaube, sie sieht aufs Meer hinaus. Dort sind Delphine.»

«O ja, tatsächlich.»

«Aber jetzt wendet sie sich uns zu.»

«Gehen Sie zu ihr», sagte Daisy. «Tun Sie mir den Gefallen. Vielleicht spricht sie ja mit Ihnen.»

«Wenn Sie meinen.»

«Ich bitte Sie darum.»

«Also gut.»

«Wir sehen uns dann bei Tisch, Mr. Fulton.»

Fulton drehte sich um und ging zum Heck. Aber noch ehe er sie erreicht hatte, war die scheue Mary schon wieder verschwunden.

Nun tauchte auch Craig wieder auf. Er kam zu Daisy und hielt ihr den zusammengeklappten Schirm hin.

«Was soll ich denn damit?»

«Ich sollte dir doch den Schirm bringen.»

«Ja? Dann wäre es auch nett, wenn du ihn aufspannen könntest, mein lieber Craig.»

Er tat es, und sie nahm ihm den Schirm aus der Hand und sagte: «So, und nun muß ich mir erst mal dieses schreckliche Kleid hier enger schneidern lassen.»

Damit ließ sie ihren Verlobten einfach stehen.

«Was ist nur los heute?» fragte sich Craig halblaut.

Und Daisy murmelte im Weggehen mit Blick zum Heck, wo Mary gerade verschwunden war und an ihrer Stelle jetzt Fulton den Delphinen zusah: «Ich möchte doch zu gern wissen, was sie in ihrem Tagebuch über mich schreibt.»

Mary erschien nicht zum Mittagessen. Sie habe Kopfschmerzen, ließ sie durch Agatha ausrichten.

«Und jetzt einen Teller bitte.»

Pistoux ging zum Küchenschrank und holte einen Teller heraus.

«Nicht den, der ist zu klein», sagte Miranda.

«Wie wär's mit diesem hier?»

Miranda lachte: «Der ist auch zu klein. Er muß größer sein als die Pfanne.»

Pistoux suchte nach dem größten Teller, den er finden konnte.

«Diesen hier?»

«Der paßt.» Miranda nahm ihm den Teller ab und legte ihn verkehrt herum auf die Pfanne. «Gleich geht's weiter.»

Pistoux war ganz der Schüler: «Du hast Olivenöl in die Pfanne gegeben.»

«Und zwar nicht zu knapp», sagte Miranda.

«Dann die Zwiebeln darin angedünstet.»

«Richtig.»

«Anschließend die rohen Kartoffelscheiben dazugegeben und später die grobgehackten Paprikaschoten.»

«Vergessen Sie die Wurst nicht, Señor.»

«Wie heißt die noch?»

«Chorizo heißt nur Wurst. Diese hier ist scharf, eine Paprikawurst. Wir hätten auch luftgetrockneten Schinken nehmen können.»

«Tatsächlich?»

«Aber ja. Wie's beliebt. Aber mir schmeckt es mit Wurst besser.»

Wie's beliebt, dachte Pistoux und sah seine Mitarbeiterin an. Es war recht heiß in der Küche. Miranda trug ein dünnes rotes Kleid, darüber eine Schürze. Das Kleid war weit ausgeschnitten und gab den Blick auf ihre schönen Brüste frei. Pistoux schwitzte ein wenig. Es war nicht mehr nur ihr roter Mund, der ihn in Verwirrung stürzte, jetzt war es ihr ganzer Körper, der ihn anzog. Ich muß mich in acht nehmen, dachte er, sonst begehe ich noch eine Dummheit. Und eine solche Dummheit ist es schließlich gewesen, die mich hierhergebracht hat.

«Die Eier», sagte Miranda.

«Bitte?»

«Ich sagte: die Eier. Sie werden geschlagen und mit Salz und Pfeffer gewürzt. Wenn Sie es noch schärfer haben wollen, können sie Paprikapulver hineinrühren. Aber in diesem Fall, bei der scharfen Wurst, ist das nicht nötig.»

«Nein, ich glaube nicht.»

Miranda sah ihn lächelnd an: «Señor Pistoux, ich glaube, Sie mögen es lieber nicht so scharf.»

«Oh, das würde ich nicht sagen.»

«Wir Spanier übertreiben gern in dieser Hinsicht.»

«Aber nein, machen Sie es so, wie Sie es gewohnt sind. Ich will ja schließlich etwas lernen.»

«Wir haben das gedünstete Gemüse mit der Wurst aus der Pfanne geholt und in der Schüssel mit der Eimasse vermischt ...»

«... und dann in die gesäuberte Pfanne wieder hineingegeben. Natürlich mit viel Olivenöl ...»

«... wie wir Spanier es mögen.»

«Zweifellos.» Auch Pistoux mußte jetzt lächeln. Er war ein gelehriger Schüler. Er hatte begeistert zugesehen, wie sie das Gemüse und die Wurst vorbereitet hatte mit ihren kleinen zarten Händen. Auch jetzt beobachtete er aufmerksam ihre Bewegungen. Anmutig, dachte er. Sie bewegt sich am Herd mit einem Stolz, als würde es sich um die Beschäftigung einer Dame handeln.

Sie drehte sich zu ihm um, und wieder fiel sein Blick in den großzügigen Ausschnitt ihres Kleides. Sie schien es nicht zu bemerken. Oder es machte ihr nichts aus. Oder sie wollte es so. Warum tragen Frauen solche Kleider? dachte Pistoux. Weil sie es wollen. Aber was wollen sie noch?

«Sind Sie soweit, Señor?»

«Ja. Was nun?»

«Wir drehen die Pfanne um!»

«Wir drehen sie um?»

Miranda lachte fröhlich. «Ja, genau. Wollen Sie …?»

«Der Teller bleibt darauf liegen.»

«Ja, aber dann liegt er unten.»

Pistoux trat ganz dicht neben sie vor den Herd, griff nach einem Handtuch, dann nach der Pfanne, drehte sie um und stellte sie zurück.

«Jetzt müssen Sie nur noch die Pfanne wegnehmen.»

Pistoux hob die Pfanne und stellte sie beiseite.

«Und da ist unsere Tortilla.»

«Fertig?»

«Fertig.» Miranda nahm den Teller mit dem Kartoffelomelette und stellte ihn auf den Tisch: «Darf ich bitten? Mir knurrt der Magen. Es ist schon sehr spät.»

Pistoux brachte zwei Teller und Besteck. Sie setzten sich einander gegenüber an den Tisch. Pistoux war bemüht, sich ganz auf seinen Teller zu konzentrieren.

«Wo ist eigentlich Lucien?» fragte Miranda. «Will er gar nichts essen?»

«Er interessiert sich nur für sein Buch. Ständig sitzt er irgendwo in einer Ecke und liest.»

«Von Worten wird man nicht satt. Er wird uns noch verhungern», sagte Miranda, während sie die Tortilla in Stücke schnitt.

«Vor allem wird er uns die Arbeit überlassen.» Pistoux deutete auf die schmutzigen Töpfe, Pfannen und das ganze Geschirr, das sich neben dem großen Spülbecken stapelte.

«Bisher hat er doch immer alles erledigt», beschwichtigte die Spanierin.

«Aber er hat keine Disziplin», murrte Pistoux.

«Trotzdem sollten wir ihm etwas von der Tortilla übriglassen.»

«Meinetwegen, aber ich hoffe nur, daß er dieses Buch bald durchgelesen hat.»

Diese Hoffnung würde sich wohl nicht erfüllen, denn Lucien hatte einen noch aufregenderen Zeitvertreib gefunden, als zu lesen. Er lag auf der Lauer, er spionierte. Allerdings war er über seinem Buch eingeschlafen und sah nach dem Aufwachen keine Möglichkeit, augenblicklich zu verschwinden.

Unter einer Segeltuchplane versteckt, lag er im Rettungsboot auf der Steuerbordseite und beobachtete durch einen Spalt zwischen Plane und Bootskante das Geschehen auf dem erhöhten Achterdeck. Die Personen, die sich dort blicken ließen, waren sehr gut zu erkennen, denn ein strahlend weißer Halbmond stand am wolkenlosen Himmel.

Das Diner war lange vorbei, und die Reisenden sollten eigentlich längst in ihren Kojen liegen. Um so mehr wunderte sich der neugierige Küchenjunge, als er nun die leise vor sich hin schluchzende Mary Lamb sah. Langsam und leicht nach vorn gebeugt, stolperte sie die Treppe zum Achterdeck hinauf. In der Hand hielt sie ein Tuch, das sie immer wieder zum Gesicht führte, offenbar um sich die Tränen abzuwischen. Sie ging bis zum hinteren Ende des Dachs und lehnte sich gegen die Reling. Dann schneuzte sie sich lautstark in ihr Taschentuch, stöhnte laut und warf sich einen Umhang um die Schultern, denn der Nachtwind war kühl. Lucien hörte, wie sie etwas vor sich hin murmelte, aber er konnte die Worte nicht verstehen. Ohnehin sprach sie Englisch, eine Sprache deren er nicht mächtig war. Eine ganze Weile stand sie da, und Lucien wagte nicht, sich zu rühren. Mit seiner durch den Abenteuerroman angeregten Phantasie malte er sich aus, daß sie jeden Moment über die Reling klettern und sich in die Fluten stürzen könnte. Aber die junge Frau stand einfach nur da, schluchzte und hob gelegentlich den Blick zum Himmel, als wollte sie den Mond für ihr Schicksal verantwortlich machen.

Dann hörte man Geräusche vom mittleren Deck. Stimmengemurmel war jetzt zu vernehmen. Mary Lamb schien sie jetzt auch gehört zu haben. Erschrocken drehte sie sich um. Noch war niemand zu sehen. Aber ein glockenklares Lachen ertönte und die tiefe Stimme eines Mannes. Mit einem Ruck wandte sich Mary Lamb von der Reling ab und eilte über das Deck nach vorn. Doch dort war ihr der Weg abgeschnitten, denn nun hörte man Schritte die Treppe hinaufkommen. Und wieder Lachen.

Mary Lamb zögerte, wandte sich um, als suchte sie ein Versteck. Ganz offensichtlich wollte sie nicht gesehen werden. Zu seinem großen Erschrecken bemerkte Lucien, daß sie auf das Rettungsboot zulief, in dem er sich verborgen hielt. Er duckte sich. Gleich würde sie ihn entdecken. Aber da hörte er, wie sie innehielt. Er hob den Kopf und blickte wieder nach draußen. Die junge Frau hatte ihm nun den Rücken zugewandt und rannte nach Backbord. Wollte sie sich hinter einer Kiste verstecken? Nein, sie lief daran vorbei. Und dann, Lucien stockte der Atem, denn dies war wirklich aufregender als alle Abenteuerromane zusammen, stieg die junge Frau die Wanten hinauf. Sie kletterte den Mast hoch! Lucien traute seinen Augen nicht. Er selbst hatte immer nur ängstlich den Blick die Wanten hinauf nach oben gerichtet und war sich sicher, daß er es bestimmt nicht wagen würde, dort hinaufzusteigen. Aber Mary Lamb tat genau dies.

Und schon tauchten die beiden Gestalten auf, deren Stimmen er zuvor gehört hatte. Ganz eindeutig handelte es sich um einen Mann und eine Frau. Sie gingen eng umschlungen. Ein Liebespaar? Das versprach noch spannender zu werden. Aber gab es noch ein anderes Liebespaar außer den Verlobten Craig Moore und Daisy Powell an Bord? Ja, in der Tat, es handelte sich um John Fulton und Agatha, das englische Dienstmädchen. Es war eine etwas seltsame Umarmung, dachte Lucien. Recht unbequem, um sich fortzubewegen. John Fulton hatte eine Hand ganz offensichtlich unter den Rock seiner Begleiterin geschoben. Dem Beobachter wurde heiß und kalt zugleich.

Agatha hatte sich nun gegen die große Kiste gelehnt, hinter der sich kurz zuvor noch Mary Lamb hatte verstecken wollen. Lucien hob den Kopf. Dort oben in den Wanten konnte er schemenhaft ihre Gestalt ausmachen. Ganz langsam stieg sie nach oben, zögerte immer wieder und starrte nach unten. Hoffentlich fällt sie nicht, dachte Lucien und malte sich die Katastrophe auch schon aus.

John Fulton hatte jetzt die Röcke der Frau hochgeworfen und vergrub den Kopf im Wirrwarr aus Stoff und zappelnden Frauenbeinen. Agatha atmete heftig, gelegentlich gluckste sie. Dann rutschte sie die Kiste hinunter und landete auf dem Boden. Sie versuchte wegzukriechen und kicherte albern, als Fulton sie an den Armen faßte und roh zu sich hinzog. Dann stürzte er sich auf sie, man hörte, wie Stoff zerriß, und dann ruckten sie auf dem Boden hin und her, auf und ab. Lucien sah ihre nackten Beine, ihre Arme, die sich um den Rücken des Mannes schlangen, und hörte sie stöhnen. Der Mann ächzte. Die Frau hechelte. Sie wollten gar nicht mehr aufhören. Lucien starrte gebannt hin und bemerkte plötzlich das entblößte Hinterteil des Mannes, das im Mondlicht glänzte. Sein Blick wanderte wieder nach oben. Konnte Mary Lamb dort in den Wanten alles erkennen?

Dann schwoll das Stöhnen, Ächzen und Hecheln an, Agatha schrie auf, John Fulton legte ihr die Hand über den Mund, um ihr Schreien zu ersticken, stöhnte selbst wie ein Ochse.

Es dauerte eine Weile, dann standen sie auf. Sie ordneten ihre Kleider und gingen dann nebeneinanderher, als sei nichts geschehen.

Sie verschwanden, und alles war wieder ruhig.

Nur die Frau in den Wanten wollte nicht hinunterkommen. Sie klammerte sich an die Seile und schluchzte. Gelegentlich stöhnte sie wütend auf.

Wenn sie nicht bald dort herunterkletterte, wird sie noch jemand entdecken, befürchtete Lucien, der sich nun auch Sorgen machte, ob er wohl vor Tagesanbruch aus diesem verflixten Versteck wieder herauskäme.

Nach einer Weile sah er, wie Mary Lamb die Wanten hinabkletterte. Offenbar war es wesentlich schwieriger, als hinaufzukommen. Als sie endlich das Deck erreicht hatte, rannte sie davon.

Lucien kroch erleichtert aus dem Boot, verließ eilig das Achterdeck und machte sich auf den Weg zur Küche. Auf dem Hauptdeck angekommen, sah er sich vorsichtig um. Agatha, John Fulton und Mary Lamb waren verschwunden. Lucien atmete auf und schrak mit einem Mal heftiger zusammen als jemals zuvor in seinem Leben: Vor ihm stand plötzlich der mächtige Schatten von George Dillion und verstellte ihm den Weg. «Na, Sportsfreund», rief der Dicke, «mitten in der Nacht noch unterwegs?»

Der kleine Lucien starrte die mächtige Gestalt an. Er wußte nicht, was er sagen sollte.

«Auf der Suche nach Abenteuern», stellte Dillion mit schwerer Zunge mühsam fest, «genau wie ich ... genau wie der gute alte George.»

Dillion ruderte mit den Armen.

«Erzähl mir doch mal», brachte er mühsam hervor, «was du hier mitten in der Nacht an Deck zu suchen hast, Kumpel.»

«Nichts ... nichts ...», stammelte Lucien, holte tief Luft und stürzte an dem schwankenden Mann vorbei, erreichte die Luke, riß sie auf und kletterte nach unten.

In der Schiffsküche angekommen, entdeckte er die Reste der Tortilla und verschlang sie mit bloßen Händen.

Danach machte er sich an den Abwasch.

Zwei Stunden später war die Küche in tadellosem Zustand. Erst da merkte Lucien, daß er sein Buch im Rettungsboot liegengelassen hatte.

~ 10 ~ EIN BRIEF, DER NIE ANKAM

Liebe Nora,
bitte verzeih mir, aber Du wirst diesen Brief niemals bekommen, denn ich werde ihn nicht abschicken. Aber schreiben muß ich Dir, sonst werde ich noch verrückt auf diesem gräßlichen Schiff. Furchtbares ist geschehen, ich bin verzweifelt, entehrt, krank. Das Leben ist eine Tortur. Am liebsten möchte ich mich über Bord stürzen und ertrinken. Aber damit würde ich meinen Feinden nur in die Hände spielen.

Soll ich mich wirklich aufgeben, oder ist es nicht besser zu kämpfen? Vor allem gegen das Schicksal. Das Schicksal ist ein häßlich grinsendes Monstrum, das mich auslacht, mich bestiehlt, mich quält. Wie kann man an Gott glauben in einer Welt von Teufeln? In einer Welt, in der die häßliche Fratze des Bösen hinter unschuldigen Gesichtern lauert, wo Schönheit sich paart mit animalischer Lust und die Unschuld verhöhnt wird?

Ja, verhöhnt! Ich!

O Gott, wie dumm bin ich gewesen, wie naiv, wie klein, wie lächerlich, daß ich an das Glück glauben konnte. An die Liebe! Bei diesem Wort möchte ich laut aufschreien. Besser: höhnisch lachen. Selber zum Teufel werden. Wenn doch nur die Rache ein Ausweg wäre. Aber wie kann ein ängstliches, trauriges Mädchen wie ich nur auf einen solchen Gedanken kommen.

Und doch: Ich habe an Mord gedacht. Gott verzeih mir. Ich bin schuldig geworden. Und niemals werde ich diese entsetzliche Schuld, die ich auf mich geladen habe, tilgen können. In der Hölle werde ich schmoren, weil ich meinen Glauben mißachtet habe angesichts der unendlichen Schmach, die mich getroffen hat.

Ach Nora, wie gut, daß Du diesen Brief niemals lesen wirst. Es ist der Brief einer Sünderin. Doch der Reihe nach. Es gilt, ein Bekenntnis abzulegen. Ich weiß nicht, ob mich dieses Bekenntnis vor der ewigen Verdammnis retten wird, aber ich will wenigstens versuchen, vor mir selbst ehrlich zu sein und vor Dir, Nora, auch wenn Du dies nie lesen wirst. Ich weiß, das klingt lächerlich, aber wie soll ich mir sonst helfen?

Was habe ich getan? Ich habe mich einer verbotenen Leidenschaft hingegeben! Ich habe gehaßt! Ich habe verflucht!

Die Leidenschaft erfaßte mich gleich im ersten Moment, als ich ihn sah. Ich habe Dir davon geschrieben, Nora (und es bitterlich bereut, aber was ist diese Scham im Vergleich zu den ungleich schlimmeren Dingen, die nun passieren?) Darf man das Liebe nennen? Jetzt hoffe ich, daß mein Gefühl nur eine Schwärmerei war, eine nichtssagende Aufwallung, eine Lappalie. Aber als es mich traf, als ich diesen stattlichen jungen Mann in seiner ganzen Kraft und Schönheit zum ersten Mal sah, als ich mich ihm dann näherte, um ihn gemeinsam mit den anderen zu begrüßen, als ich ihm bei Tisch gegenübersaß, da war ich mir sicher, daß mein Schicksal besiegelt war. Dieser Mann sollte mir gehören! Himmel hilf! Was für eine Anmaßung!

Dann dieses plötzliche Erschrecken, es könnte jemand etwas bemerkt haben. Jedes Wort, das ich an diesen Mann richtete, kam falsch, plump und lächerlich aus meinem Mund. Du weißt ja, Nora, daß ich mit Worten nicht besonders geschickt bin. Aber in dieser Situation, angespannt, verwirrt, ständig errötend, habe ich, glaube ich, eine Menge Unsinn geredet. Alle müssen es bemerkt haben! Er muß es bemerkt haben!

Ganz sicher hat Daisy es bemerkt. Sie war so spöttisch. Natürlich war sie schon immer spöttisch und hochnäsig und gerade zu mir dann und wann (wenn sie glaubte, eine bessere Vertraute gefunden zu haben, wie zum Beispiel Dich, Nora) herablassend. Sie ist ja auch so anders als ich. Aber daß sie immer wieder darauf zu sprechen kam, daß ich wohl interessante Dinge erlebt haben müsse, wo ich doch so viel aufzuschreiben hätte – war das nicht mehr als deutlich? Und gemein!

Er (ich wage nicht mehr, seinen Namen zu nennen) schien nichts zu bemerken. Zumindest tat er so. Ich will nur hoffen, daß er wirklich nichts bemerkt hat, denn wenn doch ... er wäre ein noch größerer Schuft.

Wie konnte er sich nur so sehr in den Sumpf des Gewöhnlichen hinabziehen lassen? Schlimmer noch: in den Morast animalischer Lüste. Und ich, wie konnte ich nur soweit gehen, ihn zu beobachten, wie er diesen niedrigen Akt der Begattung mit einer hurenhaft veranlagten Person niederer Abstammung beging?

Ja, Nora. Ich habe zugesehen, wie er mit ihr das tat, worüber man nicht spricht. Das Heilige, das doch nur der Ehe vorbehalten ist. Das, woran ich nicht einmal gedacht hätte, selbst wenn wir uns nähergekommen wären.

Es war ein entsetzlich ordinäres Schauspiel, und gleichzeitig war es eine Situation von unbeschreiblicher Lächerlichkeit. Ich hing in den Wanten! Er und diese Person dort unten auf dem Deck und ich hoch oben am Mast hängend, von wo aus ich zusah, wie sie übereinander herfielen, als seien sie wilde Tiere. Nie zuvor habe ich einer so ekelerregenden Situation beigewohnt.

Aber auch ich sündigte, denn ich malte mir aus, wie ich mich auf sie stürzen und sie meucheln würde. Ein Messer! Ich betete für ein Messer, Gott verzeih mir diese Sünde, aber wie gerne hätte ich zugestoßen und zugestoßen und zugestoßen und sie beide anschließend über Bord geworfen.

Später in der Nacht … Im Traum war ich eine Mörderin. Ich wachte auf von meinem eigenen Schrei, schweißnaß gebadet und merkte, daß ich mir im Schlaf voller Wut und Verzweiflung das Nachthemd zerrissen hatte!

Mit klopfendem Herzen stand ich auf, spritzte mir am Waschtisch etwas Wasser ins Gesicht, um mich zu beruhigen, zündete die Lampe an und entschloß mich, meinen Traum aufzuschreiben.

Doch da fuhr mir der Schreck in die Glieder. Mein Tagebuch! Es war fort! Fieberhaft durchsuchte ich die Kabine, stellte alles auf den Kopf und konnte es trotzdem nicht finden! Es war weg! Zitternd vor Angst und bebend vor Wut setzte ich mich auf mein Bett und dachte nach. Ich hatte das Tagebuch am Nachmittag unter mein Kopfkissen gelegt, daran bestand kein Zweifel. Ich war nicht mehr fähig gewesen weiterzuschreiben, zu sehr waren meine Gedanken auf ihn gerichtet. Und nach dem furchtbaren nächtlichen Erlebnis war ich apathisch und halb ohnmächtig in den Schlaf gesunken und erst wieder von meinem Alptraum aufgewacht.

Das kann nur eins bedeuten: Das Schlimmste ist geschehen! Jemand hat mein Tagebuch gestohlen! Jemand von denen, die dort draußen vor meiner Tür vorbeilaufen, um sich an Deck zum Frühstück zu versammeln ... mein Herz liegt offen da, einem Fremden ausgeliefert ... irgend jemand will mich ... einen Moment, es klopft.

Ich muß sofort an Deck, etwas ist geschehen ... man sucht nach ihm ... Aber es war Agatha, die an meine Tür klopfte ... was ist nur ...

Ich kleide mich an ... jetzt ist Annabelle vor meiner Tür ... sie klingt besorgt ...

෴ II ෴ MANN ÜBER BORD? Den ganzen Morgen verbrachte die Besatzung damit, nach dem verschwundenen Passagier zu suchen. Kapitän Kerbrac kommandierte die Mannschaft persönlich. Die Männer hasteten über das Deck, stiegen in den Bauch des Schiffes und durchkämmten jeden Winkel vom Kesselraum bis zur Kommandobrücke, von der Offiziersmesse bis zum Laderaum. Letzteren inspizierte Enzo Dimitrios persönlich. Offenbar fürchtete er, die Mannschaft könne sich an seinen Kisten zu schaffen machen und den Inhalt beschädigen. Auch schien er immer nervöser zu werden, je länger die Suche voranschritt und je weniger dabei zum

Vorschein kam. Tatsächlich waren alle Bemühungen umsonst. Nachdem sämtliche Decks, Laderäume, Brücken, Luken, Verschläge, Kabinen, Kajüten, Kojen, Maschinenräume und sogar die Masten und Wanten abgesucht worden waren, stand offenbar unwiderruflich fest: Die ‹Pluto› hatte einen Passagier verloren.

Es handelte sich, wie der Kapitän kurz nach der Feststellung dieser Tatsache mit konzentrierter Miene ins Logbuch schrieb, um den «im letzten Moment vor der Abreise an Bord gekommenen Bekannten der Reisegesellschaft namens John Fulton. Passagier John Fulton wird vermißt. Nachdem die Mannschaft das gesamte Schiff abgesucht hat, steht zu befürchten, daß besagter Fahrgast in der Nacht vor unserer Ankunft in Barcelona über Bord gegangen ist. Wie, warum und unter welchen genauen Umständen, das werden wir wahrscheinlich niemals in Erfahrung bringen.»

Der Kapitän informierte seine Passagiere. Deren Reaktion war recht verschieden: Irvine Powell fluchte und schüttelte heftig den Kopf; seine Frau Emily rang theatralisch die Hände; Daisy nahm die Nachricht betont gefaßt, beinahe desinteressiert entgegen; Craig wurde blaß und schien sehr nervös; Mary zitterte leicht und sah zu Boden; George Dillion tat es Mr. Powell gleich und fluchte ein bißchen; Clara riet, die Suche von vorn zu beginnen; Agatha wandte sich ab und blickte versonnen aufs Meer hinaus; Annabelle bekreuzigte sich.

Um die anschließende Betroffenheit und Lähmung der Reisegesellschaft zu durchbrechen, ordnete Mr. Powell an, daß der Landausflug nichtsdestotrotz stattzufinden habe. Er beriet sich mit Enzo Dimitrios, der ihm zustimmte. Und so machten sie sich bereit und verließen noch am Morgen das Schiff, um die Sehenswürdigkeiten von Barcelona zu besichtigen.

Dimitrios organisierte einen Fremdenführer, und die Gruppe machte sich geschlossen auf den Weg. Auf der Rambla bestiegen sie einen Omnibus und ließen sich die prächtigen Straßen entlangfahren, später gingen sie zu Fuß durch die vielen engen Gassen der mittelalterlichen Altstadt, in denen reges Leben herrschte, und schließlich mußte auch der zwischen den hohen Häusern eingezwängte mächtige Dom besichtigt werden.

Nachdem sie das Hauptschiff der großen Kirche gewürdigt hatten, gelangten sie, geführt von dem kundigen Fremdenführer, durch einen kleinen Torweg in einen Bogengang und dort an einer ganzen Reihe von Altären vorbei in einen kleinen Orangenhain, der noch aus der Zeit stammte, als hier eine Moschee stand.

Plötzlich stieß Mary einen Schrei aus und deutete auf ein marmornes Bassin, in das von einer kleinen bronzenen Reiterstatue Wasser plätscherte: «Da, da, da ist er!» rief sie und erstarrte.

Die anderen blickten zum Brunnen und konnten auch sonst nichts weiter als die Orangenbäume entdecken.

«Da zwischen den Bäumen! Es ist John!» rief Mary noch aus, dann wurde sie ohnmächtig.

Alle blieben erschrocken stehen und starrten sie an.

«Was soll dieser Unsinn?» murmelte Mr. Powell verärgert und sah den kreidebleichen Craig an, dem es gerade noch gelungen war, die stürzende Mary aufzufangen.

Schon hatte Emily ein Riechfläschchen in der Hand und hielt es der Ohnmächtigen unter die Nase.

Daisy und Clara waren noch vorn gestürmt und schämten sich nun ihres Übereifers, denn weit und breit war kein Mensch zu sehen. Nach einem flüchtigen Blick auf die Goldfische im Wasserbecken kamen sie schulterzuckend zurück.

Mary regte sich wieder und stöhnte leise.

«Sie hat Fieber», glaubte Emily feststellen zu müssen. «Was ist nur mit ihr?»

«Fieber? Das ist doch lächerlich», urteilte Mr. Powell. «Sie ist ein wenig überspannt.»

«Die ganze Zeit schon benimmt sie sich so eigenartig», ergänzte Daisy.

Mary stöhnte ein wenig vor sich hin, wurde von Craig wieder aufgerichtet und schien wieder zu Kräften zu kommen.

«Habt ihr ihn gesehen?» stammelte sie.

«Wir haben niemanden gesehen», sagte Daisy. «Du hast Halluzinationen.»

«Ach, wie schrecklich», murmelte Mary.

«Fieber», sagte Emily. «Ich glaube, es ist Fieber.»

«Aber nein», sagte Daisy. «Sie ist nur ein bißchen überspannt.»

«Vielleicht ist es doch John gewesen», sagte Clara vor sich hin.

Emily Powell sah ihre Gesellschafterin erstaunt an: «John?»

«Ich meine Mr. Fulton.»

«Natürlich», sagte Mr. Powell verärgert. «Er treibt sich hier irgendwo herum und macht sich lustig über uns.»

«Aber das ist doch gar nicht möglich», warf Craig ein.

«Ich schlage vor», sagte Mr. Powell mit finsterer Miene, «daß wir unsere Besichtigungstour abbrechen und uns nach einem Ort umsehen, wo wir uns ausruhen können und was zu beißen bekommen. Mittag ist längst vorbei, und ich bin hoffentlich nicht der einzige, der langsam Hunger bekommt.»

Emily blickte suchend um sich: «Wo um Himmels willen ist denn Agatha abgeblieben?»

«Sie steht dort hinten zwischen den Bäumen. Vielleicht hat sie auch etwas gesehen.»

«Noch eine überspannte Person», knurrte Mr. Powell. «Dillion! Kümmern Sie sich bitte darum, daß alle sich bei unserer Kutsche einfinden.»

Dillion nickte und ging am Marmorbrunnen vorbei zu den Orangenbäumen, wo er auf eine heftig atmende Agatha traf.

«Wo ist er nur, wo?» murmelte sie vor sich hin.

«Agatha!»

Die Angesprochene wandte sich erschrocken um. «Was?»

«Wir gehen. Was treibst du denn hier?»

«Ich ...»

«Man hält dich schon für genauso überspannt wie die arme Mary.»

«Ich wollte doch nur nachsehen, ob er es wirklich war.»

«Warum? Er ist doch spurlos verschwunden.»

«Aber ...»

«Kein Aber, Agatha. Mir scheint, du hängst zu sehr an unserem ungebetenen Mitreisenden.»

Agatha errötete.

«Keine Erklärungen jetzt», schnitt Dillion ihr das Wort ab. «Wir sprechen später darüber. Komm jetzt.»

Agatha nickte. Nach einem letzten kurzen Blick zwischen den Orangenbäumen hindurch folgte sie dem Sekretär durch den Bogengang und dann aus dem Dom hinaus zur Kutsche. Wenig später hatte die Reisegesellschaft auf der Terrasse eines Cafés an der Rambla Platz genommen. Auf der Straße herrschte rege Geschäftigkeit von Packwagen, Droschken, Omnibussen und Maultieren. Im Lokal speisten Angehörige der verschiedensten Stände. Elegante Damen und Herren, Militärs, Bauern mit bunten Mantas, die sie locker über den Arm geworfen hatten, lösten sich aus dem steten Strom von Passanten, um einzutreten, oder sie verließen das Café und reihten sich wieder ein in das geschäftige Treiben.

Mr. Powell saß am Kopfende des Tisches und bestellte ein Menü für alle. Allerdings schien er der einzige zu sein, der es auch wirklich genoß, denn die anderen waren in Gedanken wohl mehr mit dem rätselhaften Verschwinden und dem merkwürdigen Ereignis im Dom beschäftigt. Und während Mr. Powell und sein Sekretär sich über die ausgezeichnete Qualität des Essens unterhielten, verstummten die anderen nach und nach.

Auf ein *Klippfischpüree* folgte *Huhn mit Hummer* sowie *Spinat mit Rosinen und Pinienkernen*, zum Abschluß gab es einen *Karamel-Flan*.

Dillion war der Meinung, daß «unsere hübsche Miranda die Feinheiten des Würzens» besser beherrschte als der Koch dieses Lokals. Mr. Powell widersprach, aber beim Gemüse und beim Dessert lenkte er ein und gab zu, daß «es uns auf unserem Dampfer natürlich an nichts mangelt». Einig waren sich die Herren allerdings, daß der schwere, ölige Rotwein aus Penedès zu dem Menü ganz und gar nicht passen wollte. Aber es gelang ihnen einfach nicht, sich dem Kellner verständlich zu machen, woraufhin beide mehr dem Sherry zusprachen. Alle anderen beschränkten sich darauf, an ihren Wassergläsern zu nippen. Nur Craig trank ein bißchen zuviel vom Roten.

Mary stocherte lustlos in ihrem Essen herum und sah kein einziges Mal auf. Alle Versuche von Mr. Powell und Clara, sie zum Essen zu bewegen, mißlangen. Craig und Daisy stritten sich über den Verbleib von John Fulton.

«Du redest widersprüchlichen Unsinn, mein lieber Craig.»

Craig wurde rot und wußte nicht, wie er darauf antworten sollte.

«Wie konntest du ihn denn bitten, an unserer Reise teilzunehmen, wenn du ihm mißtraust.»

«Ich habe ihn nicht gebeten, er hat ...»

Da schaltete Clara sich ein: «Aber Craig», sagte sie ungewöhnlich scharf, «aber natürlich hast du.»

«Aber nein.»

«Craig, trink nicht so viel Wein!» ermahnte ihn Daisy.

«Entschuldige bitte, aber man unterstellt mir hier, mit diesem Kerl unter einer Decke zu stecken.»

«Aber, Craig, du sprichst ja von ihm, als sei er ein Verbrecher», wunderte sich seine Mutter.

«Ja», stellte Daisy erstaunt fest.

«Nein, nein», sagte Craig, der sein Weinglas gar nicht mehr loslassen wollte, «ich sage doch nur ...»

«Craig ist enttäuscht», schaltete sich Clara ungefragt ein. «Nicht wahr, Craig? Ich kann das verstehen. Es ist doch eine sehr unerquickliche Situation, in die wir da hineingeraten sind.»

«Sicherlich wird sich alles aufklären», sagte Emily.

«Ja, ja.» Craig griff wieder nach seinem Weinglas.

«Trotzdem möchte ich gerne etwas mehr über diesen Menschen wissen, der uns so einfach heimgesucht und wieder verlassen hat», erklärte Daisy.

«Ich möchte jetzt aber nicht darüber sprechen», entgegnete Craig.

«Warum nicht? Ich finde, du bist uns eine Erklärung schuldig», stichelte Daisy.

«Bin ich das? Wieso?»

«Du hast den Herrn doch an Bord gebeten.»

«Habe ich nicht.»

«Doch, genau so war es.»

«Unsinn, du hast mich doch dazu aufgefordert.»

«So? Und wer hat vorgeschlagen, ihn mit auf unsere Reise zu nehmen?» fragte Daisy.

«Ja, wer wohl?» gab Craig die Frage zurück.

Die beiden Verlobten sahen sich zornig an. Alle Augen waren jetzt erstaunt auf die beiden Streithähne gerichtet.

«Willst du mir etwa unterstellen …», fragte Daisy.

«Du bist es doch, die mir unterstellt», gab Craig gereizt zurück.

«Irvine!» rief Emily plötzlich. «Sprich ein Machtwort.»

«Ich», sagte Mr. Powell, der den Streit kaum wahrgenommen hatte, weil er mit dem Essen beschäftigt war. «Ich habe den jungen Mann gebeten, die Reise mitzumachen. Er schien mir ein guter Berater in Sachen Sherrywein und Brandy zu sein. Wir hatten diesbezüglich ein sehr interessantes Gespräch.»

«Alles nur angelesen», sagte Dillion.

«Bitte?»

«Angelesenes Wissen, Sir, entschuldigen Sie bitte. Aber seine Zunge war nicht so beredt.»

«Können Sie sich auch etwas klarer ausdrücken, Dillion?»

«Er konnte viel Theoretisches zum Brandy sagen, das gebe ich zu, aber beim Trinken schwieg er.»

«Das ist keine Schande.»

«Ihm fiel auch nichts ein, als ich ihn nach seinem Eindruck fragte.»

«Und was soll das nun wieder heißen?» brummte Mr. Powell mißgelaunt.

«Sollten wir nicht aufbrechen?» schaltete Clara sich plötzlich ein.

«Ach», rief Emily aus, «was für eine gute Idee.»

Und damit waren die Streitgespräche zur Erleichterung aller beendet.

Die Damen bestiegen wieder die Kutsche und ordneten eine gemächliche Rundfahrt an. Mr. Powell und Dillion überredeten Craig, sie zur Stierkampfarena zu begleiten, wo in Kürze ein Kampf beginnen sollte, denn es war Sonntag.

Craig lehnte ab, dieses Spektakel sei ihm zu blutig. Statt seiner bat Daisy mitgenommen zu werden.

«Du bist wirklich unverbesserlich», sagte Emily kopfschüttelnd.

«Ja, Mutter, warum auch nicht!»

꒰ **12** ꒱ *DER ERSTE MORD* «Ein Buch? Nein, ich brauche kein Buch. Ich habe alles im Kopf», sagte Miranda stolz.

«Aber neue Ideen ...», gab Pistoux zu bedenken.

«Ich habe eigene Ideen.»

«Das möchte ich gar nicht bezweifeln. Aber neue Ideen entstehen doch im Austausch mit anderen Köchen. Außerdem baut man doch auf der Tradition auf.»

«Natürlich», sagte Miranda lachend und tippte sich an die Stirn: «Die Tradition befindet sich hier und ...» Sie hielt ihm ihre schönen schmalen Hände hin, «... natürlich hier.»

Sie saßen in der Küche. Um sie herum zahllose Körbe und Kisten mit frischem Gemüse, Fisch und Fleisch. Pistoux hatte das Standardwerk «La Cuisine de la Provençe» aufgeschlagen, das kürzlich erschienen war, um zu überprüfen, ob auch wirklich alles Nötige vorhanden war. In dem kleinen, handlichen Büchlein waren erstmals alle Gerichte versammelt, die jemals im Südosten Frankreichs gekocht worden waren, und das waren immerhin über tausend an der Zahl. Außerdem gab es zweimal 365 Menüvorschläge, für jedes Mittag- und jedes Abendessen im Jahr. Offenbar basierte die gesamte kulinarische Kenntnis von George Dillion auf diesem Buch. Pistoux hatte schnell gemerkt, daß der Sekretär ihm bisher ausschließlich Menüs vorgeschrieben hatte, die er in diesem Buch gefunden hatte. Seinem Chef gegenüber gab er sein Wissen als eigene Leistung aus, hatte Pistoux verärgert festgestellt.

Seltsam war nur, daß Dillion Miranda keine Vorschriften machte. «Für die spanische Küche hat er kein Buch», hatte sie Pistoux lachend erklärt. «Außerdem kann ich nicht lesen. Es hätte also gar keinen Zweck, wenn er mir etwas aufschreiben würde.»

«Aber wie kannst du all die Sachen kochen, ohne jemals ...»

«... nachdenken zu müssen?»

Pistoux zuckte mit den Schultern.

«Meine Mutter hat mir alles beigebracht. Sie sagte immer: Eine gute Köchin braucht keine Bücher.»

«Vielen Dank für dieses Urteil.»

Miranda lachte: «Frauen brauchen keine Kochbücher. Aber offenbar sind Männer, auch Köche, so vergeßlich, daß sie alles aufschreiben müssen.»

«Das würde ja bedeuten, daß es niemals Bücher gegeben hätte, wenn die Frauen geherrscht hätten.»

«In Spanien gibt es Gegenden, wo die Frauen noch immer herrschen.»

«Und? Gibt es dort Bücher?»

«Ich weiß nicht, darüber habe ich nie nachgedacht.»

«Es gibt viele Frauen, die Bücher geschrieben haben.»

«Damit wollten sie nur den Männern imponieren.»

«Aber Männer brauchen Bücher?» fragte Pistoux verunsichert. «Warum?»

«Vielleicht, weil sie sonst vergessen, wie die Welt funktioniert. Weil sie sonst am nächsten Morgen, wenn sie aufstehen, nicht mehr wissen, wie die Welt funktioniert.»

Pistoux schüttelte den Kopf: «Und die Frauen, woher wissen sie alles?»

«Frauen sind von Natur aus intelligent.»

«Männer nicht?»

Miranda lachte: «Vielleicht. Jedenfalls haben sie viel damit zu tun, genau dies herauszufinden.»

Pistoux seufzte. Das war ihm jetzt doch ein bißchen zu spitzfindig.

«Aber wie kannst du denn zu allem, was man dir bringt, ein Rezept wissen?» fragte er.

«Das ist eben so.»

«Ich gebe dir etwas, und du weißt sofort, was du daraus kochst?»

«Natürlich.»

Pistoux deutete auf den Korb mit den roten *Paprikaschoten*.

«Die röste ich», sagte Miranda wie aus der Pistole geschossen, «häute sie und mache mit Olivenöl, Rotweinessig und zerdrücktem Knoblauch einen Salat.»

«Was ist mit den *Wachteln*?» Pistoux deutete auf den Korb mit den kleinen, noch ungerupften Vögeln.

«Die schmore ich mit Knoblauch, Schinken, Wurst, Speck und Zwiebeln und gebe Wasser und Reis dazu. Sehr pikant.»

«Was fällt dir zu *Lammfleisch* ein?»

«Viel. Zum Beispiel mit Zitrone. Ich brate die Fleischstücke und gebe Knoblauch und Zwiebeln dazu, dann Zitronensaft, Pfeffer, Paprika und Petersilie.»

«Ich gebe dir *Orangen und Thunfisch*», sagte Pistoux, der sich jetzt einfach irgend etwas ausdachte.

«Ich koche den Thunfisch und gebe ihn in einen Salat mit Orangen, Oliven und Eiern, darüber kommt eine Vinaigrette.»

«Ich gebe dir *Weißkohl und Kartoffeln*.» Beides lag in den herumstehenden Kisten.

«Das ist einfach. Daraus mache ich eine Suppe, in die außerdem noch Knoblauch und scharfe Wurst kommt.»

«Was ist dein Lieblingsfisch?»

«Seeteufel. Er sieht so lustig aus.»

«Gut. Ich gebe dir einen *Seeteufel* und ...» Pistoux sah sich um. «Mandeln.»

«Dann brauche ich nur noch Weißbrot, Knoblauch, Petersilie, Safran, Tomaten und Olivenöl. Seeteufel in Mandelsauce ist eine Spezialität, die die Araber nach Spanien brachten.»

«*Reis und Honig* zum Dessert.»

«Desserts sind meine Leidenschaft. Ich brauche nur noch Wasser, Zitronenschale, Zimt und Safran, und schon habe ich einen feinen Reispudding.»

Pistoux gab auf: «Du brauchst wirklich kein Buch.»

«Ich bin eben eine Frau.»

«Ja, wirklich.» Pistoux sah sie nachdenklich an. Sie war wie ein wendiger Fisch, der unnahbar und unfaßbar im Zickzackkurs durchs Wasser glitt, eine Provokation der Natur. «Apropos Bücher», sagte Pistoux und stand auf. «Wo ist denn Lucien? Nie ist er da, wenn man ihn braucht. Er muß uns beim Verstauen der Vorräte helfen.»

«Wahrscheinlich liegt er wieder im Rettungsboot. Natürlich mit einem Buch!» Miranda lachte.

Pistoux wurde plötzlich wütend: «Zum Teufel mit dem ‹Grafen von Monte Christo›! Der Kerl ist hier, um zu arbeiten, nicht zum Faulenzen!»

«Aber er arbeitet doch.»

«Mitten in der Nacht schleicht er hier rein ...»

«... und tut, was wir ihm aufgetragen haben.»

«Jetzt sollte er sich mal herbemühen, dieser Faulenzer!»

Miranda starrte ihn erstaunt an. Wieso war er denn plötzlich so schlecht gelaunt?

«Ich werde ihn holen», erklärte sie und verließ die Küche.

Pistoux wußte, warum er plötzlich so zornig geworden war. Mit Miranda arbeiten zu müssen nagte an seinem Selbstbewußtsein.

Miranda fand den Küchenjungen nicht. Lucien lag nicht im Boot. Er las nicht in seinem Abenteuerroman. Er hatte sich entschlossen, selbst ein Abenteuer zu erleben.

Enzo Dimitrios und der Kapitän waren erregt diskutierend an seinem Versteck im Rettungsboot vorbeigekommen. Lucien verstand kein Wort, denn sie redeten in einer fremden Sprache. Aber es war eindeutig, daß sie miteinander stritten. Der Kapitän schien mit den Anordnungen des Reiseveranstalters nicht zufrieden zu sein. Dieser wiederum versuchte, seine Autorität durch lautes Brüllen zu beweisen. Schließlich faßte der Grieche den Bretonen etwas zu heftig am Arm, woraufhin dieser ihn packte und zu Boden stieß. Dimitrios stand auf und ballte die Fäuste. Aber noch ehe er ein weiteres Wort sagen konnte, wurde er ein zweites Mal von einem Faustschlag des Kapitäns niedergestreckt. Noch im Liegen zog Dimitrios einen Revolver und richtete ihn auf Kerbrac, Doch der Bretone lachte nur, während Dimitrios sich mühsam aufrichtete.

Die Eitelkeit war sein Verhängnis: Als er einen Moment lang überprüfen wollte, ob sein Anzug gelitten hatte, nutzte der kämpferische Bretone die Gelegenheit und schlug ihm die Waffe aus der Hand. Noch ehe der Grieche richtig begriffen hatte, befand sich der Revolver in der Hand des Kapitäns. Und der übernahm jetzt das Kommando. Dimitrios mußte sich fügen. Er ging voran.

Das Paar verschwand in einer Luke, durch die man zum Laderaum gelangen konnte. Lucien folgte ihnen auf leisen, nackten Sohlen.

Sie stiegen die steilen Treppen hinab in den Bauch des Schiffes und liefen dann einen engen Korridor entlang, bis sie vor dem Laderaum ankamen. Der Kapitän sagte etwas, und Dimitrios stieg durch die Luke.

Der Laderaum war nur zu einem Viertel gefüllt, denn die ‹Pluto› befand sich ja nur auf einer Kreuzfahrt. Die Ladung bestand aus zahlreichen länglichen Holzkisten. In einer Ecke auf einem Stapel Kisten stand bereits eine brennende Laterne. Dorthin gingen die beiden Männer und beugten sich über die Kisten. Der Kapitän deutete mit dem Pistolenlauf auf eine Kiste, deren Deckel aufgebrochen war.

Lucien schlüpfte hinter den beiden Männern in den Laderaum. Geräuschlos wie eine Katze huschte er hinter einen Stapel Kisten. Dann kletterte er auf die Kisten und kroch dort oben vorsichtig auf die beiden Männer zu, die sich jetzt wieder zu streiten schienen.

Sie flüsterten nur. Dabei war außer Lucien niemand da, der sie hätte hören können. Vielleicht war es ja so etwas wie Ehrfurcht, vielleicht war es auch ein Gefühl von Schuld oder nur ganz einfach Angst, was sie davon abhielt, ihren Streit lautstark fortzusetzen. Immerhin brachten sie also dem Objekt ihres Streits einen gewissen Respekt entgegen. Lucien empfand das durchaus als angebracht, denn er hatte einen gehörigen Schrecken bekommen, als er es endlich geschafft hatte, über die Kisten hinwegzublicken: Dort unten lag der verschwundene Amerikaner. Genauer gesagt, seine sterblichen Überreste, denn John Fulton war tot, das erkannte Lucien gleich auf den ersten Blick. Ein unheimlicher Anblick im flackernden Schein der Laterne, das weiße fahle Gesicht des Toten, die weit aufgerissenen Augen, der leere, offene Mund und das blutbesudelte Hemd. Das Grausige an dieser Situation wurde noch durch das hastige, zischende Flüstern der beiden Männer verstärkt. Jetzt sprachen sie wieder französisch.

«Das hat einer meiner Männer entdeckt», sagte der Kapitän.

«Ich hab ihnen doch verboten, den Laderaum zu betreten!»

«Einerlei. Ich will damit nichts zu tun haben», sagte der Kapitän.

«Ich auch nicht», entgegnete Enzo Dimitrios, «was glauben Sie denn?»

«Sie wollen ihn hier liegenlassen?»

«Wollen Sie das Risiko eingehen, daß die spanischen Behörden uns ins Gefängnis werfen, weil ein Mann auf unserem Schiff umgekommen ist?»

«Ermordet», verbesserte Kerbrac, «mit einem Messer, das sehen Sie doch.»

«Um so schlimmer, daß es so eindeutig zu erkennen ist. Man wird uns nicht mehr fortlassen. Wir beide sind verantwortlich.»

Der Kapitän dachte nach: «Er war ohnehin ein ungebetener Gast.»

«Fast so etwas wie ein blinder Passagier», entgegnete Dimitrios listig, «jemand, der sehr schnell unbemerkt über Bord gehen kann.»

Der Kapitän schüttelte langsam den Kopf. «Das ist kein gutes Omen, und christlich ist es auch nicht, was wir hier planen.»

«Dem Toten kann's egal sein.»

«Aber einer hat ihn umgebracht.»

«Vielleicht war es ein Unfall.»

«Ein Unfall mit einem Messer? Sie machen sich lächerlich.»

Dimitrios trat ungeduldig von einem Fuß auf den anderen

und blickte immer wieder ängstlich auf die Pistole, die der Kapitän auf ihn gerichtet hielt.

«Wir haben doch keine andere Wahl», sagte er.

«Ich werde mir etwas überlegen», entschied der Kapitän. «Sorgen Sie dafür, daß die Leiche nicht bemerkt wird.»

«Ja, ja, das werde ich tun», sagte Dimitrios händeringend.

«Eine Leiche auf dem Schiff ist ein sehr böses Omen», wiederholte der Bretone und wandte sich ab.

«Meine Pistole!» verlangte Dimitrios.

«Ah», Kerbrac drehte sich um, klappte die Trommel des Revolvers auf und entfernte die Patronen.

Dimitrios nahm die Waffe kopfschüttelnd entgegen, als sei er über soviel Mißtrauen erschüttert.

Der Kapitän verließ den Laderaum. Lucien huschte lautlos hinter ihm her. Als er durch die Luke nach draußen ans Tageslicht kletterte, atmete er erleichtert auf.

∿ 13 ∾ FLASCHENPOST INS JENSEITS

Lieber Geist,
ich bin mir nicht sicher, ob es sich schickt, Dir einen Brief zu schreiben. Aber Du warst so schnell verschwunden, und ich hatte keine Gelegenheit mehr, Dir zu erzählen, was auf diesem Schiff geschehen ist, seit wir den Hafen von Barcelona verlassen haben, und wie es mir ergangen ist, seit Du uns verlassen hast. Verzeih mir, daß ich den Blick abwandte, als Du mir plötzlich am Bettrand erschienst. Aber Du mußt wissen, daß ich Dir noch immer böse war, weil Du mir untreu gewesen bist. Doch nun, nachdem Du zu mir gekommen bist, weiß

ich, daß ich Dir verzeihen darf, denn Du hieltest Dein Haupt gesenkt. Ich weiß doch, wie schwach ein Mann von Zeit zu Zeit sein kann und wie leicht es dann für eine solche Hexe ist, ihn zu verführen. Dich trifft keine Schuld. Wenn es eine Schuld gibt, dann die der Natur, die so unbarmherzige Triebe erfunden hat, die uns arme Menschen knechten und verhindern, daß wir uns zur Reinheit einer wirklich großen und wahren Liebe erheben. Die anderen werden mich nicht verstehen, weshalb ich nicht mit ihnen darüber spreche. Sie würden mir ohnehin nicht glauben, sondern behaupten, ich rede im Fieber. Man hält mich für krank. Wie dumm die Menschen sind! Nie war ich gesünder als jetzt. Nie war ich glücklicher, denn nun bist Du ganz mein.

Wie gut, daß Du tot bist.

Die anderen haben nichts verstanden. Sie wollen Deine Ruhe stören. Sie wollen nachforschen, herausfinden, erklären. In Wirklichkeit werden sie nur vertuschen, verdecken und lügen. Mich hingegen fragt keiner. Man bringt mich zu Bett, streicht mir über den Kopf, tupft mir den Schweiß von der Stirn und spricht mit mir wie mit einem kleinen unwissenden Ding, dabei sind sie die Unwissenden. Seit unserer Abfahrt herrscht große Betriebsamkeit. Der Kapitän rief uns in die Offiziersmesse und gab uns bekannt, daß «die Leiche von Mister John Fulton im Laderaum gefunden wurde». «Der Tod», so drückte sich dieser grobschlächtige Bretone aus, sei «aufgrund von Gewalteinwirkung von außen» eingetreten. Laß sie doch glauben, was Sie wollen! Sie werden niemals verstehen, daß Du es für mich getan hast.

Ich muß mich schützen!

Deshalb werde ich diesen Brief ins Meer werfen. Niemand sonst soll diese Zeilen lesen! Niemand, niemals! Nichts soll diesen Dieben mehr in die Hände fallen. Sie wollen mir alles

nehmen! Ach, wenn ich doch nur mein Tagebuch wieder-
hätte! Diese Teufelin! Es muß Agatha gewesen sein. Ich spreche kein Wort mehr mit ihr. Sie weiß, daß ich sie durchschaut
habe. Ich lasse nur Annabelle zu mir. Und kein Wort zu Daisy.
Eine Freundin wollte sie sein? Sie ist böse und durchtrieben.
Sie lacht über mich!

Soll sie doch lachen. Es wird ihr im Halse steckenbleiben.
Wie ich es hasse, wenn sie lacht. In ihrem Netz zappelt Craig
wie eine Fliege. Craig ist eine Fliege! Craig ist eine Fliege!

Zappelzappelzappel.

Jetzt muß ich lachen, verzeih mir. Eine Spinne mit dem
Kopf von Daisy! Eine Fliege mit dem Kopf von Craig!

Agatha ist eine Ameise, immer Arbeit Arbeit Arbeit, und
der dicke Dillion krabbelt herum wie eine fette Küchen-
schabe.

Tiere, Tiere. Wie wenig Mensch ist der Mensch.

Ach zeig dich noch mal, lieber Geist, aber bitte, bitte zeig
mir nicht deine Wunde.

Nein? Ich verstehe schon. Du möchtest, daß ich Dir erst etwas bringe. Schnell die Flasche. Das Papier rolle ich zusammen und stopfe es hinein. Ich habe mir von Miranda eine
schöne Weinflasche mit einem Korken geben lassen. (Sie hat
mir ein Stück *Pinienkernkuchen* mitgegeben und mich mit-
leidig angesehen, diese dumme Person!)

Dann schnell hinauf an Bord, und Du bekommst eine Flaschenpost ...

Tausend Küsse, lieber Geist!
Deine Dich ewig liebende
Mary

Teil 2:
DETEKTIV WIDER WILLEN

‹ I › *D*U SOLLST

NICHT TÖTEN! Wem bin ich Rechenschaft schuldig? Ich weiß es nicht. Welche Maßstäbe lege ich an? Ich habe keinen Gott, der mir seine Gesetze vorschreibt, und doch habe ich Gesetze, die ich befolge. Sind es meine eigenen? Wohl nicht, denn ich habe sie nicht selbst gemacht. Ich, Jacques Pistoux, maße mir nicht an, über andere zu urteilen. Aber wird das überhaupt von mir verlangt? Eine Untersuchung muß stattfinden, man hat mich damit beauftragt. Ich will diese Untersuchung nach bestem Wissen und Gewissen durchführen. Mein Maßstab ist einfach. Ich erkenne die Gesetze der Menschheit an. Ein Gesetz lautet: Du sollst nicht töten! Es ist dem Menschen verwehrt, einen anderen zu töten. Es mag Gründe geben, warum das Töten eines anderen gerechtfertigt ist. Aber diese Gründe müssen offengelegt werden. Im Interesse des Opfers, im Interesse des Täters, im Interesse der Menschheit. Niemand hat das Recht, das Leben eines anderen zu beenden, es sei denn in Notwehr. Dies soll meine Richtlinie sein. Ich will die Wahrheit suchen und sie bekanntmachen. Mögen dann andere entscheiden, was zu geschehen hat. Es gibt weltliche Instanzen, die sich darum kümmern müssen. Ich bin nur ihr Werkzeug.

Was ist geschehen?

Die ‹Pluto› hat den Hafen von Barcelona verlassen und befindet sich auf See. Wir haben Kurs auf Valencia genommen.

Kurz nach der Abfahrt am frühen Morgen trat zu unserer großen Überraschung Carlo Spuntini, der italienische Steuermann, in die Küche und überbrachte mir den Befehl des Kapitäns, mich unverzüglich bei ihm einzufinden. Wir waren gerade dabei, das Mittagessen vorzubereiten, das, wie es Dillion, der Sekretär von Irvine Powell festgelegt hatte, ein spanisches Menü sein sollte. Da wir in Barcelona Gelegenheit gehabt hatten, frische Fische einzukaufen, würde es Punkt ein Uhr mittags *Galizischen Tintenfisch, Gefüllte Sardinen* und zum Abschluß *Himmelsspeck* geben.

Wir waren mit großem Eifer dabei, denn Miranda bereitete es großes Vergnügen, mir die Gerichte ihrer spanischen Heimat zu zeigen, und ich war begeistert dabei, meine Kenntnisse über das Zubereiten französischer Speisen hinaus zu erweitern. Wie immer machte ich mir Notizen für mein persönliches Kochbuch, worüber Miranda nur lachen konnte, denn sie behauptete, sich jedes Rezept, das sie einmal gekocht hatte, ohne Notizen merken zu können. Vielleicht sagt sie das nur, um davon abzulenken, daß sie nicht lesen und schreiben kann. Aber es steht mir nicht zu, darüber ein Urteil zu fällen. Außerdem gibt es Schlimmeres, als von einer schönen Frau wegen seiner beruflichen Sorgfalt belächelt zu werden.

In früheren Zeiten, bevor die ersten Kochbücher geschrieben wurden, was wohl erst mit dem wachsenden Reichtum des Bürgertums begann, hat man auch die Geheimnisse der französischen Küche nur mündlich überliefert. In unseren modernen Zeiten, wo Köche ständig ihre Anstellung wechseln und sogar in fremden Ländern ihr Auskommen finden, sind Rezeptsammlungen meiner Ansicht nach jedoch unerläßlich. Ich selbst habe mir vorgenommen, wenn sich die Gelegenheit bietet, meine eigenen Erkenntnisse eines Tages zu Papier zu bringen. Wie sonst sollen wir, die ernsthaften Handwerker der Kochkunst, miteinander kommunizieren, wenn wir gar so weit voneinander entfernt arbeiten?

Der Steuermann betrat also die Küche und verlangte in

barschem Ton: «Signore, sie sollen sofort zum Kapitän kommen!»

«Was ist passiert? Hat das nicht Zeit, wir sind gerade dabei, das Mittagessen vorzubereiten.»

«Sie sollen sofort kommen, Signore», beharrte der Steuermann.

Natürlich mißfiel mir sein Ton, aber ich war nicht in der Position, ihn zurechtweisen zu können.

Miranda sagte: «Ist es nicht möglich, daß wir später mit ihm sprechen?»

«Es geht nicht um dich», sagte Carlo Spuntini abweisend, «es geht um den Koch.»

«Ich bin immerhin die Köchin, Monsieur», erklärte Miranda selbstbewußt.

«Es hat nichts mit dem Essen zu tun», sagte Spuntini.

«Nicht? Um was geht es dann?» fragte die neugierige Miranda weiter.

Der Steuermann ignorierte sie.

«Signore, der Kapitän will Sie sprechen, sonst niemanden.»

«Nun …», zögerte ich.

«Sofort!»

«Also gut. Ihr kommt ja sehr gut eine Weile ohne mich aus», sagte ich und sah, wie ein spöttisches Lächeln Mirandas Lippen umspielte. Ich wandte mich an den Küchenjungen, der gerade dabei war, die Füllung in die Sardinen zu stopfen, und sagte: «Lucien, du kannst doch schreiben?»

Der Junge sah von seiner Arbeit auf, seine Augen leuchteten vor Begeisterung: «O ja, natürlich.»

«Dann kannst du ja meine Notizen vervollständigen.»

«Das mache ich gern für Sie, Monsieur», sagte er stolz.

Miranda rümpfte die Nase: «Nun sind es schon zwei, die mir meine Rezepte stehlen.»

Es gab Tage, an denen sie ihren spanischen Hochmut nicht zügeln konnte. Das waren Tage, an denen ich sie zurechtweisen mußte.

«Rezepte kann man nicht stehlen», erklärte ich. «Rezepte sind niemandes Besitz.»

Miranda legte die Hände auf die Hüften und sah mich spöttisch an. In diesen Momenten fragte ich mich, ob hinter dem hübschen mädchenhaften Gesicht nicht ein zweites, häßlicheres lauerte. Aber der Steuermann unterbrach mich harsch und befahl: «Schluß mit dem Gerede! Kommen Sie mit!»

Ich legte meine Schürze beiseite, nahm die Toque ab, um zu vermeiden, daß der Wind an Deck sie ins Meer wehte, und folgte dem Steuermann aus der Küche.

Wir verließen das Achterdeck und überquerten das Promenadendeck. Es war ein strahlender Maitag. Eine sanfte Brise wehte von Westen her. Auf dem Sonnendeck hatten es sich die Passagiere in den Deckchairs bequem gemacht, lasen oder schliefen. Emily Powell hatte wie immer ihre Staffelei aufgebaut und versuchte sich immer noch an einem maritimen Stilleben. Ich merkte, daß wir keineswegs zur Kapitänskajüte gingen. Statt dessen führte der Steuermann mich auf direktem Weg in den Laderaum im Vorderschiff.

Im Laderaum war es dunkel. Nur in einer Ecke hinter den Kisten leuchtete eine Lampe. Der flackernde Lichtschein fiel auf das breite Gesicht des Kapitäns, der uns über die Kisten hinweg sehr ernst anblickte.

Der Steuermann führte mich um die Kisten herum.

«Ich danke Ihnen, daß Sie so schnell gekommen sind», sagte Kapitän Kerbrac.

Noch bevor ich eine weitere ungeduldige Frage stellen konnte, bückte er sich, hob die Lampe hoch und leuchtete in eine dunkle Ecke.

Zu meinem großen Entsetzen sah ich dort eine geöffnete Kiste und darin eine leblose Gestalt liegen. Noch bevor der Schein der Lampe auf das Gesicht der Gestalt fiel, war mir klar, daß es sich um den vermißten Passagier handelte. Erschrocken sah ich in das düstere Gesicht des Kapitäns.

Der Bretone nickte: «Ja, wir haben ihn gefunden. Schon im Hafen. Aber Monsieur Dimitrios hat uns verboten, die Behörden zu alarmieren.»

Ich blickte mich um. Es war niemand außer dem Kapitän, dem Steuermann und mir im Laderaum.

«Es ist John Fulton.» Er hielt die Lampe tiefer. «Wie Sie unschwer erkennen können, ist er tot. Wir mir scheint, wurde er mit einem Messer erstochen.»

«Wo ist das Messer?»

«Wir haben alles abgesucht, es aber nicht gefunden.»

«Wer hat Zugang zu diesem Raum?»

«Die Besatzung hatte strikte Order, den Laderaum nicht zu betreten.»

«Wieso sollte niemand hier hereinkommen?»

«Das fragen Sie am besten Monsieur Dimitrios, es war sein Befehl.»

«Wieso haben Sie mich hergebeten, Kapitän? Was glauben Sie, habe ich mit diesem Toten zu schaffen?»

«Ich hoffe, nichts», sagte Kerbrac. «Ich hoffe dies sogar sehr, denn ich weiß mir nicht anders zu helfen, als Sie um die Aufklärung dieses Verbrechens zu bitten.»

«Mich?»

«Erinnern Sie sich an unser Gespräch neulich an Deck?»

«Natürlich.»

«Sie erzählten mir von Ihrem Abenteuer in England. Diese Mordgeschichte, die sich auf dem Landhaus zugetragen hat. Sie haben sich damals als Detektiv betätigt.»

«Es lag nicht in meiner Absicht, mit dieser Geschichte zu prahlen.»

Kerbrac lächelte traurig: «Sie haben nicht geprahlt. Sie haben mir erzählt, was sich zugetragen hat. Ihre Erzählung hat mich beeindruckt. Wir sind hier auf hoher See. Das bedeutet, daß ich für alles, was hier an Bord geschieht, verantwortlich bin. Dieser Mann ist eines gewaltsamen Todes gestorben. Bevor wir den nächsten Hafen anlaufen, möchte ich wissen, wer dafür zur Verantwortung gezogen werden muß.»

«Wollen Sie damit etwa sagen ...»

«Ich will damit sagen, daß ich fürchte, daß jemand auf diesem Schiff ein Mörder ist. Und ich will damit sagen, daß ich Ihnen den Auftrag gebe, herauszufinden, wer dieser Mörder ist. In Valencia müssen wir ihn den Behörden übergeben. Sonst werden wir den Hafen dort mit Sicherheit nicht mehr verlassen können. Ich lege mein Schicksal in Ihre Hand, Monsieur Pistoux.»

«Aber Sie kennen mich viel zuwenig.»

«Wollen Sie an meiner Menschenkenntnis zweifeln?»

«Ich fühle mich geehrt, aber ich bin doch nur ein Koch.»

«Von nun an sind Sie mehr als nur das.»

«Aber bis Valencia! Das sind nur zwei Tage Zeit!»

«Zwei Tage und eine Nacht.»

«Das ist wenig.»

«Ich bin sicher, Sie werden Ihr Bestes tun.»

Ich zuckte mit den Schultern. «Wenn Sie es befehlen ...»

«Das tue ich.»

«... dann bleibt mir keine Wahl.»

«Ich danke Ihnen.»

«Aber Sie müssen mir Handlungsfreiheit garantieren.»

«Selbstverständlich, Sie haben meine uneingeschränkte Unterstützung. Ich bin der Kapitän.»

«Und Monsieur Dimitrios?»

«Wir sind auf See. Ich bin der Kapitän. Im Hafen von Barcelona war die Situation schwieriger.»

«Aber ich werde auch die Passagiere behelligen müssen.»

«Das wird sich nicht vermeiden lassen. Aber beginnen Sie zunächst mit der Mannschaft. Ich werde die Passagiere beim Mittagessen von dem Vorfall und den Konsequenzen in Kenntnis setzen.»

«Ich bin einverstanden.»

Wir schwiegen. Kerbrac sah mich erwartungsvoll und gleichzeitig mit trauriger Miene an.

«So etwas ist mir noch nie passiert», sagte er kopfschüttelnd.

Ich blickte mich im Laderaum um: «Was ist in diesen Kisten hier? Ist es nicht eigenartig, daß wir Ladung auf eine Kreuzfahrt mitgenommen haben?»

Der Kapitän zuckte mit den Schultern: «Die Ladung ist das persönliche Eigentum von Monsieur Dimitrios.»

«Was befindet sich in den Kisten?»

«Ich weiß es nicht.»

«Wir sollten es herausfinden.»

«Ja.» Kerbrac drehte sich zu seinem Steuermann um, der die ganze Zeit schweigend neben uns gestanden hatte: «Öffnen Sie eine Kiste.»

«Zu Befehl.»

Spuntini fand in einer Ecke ein Stemmeisen und machte sich daran, den Deckel einer Kiste aufzustemmen.

«Was ist das?» fragte der Kapitän mit ungläubiger Stimme, obwohl er genau erkannt hatte, um was es sich handelte.

Carlo Spuntini bückte sich: «Gewehre.»

Er nahm eins davon und hielt es in die Höhe: «Nagelneue Repetiergewehre.»

Kerbrac starrte mich ausdruckslos an. Die Lampe flackerte unruhig.

«Wie es scheint, wird auch Monsieur Dimitrios mir einige Fragen beantworten müssen.»

Der Bretone nickte: «Ich bin der Kapitän», murmelte er, als wollte er sich damit Mut machen.

Der Steuermann legte das Gewehr in die Kiste zurück und schob den Deckel wieder darauf. Wir verließen den Laderaum und kletterten zurück an Deck. Einen Moment lang blieb ich an der Reling stehen und blickte aufs offene Meer. Ein Schwarm Tümmler begleitete den Dampfer auf seiner Fahrt durch die sanfte Dünung des Mittelmeers. Hinter mir scherzten die Passagiere miteinander.

Ich wünschte mich an einen anderen Ort, aber der Wunsch ging nicht in Erfüllung.

∻ **2** ∽ TRIUMPH DES GEGNERS   Meine Aufgabe ist klar umrissen. Dennoch: Als Detektiv bin ich Amateur. Ich muß also vorsichtig sein, denn letzten Endes bin ich auf mich gestellt. Niemand wird mir zu Hilfe eilen, wenn ich in Gefahr gerate. Ja, da ist der Kapitän, da ist seine Mannschaft. Aber wie weit geht seine Macht? Und was geschieht, wenn ich mich gegen seine Leute stelle, wenn ich mich gar gegen ihn stellen muß? Ich weiß, daß ich mich in Gefahr begebe. Aber ich werde mich der Verantwortung nicht entziehen. Ich nehme die Herausforderung an.

Und schon entsteht der erste Konflikt. Miranda ist zornig. Als ich in die Küche zurückkam und ihr alles erklärte, hat sie mich zuerst ausgelacht. Ich war verstört. Ich hatte auf ihre Sympathie gehofft, vielleicht sogar auf ihre Unterstützung.

«Das ist ja lächerlich», sagte sie. «Ein Koch als Detektiv.»

«Ich wurde dazu berufen», versuchte ich zu erklären.

«Berufung? Die Polizei ist dazu berufen, ein Verbrechen aufzuklären. Nicht der Koch.»

«Es gibt keine Polizei an Bord.»

«Dann ist es die Aufgabe des Kapitäns.»

«Der Kapitän hat mir diese Aufgabe übertragen.»

«Und wenn schon. Es steht einem Koch nicht zu. Jeder hat seinen Platz. Der Platz eines Kochs ist in der Küche.» Sie war vom Tisch aufgestanden und gestikulierte heftig. Lucien, der gerade dabei war, das Gemüse zu putzen, sah uns irritiert an.

Was sollte ich darauf antworten? Ich war verstört. Warum dieser Ausbruch? Warum diese plötzlichen Zweifel?

«Und ich stehe mit der ganzen Arbeit allein da», klagte sie.

«Da ist noch Lucien.»

«Der läuft doch immer weg und liest in seinem dummen Buch. Was kann er mir schon für eine Hilfe sein.»

Lucien senkte den Kopf.

«Er wird sich bessern», sagte ich.

«Wer wird das Abendessen kochen?»

«Du wirst es tun», entschied ich. Ich mußte mich durchsetzen. Es ging jetzt um meine Ehre.

«Was weiß ich schon von der französischen Küche?»

«Wir haben einen Plan für die kommenden Tage. Wir haben ein Kochbuch. Das muß genügen. Ich entscheide, was getan wird!»

«Ha!»

«So hat es der Kapitän entschieden. Und so habe ich entschieden.»

«Ich kann dieses Buch nicht lesen.»

«Aber Lucien kann. Er wird dir alles vorlesen, und du wirst

danach kochen. Wenn das Essen nicht zur Zufriedenheit der Passagiere ausfällt, bist du verantwortlich.»

Innerlich beglückwünschte ich mich zu diesem Schachzug. Ich hatte sie bei ihrer Berufsehre gepackt.

«Lächerlich!» stieß sie hervor. «Der Küchenjunge soll mir diktieren, was ich zu tun habe?»

«Er wird nur tun, was ich sage.»

«Und wenn ich mich weigere?»

«Du wirst dich nicht weigern.»

Sie fluchte auf spanisch. Es klang wie das Fauchen einer Wildkatze. Dann setzte sie sich hin und schüttelte widerwillig den Kopf.

«*Pürierte Erbsensuppe, Thunfisch in Chartreuse und Erdbeer-Tartelettes*», befahl ich.

Lucien griff eifrig nach einem Blatt Papier und einem Bleistift und notierte.

Ich zog die Schublade des Küchenschranks auf: «Hier ist das Buch. Ihr werdet schon zurechtkommen.»

Lucien stand auf und nahm das Buch in Empfang. Miranda blickte ihn finster an. Er lächelte scheu, aber seine neue Aufgabe schien ihm zu gefallen. Ich hatte ihn zum Assistenten des Chefs befördert.

«Ich werde ab und zu hereinkommen, um zu helfen», entschied ich.

Und dann verließ ich die Küche. Draußen an Deck atmete ich tief durch. Miranda war eine hartnäckige Widersacherin.

Ich begab mich auf das Achterdeck, um mit dem Steuermann zu sprechen. Der Italiener stand am Ruder, das er mit ruhiger Hand bediente, und sah mich ausdruckslos an. Das Schiff wiegte sich sanft in der leichten Dünung des blauen Mittelmeers. Aus dem hohen schwarzen Schornstein stieg stetiger Rauch. Auch hier, wie überall auf dem Schiff, konnte man das leichte Vibrieren der Dampfmaschine wahrnehmen, hörte man das dumpfe Pochen der Kräfte, die im Kesselraum wirkten.

Carlo Spuntini schien vor sich hin zu dösen, so ruhig stand er am Ruder. Aber über seinem wirren grauen Bart leuchteten helle blaue Augen.

«Wußten Sie von der Waffenladung?» fragte ich.

«Nein. Nicht mal der Kapitän hat etwas geahnt.»

«Niemand hat bemerkt, wie die Kisten an Bord gebracht wurden?»

«Doch, natürlich. Wir haben beim Verstauen geholfen. Aber wir wußten doch nicht, was sich darin befand.»

«Hat denn niemand danach gefragt?»

«Wer hätte fragen sollen? Der Kapitän gab Anweisungen.»

«Ohne selbst zu wissen, was er da an Bord holte?»

Der Steuermann zuckte mit den Schultern. «So scheint es.»

«Aber damit hat er alle in Gefahr gebracht.»

«Ja, vielleicht.»

«Wenn die Ladung in einem Hafen entdeckt worden wäre . . .»

«Der Kapitän wäre zur Verantwortung gezogen worden.»

«Und die Mannschaft?»

«Die Mannschaft tut, was der Kapitän befiehlt.»

«Und der Kapitän?»

Hinter dem struppigen Bart glaubte ich ein leichtes Lächeln ausmachen zu können.

«Der Kapitän tut, was Signor Dimitrios ihm befiehlt», brummte er.

«Fürchtet er nicht um sein Schiff? Um seinen Posten?»

«Dieser alte Kahn wird bald absaufen, wenn niemand etwas dagegen tut.»

«Und der Kapitän nimmt das in Kauf?»

«Der Kapitän würde selbst noch an einem Strohhalm ein Segel hissen.»

«Und Sie?»

«Wir sind hier alle nur auf Zeit beschäftigt. Alle nur zufällig an Bord gekommen, weil wir nichts Besseres finden konnten. Am Ziel unserer Reise werden wir vielleicht alle von Bord gehen, und die ‹Pluto› wird im Hafen verfaulen.»

«Sie übertreiben.»

«Das Holz fault. Die Masten ächzen. Die Maschinen sind verdreckt und rissig, die Schaufelräder fallen auseinander.»

«Mir kommt das Schiff recht solide vor.»

Spuntini lachte: «So was sieht eben nur ein Seemann.»

«Aber der Kapitän muß doch gewußt haben, auf was er sich einließ.»

«Muß er das?»

«Nun ja.»

«Vielleicht hatte er seine Gründe, das Kommando zu übernehmen.»

«Seine Gründe?»

«Sie haben doch auch angeheuert.»

«Ich brauchte Geld.»

«Sehen Sie.»

«Und wie ist es bei Ihnen?»

«Wir alle brauchen Arbeit. Selbst wenn's nur für kurze Zeit ist. Ein Seemann braucht ein Schiff. So einfach ist das.»

«Und nach dieser Fahrt?»

«Manche wären vielleicht geblieben. Aber wann die ‹Pluto› nach dieser Tour das nächste Mal auslaufen wird, steht noch in den Sternen.»

«Würden wir einen Sturm überstehen?»

Der Steuermann grinste: «Einen richtigen Sturm? Da müßten wir aber viel Glück haben.»

«Danke.»

«Nur keine Angst», rief der Italiener noch, als ich ihn verließ, «die Küste ist ganz in der Nähe.» Er lachte.

Ich blickte mich um. Weit und breit war kein Land zu sehen.

Natürlich mußte ich auch mit Monsieur Dimitrios sprechen. Als ich mich unter Deck seiner Kajüte näherte, hörte ich lautes Geschrei. Ich näherte mich seiner Tür und bemerkte, daß der Lärm von dort kam. Dimitrios brüllte. Eine andere Stimme brüllte zurück. Es war die Stimme des Kapitäns.

Dann wurde die Tür aufgerissen, und der Kapitän erschien mit zorngerötetem Gesicht. Er fluchte laut. Als er mich sah, verstummte er, schüttelte den Kopf:

«Sie wollen mit ihm reden? Mit diesem Mann kann man nicht reden.»

Und damit ging er, laut in seinem bretonischen Dialekt lamentierend, davon.

«Kommen Sie doch herein, Monsieur Pistoux. Nur keine Scheu! Sie wollten doch zu mir, nicht wahr?»

Ich trat in die Kabine. Dimitrios stellte den Stuhl auf, der umgefallen war.

«Setzen Sie sich.»

Er selbst setzte sich hinter seinen in dieser Enge riesenhaft wirkenden Schreibtisch. Auf dem Tisch befand sich ein undurchdringliches Durcheinander aus Papieren, Seekarten, Landkarten, alten Zeitungen, Büchern, Notizen, Papieren und Schreibgeräten.

«Sie haben sich also entschlossen zu meutern?» fragte der Grieche mit säuerlichem Lächeln.

«Wie bitte?»

«Der Kapitän meutert. Er hat Sie beauftragt, hier an Bord herumzuschnüffeln. Er steckt selbst seine Nase in Angelegenheiten, die ihn nichts angehen. Angeblich weil er die Konsequenzen fürchtet, die dieser Unglücksfall mit sich bringen könnte.»

«Unglücksfall?»

«Nun ja, Sie wissen doch Bescheid. Dieser blinde Passagier ist zu Tode gekommen.»

«Er ist ermordet worden. Außerdem war er kein blinder Passagier.»

Dimitrios lächelte, sah dabei aber keineswegs fröhlich aus: «Sind Sie sicher?»

«Aber ich habe die Leiche doch gesehen, und das Blut ...»

«Mir scheint, er ist erstickt.»

«Erstickt?»

«Er hat sich unbefugt in den Laderaum begeben, und dort ist er zunächst ohnmächtig geworden und erstickt. Möglicherweise hat er sich beim Fallen verletzt. Daher das Blut.»

«Aber ...»

«Ich habe bereits einen Bericht für die spanischen Behörden geschrieben», er wühlte in dem Durcheinander auf dem Schreibtisch herum, schien aber das entsprechende Papier nicht zu finden. «Die Leiche werden wir schon bald ihrer letzten Bestimmung zuführen ...»

«Sie wollen den Ermordeten ins Meer werfen.»

«Sie haben mich nicht richtig verstanden, Monsieur Pistoux. Der blinde Passagier ist im Laderaum erstickt. Ich, als Eigner dieses Schiffes habe den Kapitän angewiesen, seine Pflicht zu tun, und eine würdige Seebestattung durchzuführen.»

«Es wäre doch kein Problem, die Leiche im nächsten Hafen ...»

«Behörden sind in solchen Dingen immer ein Problem, Monsieur Pistoux.»

«Bitte entschuldigen Sie, Monsieur, aber das klingt alles sehr nach Vertuschen und Vergessen.»

«Man muß auch vergessen können, Monsieur Pistoux. Sie sollten zum Beispiel vergessen, daß sie vom Kapitän diesen geradezu lächerlichen Auftrag bekommen haben, einen Unglücksfall aufzuklären.»

«Entschuldigen Sie bitte, aber ich weigere mich, diesen gewaltsamen Tod als Unglücksfall zu verharmlosen.»

«Überschätzen Sie sich nicht, ich habe ihn so bezeichnet. Sie sind bloß der Koch!»

«Ein Mensch bin ich allemal. Und als solcher habe ich Verantwortung!» rief ich aus.

«Machen Sie sich doch nicht lächerlich. Ich entscheide. Das ist mein Schiff!»

«Und Ihre Waffenladung.»

Der Grieche sah mich mit blitzenden Augen an: «Was soll das nun wieder heißen?»

«Das soll heißen, daß ich Sie für einen Waffenschmuggler halte!»

Dimitrios lachte boshaft: «Ich verstehe, worauf Sie hinauswollen.» Er breitete die Arme aus. «Bitte stellen Sie Ihre Forderung. Dann werden wir ja sehen, wie wir uns einigen können.»

«Die Wahrheit, Monsieur, das ist meine Forderung!»

Er machte eine Handbewegung, als wolle er eine Fliege verscheuchen: «Hören Sie auf mit diesem Geschwätz, und lassen Sie uns zur Sache kommen.»

«Meine Sache ist die ...»

«Wieviel?» unterbrach er mich.

«Wieviel was?»

«Geld. Wieviel wollen Sie? Stehlen Sie mir nicht die Zeit mit unnützem Gerede.»

«Ich will kein Geld.»

«Kein Geld?» Er grinste ungläubig. «Was denn?»

«Wie ich schon sagte, die Wahrheit, Monsieur.»

Er starrte mich schweigend an. Dann sagte er langsam, als wolle er sich damit rechtfertigen: «Die Wahrheit hat ein häßliches Antlitz und ist nichts für solche schwärmerischen Moralisten wie Sie.»

«Mag sein, daß ihre Moral eine niedere ist, meine jedenfalls nicht», ereiferte ich mich.

Dimitrios sah mich erstaunt an: «Nanu, was wollen Sie mir denn damit mitteilen.»

«Daß ich Ihr Verhalten in allen Einzelheiten mißbillige!»

«Oho, jetzt schießen Sie aber über das Ziel hinaus, mein Guter.»

«Mag sein, aber Sie sind es, der sich schändlich benimmt.»

«Hat Miranda geplaudert? Hat sie Ihnen schöne Augen gemacht. Fühlen Sie sich etwa dazu berufen, diese Teufelin zu schützen, Sie einfältiger Narr?»

Mir schoß das Blut ins Gesicht: «Was soll das heißen? Was behaupten Sie da?»

«Ich behaupte, daß Sie den Kopf verloren haben, nachdem er ihnen von diesem Flittchen vorher verdreht wurde.»

Ich sprang von meinem Stuhl auf: «Ich verbiete Ihnen so zu reden! Die Frau hat sich ihrer erwehrt. Wenn hier jemand keine Ehre im Leib hat, dann sind Sie es!»

Plötzlich lachte Dimitrios vor sich hin: «Mein Gott, mein armer Pistoux, Sie machen sich ja komplett lächerlich. Meinen Sie etwa, weil Sie mich neulich abends gesehen haben, wüßten Sie Bescheid. Was hat Sie Ihnen denn bloß erzählt?»

Ich wurde unsicher. Miranda hatte mir gar nichts erzählt. Dimitrios bemerkte meine Unsicherheit und grinste boshaft: «Hat Sie Ihnen auch von Mr. Powell erzählt? Hm?»

«Mr. Powell?»

Dimitrios lachte hämisch: «Und Sie wollen ein Detektiv sein.»

«Ich verlange eine Erklärung, Monsieur!»

Der Grieche antwortete nicht. Statt dessen zog er eine Schreibtischschublade auf.

«Genug jetzt», sagte er. «Gehen Sie.»

Plötzlich hatte er einen Revolver in der Hand.

Hilflos stand ich da. Machtlos. Der Lächerlichkeit preisgegeben. Er deutete mit dem Revolver zur Tür.

«Gehen Sie in die Küche und lassen Sie mich endlich in Ruhe.»

Wutbebend drehte ich mich um. Aber nach diesem Erlebnis stand für mich fest: Ich würde nicht aufgeben.

⌁ 3 ⌁ EIN POETISCHER

REVOLUTIONÄR   Vom russischen Maat behauptete man, er sei exilierter Revolutionär. Er sprach nicht viel. Wenn man ihn sah, arbeitete er oder er blickte aufs Meer. Niemand hatte ihn je laut schreien gehört. Dennoch hatten die Matrosen einen Heidenrespekt vor ihm. Vielleicht, weil man sich hinter seinem Rücken erzählte, er habe in St. Petersburg einen Polizisten erschossen.

Als ich zu ihm trat, stand er am Bug und beaufsichtigte die Reparaturarbeiten am Klüverbaum. Ein Matrose ging dabei beinahe über Bord. Der Maat lachte leise und schüttelte den Kopf.

«Landratten», murmelte er verächtlich.

«Sind Sie mit Ihrer Mannschaft nicht zufrieden?» begann ich das Gespräch.

Er blickte mich finster und ausdruckslos an.

«Diese Mannschaft ...», sagte er düster und brach ab.

Ich zog eine kleine Flasche aus meiner Jacke und hielt sie ihm hin.

Piotr Dwarkin, so hieß der Maat, sah mich erstaunt an.

«Das ist Wodka», sagte ich. «Russischer Wodka. Ich habe eine Flasche davon im Vorratsraum gefunden. Zum Kochen brauchen wir es nicht. Und die Passagiere trinken lieber Cognac oder Brandy.»

Dwarkins Blick wanderte zwischen dem kleinen Fläschchen und mir hin und her.

«Es wäre ziemlich sinnlos, hier in diesen Breiten, Früchte in Wodka einzulegen, meinen Sie nicht? Zumal wir nur wenige Wochen unterwegs sind.»

Der Maat leckte sich die Lippen.

«Eine Flasche?» fragte er.

«Eine große.»

«Was wollen Sie dafür haben?»

«Nichts.»

«Nichts?»

«Ich will mich nur mit Ihnen unterhalten. Sonst nichts.»

«Sonst nichts?»

«Ja.»

Dwarkins Blick blieb an dem kleinen Fläschchen hängen. Jetzt leckte er sich noch einmal die Lippen.

«Ich trinke nichts», sagte er grinsend.

«Oh», sagte ich. «Das ist schade.»

«Nun ja.»

«Aus gesundheitlichen Gründen?»

«Gesundheit? Ja, vielleicht.»

Der Maat grinste noch breiter: «Ich trinke nichts ...»

Ich wollte die Flasche schon wegstecken, da fuhr er fort:

«... ich trinke nichts anderes, wenn ich eine Flasche Wodka sehe.»

Damit riß er mir die Flasche aus der Hand und steckte sie in seine Jackentasche.

«Wo ist die Große?» fragt er.

«In meiner Kajüte.»

«Gehen wir.»

Ich warf einen sorgenvollen Blick auf die Matrosen, die sich mit der Reparatur des Klüverbaums abmühten.

Dwarkin macht eine abschätzige Handbewegung: «Die können alleine weitermachen.»

«Gut, kommen Sie mit.»

Wir gingen unter Deck. Kaum hatte ich die Tür meiner Kabine hinter mir geschlossen, holte der Maat die Wodkaflasche aus der Tasche und trank sie in einem Zug aus. Ich holte die große Flasche aus dem Schrank, und der Russe riß sie mir aus der Hand.

Schon nach einer halben Stunde war der Maat sturzbetrunken. Und plötzlich sehr redselig.

«Freund», sagte er. «Es ist so schön in Rußland, ich möchte wieder zurück. Es ist das schönste Land der Welt. Es ist weit. Es ist groß. Es ist weit, groß ...»

«Aber Sie können nicht?»

«Nein, ich kann nicht.»

«Aus politischen Gründen?»

«Politisch?» Er glotzte mich erstaunt an. «Wieso politisch?»

«Es heißt, Sie seien ein Revolutionär.»

«Ja, natürlich bin ich das. Ich bin Revolutionär!» Er nahm einen Schluck aus der großen Flasche, die schon halb leer war, und blickte mich stolz an.

«Es heißt, Sie hätten einen Polizisten umgebracht in St. Petersburg.»

Er zog die Augenbrauen zusammen und sah mich so finster an, wie es sein Zustand erlaubte: «Verleumdung! Wie kommen Sie darauf. Ich habe niemals jemandem etwas zuleide getan, niemals!»

«Niemals? Dann sind Sie doch kein Revolutionär?»

«Bin ich das nicht? Na gut, dann eben nicht. Aber ich bin Russe! Genügt das nicht?»

«Doch, ich frage ja nur.»

«Ich kann ein Revolutionär sein, wenn Sie wollen ...»

«Ich möchte wissen, was Sie sind, nicht, was Sie sein können.»

«Warum?»

«Ich führe eine Untersuchung durch.»

«Ah ja, das ist gut. Eine Untersuchung.»

Nach fast jedem Satz nahm er einen Schluck aus der Flasche. Mir wurde langsam bange. Ich wollte schließlich nicht, daß er sich in meiner Kabine zu Tode trank.

«Wie sind Sie auf dieses Schiff gekommen?» fragte ich vorsichtig.

«Ich habe ihn getroffen.»

«Sie meinen Monsieur Dimitrios.»

«Ja, er ist ein Freund der Russen, sagt er. Ich hab ihm geglaubt und bin mitgekommen.»

«Und jetzt?»

«Und jetzt bin ich hier.»

«Nein, ich meine, ob Sie jetzt Ihren Entschluß bereuen.»

Er nickte heftig: «Natürlich.»

«Warum?»

Er zuckte mit den Schultern: «Dieses verdammte alte Schiff.»

«So alt ist es doch gar nicht.»

«Kaputt ist es. Er hat es kaputt gekauft, und jetzt muß ich

jeden Tag irgend etwas ausbessern. Es wird nicht mehr lange dauern, und wir gehen einfach unter ...» Er starrte düster vor sich auf den Boden.

Ich habe während meiner Arbeit in den verschiedenen Restaurants und Hotels viele Russen kennengelernt. Deshalb wunderte ich mich nicht allzusehr über sein Benehmen. Russen sind Pessimisten. Daran muß man sich gewöhnen, wenn man mit ihnen zu tun hat.

«Was wissen Sie von der Ladung?» fragte ich.

«Die Ladung ...», murmelte er düster.

«Haben Sie gewußt, was in den Kisten ist.»

«Gewehre?»

«Ja. Gewehre.»

«Nein. Ja.»

«Bitte?»

«Ich habe es nicht gewußt. Wir haben die Kisten an Bord geholt und in den Laderaum geschleppt. Aber wir wußten nicht, was sich in ihnen befindet.»

«Gewehre.»

«Ja, jetzt wissen es alle. Gewehre.»

«Die Passagiere wissen es noch nicht.»

«Nein?»

«Nein. Monsieur Dimitrios möchte, daß wir ihnen nichts erzählen.»

«O ja, richtig. Ich weiß nichts von Gewehren.»

«Hören Sie! Irgend etwas stimmt doch nicht mit diesem Schiff ...», versuchte ich es, jetzt schon verzweifelt, weil ich das Gefühl hatte, daß meine Nachforschungen auf diese Weise im Sand verlaufen würden.

Der Maat, der auf seinen Stuhl zusammengesunken war, richtete sich plötzlich heftig auf und rief, wobei er die Flasche herumschwenkte: «Sie haben recht!»

Plötzlich war ich wieder hellwach und voller Zuversicht.

«Womit habe ich recht?»

«Ich bin Revolutionär!»

Also hatte er doch etwas mit der Waffenladung zu tun, überlegte ich.

«Hier!»

Er stellte die Flasche auf den Boden und stand schwankend auf. Dann kramte er in seiner Hosentasche herum, suchte in seinen Jackentaschen und fand schließlich etwas. Er hielt mir einige zerknitterte kleine Zettel hin. Ich nahm ihm die Papiere ab und faltete sie auseinander. Er sank wieder auf den Stuhl. Auf dem Papier erkannte ich russische Schriftzeichen. Ein revolutionäres Pamphlet?

«Das ist meine Revolution», sagte er matt. Dann leuchteten seine Augen auf: «Gedichte! Ich werde die russische Dichtkunst revolutionieren!»

«Ach …», entgegnete ich ratlos. «Und ich dachte, Sie seien politisch …»

«Politik!» rief der Maat aus, seine Stimme überschlug sich, und seine Aussprache wurde weniger deutlich: «Die Kunst wird die Politik überflüssig machen! Das ist unsere Revolution!»

Ich sah ihn erstaunt an. Mit einem Mal saß nicht mehr der schweigsame, geheimnisvolle Revolutionär vor mir, sondern ein betrunkener, schwärmerischer Künstler.

«Lesen Sie vor!» kommandierte er lallend.

«Ich kann das nicht entziffern.»

«Geben Sie her!»

Ich reichte ihm die Blätter, und er begann mit monotoner, lallender Stimme seine Gedichte zu deklamieren. Und während er las, wurde seine Stimme immer leiser, und er sank immer mehr in sich zusammen. Einmal noch nahm er einen

Schluck aus der Flasche, trank sie leer, ließ sie auf den Boden fallen, lallte weiter und schlief plötzlich ein.

Eigenartig, dachte ich, was so eine Untersuchung alles zutage bringt.

Es klopfte. Ich sprang auf.

«Wer ist da?»

«Ich bin es, Lucien», hörte ich die vertraute Stimme des Liliputaners. Ich öffnete die Tür und ließ ihn herein.

«Was ist los?»

Er sah mich aus leuchtenden Augen an: «Dieser Brief hier ...»

«Was ist damit?»

Lucien hielt einen Briefumschlag hoch und las vor, was darauf stand: «An den Herrn Detektiv, der die Wahrheit sucht. Das sind Sie doch, Monsieur Pistoux, nicht wahr?»

«Offenbar bin ich damit gemeint. Wer hat dir den Brief gegeben?»

«Niemand. Er lag im Müll.»

«Miranda?»

«Sie hat ihn wohl dort hingeworfen. Sie kann ja nicht lesen. Außerdem ist sie sehr zornig.»

«Wo hat sie ihn gefunden?»

«Ich weiß nicht. Vielleicht wurde er unter der Küchentür durchgeschoben.»

«Ich danke dir, Lucien.»

«Ehrensache, Monsieur Pistoux.»

Ich riß den Umschlag auf. Darin befand sich nur eine kurze Notiz: «Herr Detektiv! Ich kenne den Mörder. Kommen Sie um Mitternacht zum Schaufelrad an Steuerbord! X.»

Die Buchstaben waren sorgfältig gemalt worden, so als wollte jemand verhindern, daß seine Handschrift erkannt wurde.

Lucien sah mich mit leuchtenden Augen an: «Ist es wichtig, Monsieur?»

«Vielleicht.»

«Dringend?»

«Nein.»

«Dann kommen Sie bitte in die Küche. Miranda schimpft die ganze Zeit, und ich muß die ganze Arbeit machen. Ohne Hilfe schaffen wir es nicht.»

«Du hast recht, Lucien. Das Abendessen muß pünktlich serviert werden.»

«Danke, Monsieur.»

Ich ließ den Maat sitzen, wo er war, und folgte dem Jungen in die Küche.

∻ 4 ∽ RENDEZVOUS UM MITTERNACHT

Obwohl er genug Zeit gehabt hätte, traute sich Lucien nicht, mir auf dem Weg in die Küche mitzuteilen, was ihm ganz besonders große Sorgen machte: Miranda hatte eigenmächtig den Menüplan geändert.

Wir betraten die Küche, und sie würdigte uns keines Blikkes. Alles an ihr war eine einzige Ablehnung meiner Person.

«Was ist los, was machst du da?» fragte ich.

«Im Gegensatz zu anderen erledige ich meine Arbeit.»

«Lucien ist nur losgegangen, um mich zu holen. Ihn trifft keine Schuld.»

«Wer spricht von ihm?»

Sie hatte noch immer nicht aufgesehen. Jetzt wandte sie mir den Rücken zu. Ich sah eine große Schüssel mit einer roten Suppe darin. Feingehackte Tomaten-, Paprika- und Gurkenstückchen befanden sich in kleinen Schälchen daneben.

«Was ist das?»

«*Gazpacho*.» Noch immer blickte sie nicht auf.

«Du bereitest schon das Essen für morgen mittag vor?»

«Nein.»

«Nein?»

«Ich bereite das Essen für heute abend vor.»

«Diese Suppe steht nicht auf dem Speiseplan. Außerdem hast du sie kalt werden lassen.»

«Ha! Einen Gazpacho kalt werden lassen!»

Sie griff nach zwei großen Löffeln und hob aus einem großen Topf mehrere große Taschenkrebse auf eine Platte.

«Krebse», stellte ich fest.

«*Txangurro*», ergänzte sie und begann, die Panzer zu knacken. Dann winkte sie Lucien heran und gab ihm mit einer Handbewegung zu verstehen, daß er weitermachen sollte.

Ich tauchte einen Finger in die kalte Suppe und probierte.

«Die Suppe ist sehr scharf», stellte ich fest.

«Natürlich.»

«Die Passagiere werden sich beschweren.»

«Sie werden es essen.»

Sie zog den großen Marmormörser zu sich hin und warf rote getrocknete Pfefferschoten und Pfefferkörner hinzu. Dann griff sie nach dem Stößel, zermahlte alles und gab mehrere Hände mit geschälten Knoblauchzehen hinzu.

«Was geschieht damit?» fragte ich.

«Kommt zum Krebsfleisch.»

«Das wird ebenfalls sehr scharf.»

«Na und?»

«Mein Freund Auguste Escoffier», sagte ich mehr zu mir selbst, «pflegte zu sagen, daß kein dominanter Geschmack, sei es nun süß, sauer, scharf oder salzig, sich in zwei Gängen hintereinander wiederholen darf.»

«War er Spanier, dieser Escoffier?» fragte Miranda unwirsch, während sie mit dem Stößel wütend in den Mörser
stieß.

«Nein, Franzose.»

«Dann hat er keine Ahnung vom spanischen Essen.» Sie sah
auf, und ihr kalter Blick jagte mir einen Schauder den Rücken
hinunter.

«Aber», sagte ich, «es ist ein universelles Prinzip.»

«Es gibt keine universellen Prinzipien. Und selbst wenn,
dann interessierten sie mich nicht.»

Jetzt stieg auch in mir der Zorn hoch: «Aber es gibt eine Re-
gel, die wir festgelegt haben», rief ich erregt aus, «und die für
dieses Schiff und diese Küche gilt, und die lautet: Mittags gibt
es ein spanisches und abends ein französisches Menü!»

«Ich bin Spanierin, ich koche spanisch.»

«Das ist Meuterei!»

Sie sah wieder vom Mörser auf, den sie die ganze Zeit un-
unterbrochen heftig bearbeitet hatte. Ihre Augen blitzten, ein
boshafter Zug umspielte ihren Mund, und plötzlich erinnerte
sie mich an die alte Hexe, die sie zweifellos in vielleicht gar
nicht so ferner Zukunft sein würde. Ein Gefühl tiefster Abnei-
gung stieg in mir auf.

«Und?» fragte sie höhnisch. «Wollen Sie mich über Bord
werfen?»

«Was für eine dumme Idee», sagte ich, «ich werde mich bei
Monsieur Dimitrios beschweren.»

Sie deutete zur Tür: «Das können Sie gleich tun, bitte sehr.»

Lautlos war Enzo Dimitrios eingetreten. Hämisch grinsend
sah er uns an, dann machte er eine herrische Handbewegung,
die seltsamerweise mir galt: «Pistoux, kommen Sie mit, wir
müssen reden.»

«Aber das Abendessen ...»

«Ich mache das Abendessen», sagte Miranda giftig.

«Kommen Sie!» Der Grieche stieß die Tür weit auf.

Ich zuckte mit den Schultern und folgte ihm. Ich atmete tief durch, um mich zu beruhigen.

Dimitrios ging nach Backbord und lehnte sich mit dem Rücken gegen die Reling.

«Sie werden im nächsten Hafen von Bord gehen», sagte er ohne weitere Einleitung.

«Ich bitte um Verzeihung, Monsieur?»

«Ich habe mich in Ihnen getäuscht. Ich habe Sie für einen ehrenhaft Gestrandeten gehalten, aber sie sind ein Spitzel.»

«Ich verstehe kein Wort.»

«Ein Polizeispitzel.»

«Ich habe lediglich ...»

«Ich hätte große Lust, Sie einfach auszusetzen.»

«Monsieur, erklären Sie mir das, bitte!»

«Machen Sie sich nicht lächerlich. Wenn hier jemand beleidigt wird, dann bin ich das. Was spielen Sie mir für eine Komödie vor? Sie behaupten, ein Koch zu sein! Eine Lüge! Wer hat sie geschickt?» Er blickte sich um, spähte auf das Meer hinaus, über dem die Dämmerung hereinbrach: «Wo sind ihre Verbündeten?»

«Meine Verbündeten?»

«Spielen Sie nicht den Unschuldigen.»

«Wenn jemand unschuldig ist, dann bin ich es.»

«Sie sind ein Verräter!»

«Ein Verräter?»

«Sie konspirieren gegen mich, Sie, ein Koch!»

«Konspiration? Nein.»

«Sie stellen Nachforschungen an, ohne meine Genehmigung!»

«Der Kapitän hat mich darum gebeten ...»

«Der Kapitän hat nichts zu sagen. Ich bin Herr auf diesem Schiff!»

«Verzeihung, Monsieur, aber das Seerecht ...»

«Ich pfeife auf das Seerecht!» Dimitrios wurde immer lauter. Ich bemerkte eine leichte Verunsicherung an ihm. Er war es offensichtlich nicht gewöhnt, daß man ihm widersprach. Ich ging zum Angriff über: «Monsieur, Sie befinden sich unverkennbar in einer schwierigen Situation.»

Dimitrios sah mich erstaunt an.

«Ihre Ladung», erklärte ich kurz und bündig.

«Was ist damit ... wir haben keine Ladung. Dies ist eine Kreuzfahrt.»

«Die Kisten im Laderaum. Inzwischen ist einigen Personen an Bord bekannt, was sich darin befindet.»

«Einigen Personen?»

«Ja.»

«Wem?»

«Dem Kapitän, dem Steuermann, dem Maat und natürlich mir.»

«Lächerlich! Alle Angehörigen der Mannschaft sind mir verpflichtet, und mit Ihnen werde ich fertig.»

«Der Kapitän fühlt sich dem Gesetz verpflichtet.»

Dimitrios machte eine weit ausholende Handbewegung, deutete auf das Meer um uns herum: «Wo ist denn hier ein Gesetz?»

«Überall wo Menschen sind, gibt es Gesetze.»

«Wo keine Staatsgewalt existiert, regiert das Recht des Stärkeren. Der Stärkere bin ich auf diesem Schiff. Die Mannschaft steht unter meinem Befehl.»

«Wo keine Staatsgewalt existiert, regiert die Moral», widersprach ich, «und die Mannschaft steht unter dem Befehl des Kapitäns.»

«Ich werde ihn wegen Meuterei absetzen.»

«Dafür werden Sie sich im nächsten Hafen rechtfertigen müssen.»

«Der nächste Hafen ist weit», sagte er geringschätzig.

«Der nächste Hafen ist Valencia.»

Er lenkte ein: «Kommen Sie zur Vernunft, Monsieur Pistoux. Was wollen Sie denn erreichen?»

«Ich will herausfinden, wer der Mörder ist.»

«Was wird Ihnen das nützen? Überlassen Sie es doch der Polizei, wenn wir erst im Hafen angekommen sind.»

Ich spürte die List in Dimitrios' Angebot und entgegnete: «Aber wenn keine Leiche mehr da ist, besteht auch keine Notwendigkeit, die Polizei zu benachrichtigen, habe ich recht?»

«Was meinen Sie damit?»

«Sie wollen die Leiche ins Meer werfen, und damit soll alles erledigt sein. Aber seien Sie versichert, daß weder ich noch der Kapitän schweigen werden. Und ich wage auch zu bezweifeln, ob die Passagiere sich von Ihnen den Mund verbieten lassen.»

Ein wölfisches Grinsen durchzuckte für einen kurzen Moment das Gesicht des Griechen: «Sie beruteilen mich völlig falsch, Monsieur Pistoux», sagte er. «Ich war Soldat, ich bin ein Ehrenmann. Ich gebe zu, Sie haben recht.»

Ich sah ihn erstaunt an.

«Sind Sie einverstanden? Hier meine Hand darauf. Lassen Sie uns die Sache gemeinsam angehen, es soll Ihr Schaden nicht sein. Weder in moralischer noch in materieller Hinsicht.»

Ich schüttelte den Kopf: «Ich glaube Ihnen nicht.»

«Nein?»

«Nein.»

«Wollen Sie mich beleidigen.»

«Wenn Sie es so auffassen möchten.»

«Wie kommen Sie dazu, so mit mir zu reden», rief Dimitrios empört aus.

«Wie kommen Sie dazu, mich anzuschreien? Sie sind kein Ehrenmann», entgegnete ich. Der Teufel mußte mich geritten haben, als ich sagte: «Ich denke an jene Nacht, als Sie von Miranda kamen.»

«Als ich von Miranda kam?»

«Ja.»

«Was war da?»

«Ich habe Sie gesehen. Sie haben versucht, sich ihr zu nähern.»

Er grinste schmierig: «Na und?»

«Das nenne ich ehrlos.»

Jetzt lachte er: «Das nennen Sie ehrlos?»

Ich nickte: «Sich einer Frau auf diese Art zu nähern.»

Er lachte lauter: «Sich Miranda zu nähern ist ehrlos?»

«So wie sie es getan haben, ja.»

Nun konnte er sich kaum noch halten vor Lachen. Seine Hände umkrampften die Reling, Tränen liefen ihm über das zerfurchte Gesicht.

Kalte Wut stieg in mir auf. Ich wandte mich ab und verließ ihn ohne ein weiteres Wort.

⌁ 5 ⌁ DER ZWEITE MORD   Kurz vor Mitternacht verließ ich meine Kabine, stieg an Deck und überquerte das Promenadendeck, warf einen Blick auf das Sonnendeck, wo die Deckchairs der Passagiere verlassen herumstanden. Ich begegnete einem Matrosen, sah den Rudergast auf seinem Posten, sonst niemanden. Das Meer war spiegelglatt, der Himmel wolkenlos, der Mond war aufgegangen, Sterne blinkten in großer Zahl. Nur das Wummern der Dampfmaschine ließ das Schiff vibrieren, und man hörte das Rauschen der Schaufelräder.

Ich bezog Posten neben dem Schaufelrad an Steuerbord und hielt Ausschau nach der Person, die sich mit mir verabredet hatte. Jetzt mußte Mitternacht sein. Ich wartete, aber es geschah nichts. Ich lief umher und hielt Ausschau, konnte aber niemanden entdecken. Ich überquerte das Deck zur Backbordseite. Vielleicht hatte der anonyme Briefeschreiber Backbord und Steuerbord verwechselt. Aber auch hier sah ich niemanden. Ich ging wieder zur Steuerbordseite zurück und entschloß mich, die Treppe hinaufzusteigen, auf der man über das Schaufelrad klettern konnte. Von dort aus hatte man die beste Aussicht und war andererseits ausgezeichnet zu sehen. Der Aussichtspunkt über der Schaufelradkammer war der höchste Punkt, den die Passagiere gefahrlos erklimmen konnten. Von hier aus war das ganze Schiff zu überblicken, und man hatte einen ausgezeichneten Blick aufs Meer hinaus.

Einige Minuten stand ich dort und kam zu dem Schluß, daß mir entweder ein Streich gespielt worden war oder mein unbekannter Zeuge sich entschlossen hatte, lieber zu schweigen. Ich entschied mich, noch eine Weile zu warten, obwohl mir die Müdigkeit allmählich wie Blei in den Knochen saß und die Gedanken in meinem Kopf mehr und mehr durcheinandergerieten. Der Tag hatte so viele Neuigkeiten gebracht, daß mir beinahe schwindelig wurde.

Genau in dem Moment, als ich mich entschloß zu gehen, hörte ich den gellenden Schrei.

«Hilfe! Hilfe!» Es war eine Frauenstimme. Sie klang schrill und spitz. Es war gespenstisch. Ein kalter Schauer jagte mir den Rücken hinunter, als ich versuchte, von meinem Aussichtspunkt aus herauszufinden, wo sich die Person befand, die offenbar in Lebensgefahr geraten war.

Dann machte ich einen hellen Punkt am Sonnendeck aus. Es war eine Frau. Ich bemerkte, wie sie sich erhob. Es war hell genug, um ihre Umrisse erkennen zu können. Offenbar drehte sie sich jetzt zu mir um. War sie die Person, mit der ich verabredet war? Warum kam sie nicht her? Wieso hatte sie sich verspätet? Was war ihr geschehen?

Die Gestalt winkte mir zu. Kein Zweifel, sie wußte, daß ich hier hinaufgeklettert war. Hoffte, daß ich noch da war. Mit Sicherheit konnte sie mich nicht richtig erkennen, denn ich hatte mir meine dunkle Feierabendkleidung und eine schwarze Jacke übergezogen, weil es nachts an Bord recht kühl war.

Ich eilte die Treppe hinunter und dann über das Deck. Noch war niemand zu sehen.

Ich näherte mich der Gestalt. Es war eine Frau in einem hellen Kleid. Sie kniete am Boden und wiegte sich hin und her.

«Was ist mit Ihnen passiert?» rief ich aus.

«Kommen Sie schnell!»

Ich kam näher und bemerkte, daß sie sich nach vorne beugte. Es war Mary Lamb, die Passagierin, die ich bisher nur äußerst selten zu Gesicht bekommen hatte. Sie jammerte vor sich hin. Nein, es war kein Jammern, es waren Worte des Trostes. Sie redete wirres Zeug. Vor ihr lag ein Mensch. Es war Lucien. Die Augen des kleinen Mannes waren geschlossen, er murmelte vor sich hin. War er krank? Gestürzt?

«Was ist passiert?» fragte ich.

«Der arme Kleine, der arme Kleine», sagte die junge Frau immer wieder.

Ich bemerkte einen dunklen Fleck auf ihrem hellen Kleid.

«Was ist mit Ihnen?» fragte ich.

«Mein Chef, wo ist mein Chef? Ich muß mit ihm sprechen», murmelte Lucien leise.

Jetzt bemerkte ich, daß sein Hemd unter der groben Matrosenjacke Flecken hatte. Ich schlug die Jacke auf und erschrak: «Was ist das?» Sein Hemd war blutdurchtränkt.

Aus dem Klagen der jungen Frau war ein monotoner Singsang geworden. Sie schien nicht verletzt zu sein.

Lucien schlug die Augen auf: «Chef?»

«Ich bin bei dir, Lucien, was ist geschehen?»

«Monsieur ...» Er hob den Arm. «Ich habe ...» Seine Stimme versagte.

Der Singsang der Frau wurde immer lauter. Sie schüttelte den Jungen immer heftiger.

«Hören Sie doch auf!» schrie ich sie an.

Sie erstarrte und blickte mich mit weit aufgerissenen Augen an.

Aus dem Mund des Jungen ergoß sich ein Blutschwall. Er wollte etwas sagen, noch immer hatte er den einen Arm erhoben, die Faust geballt. Er sah mich an, dann zuckte er, erstarrte, und sein Blick wurde leer.

Die Frau begann zu schluchzen und ließ ihn los. Sie kippte zur Seite und blieb leise schluchzend liegen.

Ich schüttelte den Jungen, rief seinen Namen, aber es war zwecklos.

Ich bemerkte etwas in der linken erstarrten Faust des Jungen. Eine kleine goldene Kette. Ich bog ihm die Finger auseinander und zog die Kette heraus. Ein kleines Medaillon hing daran. Hastig steckte ich es in meine Manteltasche, denn ich hörte Schritte.

Plötzlich stand der Steuermann vor uns und starrte auf uns herab.

«Was ist denn los?»

«Lucien ist tot.»

«Der Küchenjunge?»

«Überall Blut.»

«Was hat der kleine Kerl denn gemacht?»

«Ich glaube, er ist ermordet worden.»

Neben uns kroch Mary Lamb schluchzend auf allen vieren zur Seite.

Der Steuermann folgte ihr mit seinem Blick: «Was ist mit ihr?»

«Ich weiß nicht.»

Mary Lamb sah ängstlich zu ihm hoch.

«Alles in Ordnung?» fragte der Seemann mit rauher lauter Stimme.

Sie zuckte zusammen, nickte heftig, und plötzlich sprang sie auf und rannte davon.

«Hat sie das …?» fragte Spuntini ungläubig.

Ich schüttelte den Kopf: «Sie hat ihn gefunden.»

«Da sind Blutspuren, er kam vom Vorderdeck.»

«Ja.»

«Bleiben Sie hier, ich werde den Kapitän holen.»

«Ja.»

Der Kapitän ordnete an, daß die Leiche des armen Lucien in seine Koje gelegt wurde.

Danach gab es nichts mehr zu tun, und wir gingen alle in unsere Kabinen. Als der Morgen graute und das Licht der Dämmerung durch das Bullauge kroch, saß ich immer noch an meinem Tisch. Neben mir lag die Kette mit dem ovalen, mit kleinen, goldenen Rosen verzierten Medaillon. Ich hatte den Deckel aufgeklappt und darin eine Fotografie gefunden. Darauf waren drei Kinder zu sehen. Ein Mädchen und zwei Jungen.

Wem gehört das Medaillon? Dem Mörder? Wer sind die Kinder auf dem Bild?

Bin ich am Tod meines Küchenjungen schuld? Diese Frage ging mir immer wieder im Kopf herum. Habe ich durch Achtlosigkeit das Leben eines anderen gefährdet?

Eins steht fest: Ich muß weitermachen! Nun bin ich nicht mehr nur dem Kapitän verpflichtet. Mein neuer Auftraggeber ist ein toter Liliputaner, der ermordete Lucien.

Ich muß schlafen.

Ich kann nicht.

Ich lege mich hin.

Nur noch wenige Stunden, dann werde auch ich in Gefahr sein.

❧ 6 ❧ EIN KALTES LÄCHELN Mein Freund Auguste Escoffier, zweifellos ein großer Künstler in der Küche, der es noch weit bringen wird, sagte einmal: «Einfältige Geister denken, ein Essen sei nur die Kombination aus einzelnen Zutaten. Dieser Gedanke ist falsch! Es ist der menschliche Geist, der Dinge zusammenfügt, um seinen Sinnen zu gefallen. Kochen ist eine praktische Form der Philosophie, Speisen ein Weg der Erkenntnis.» Was doch auf meine neue Lage übertragen auch bedeuten kann: Nicht das Sammeln von Informationen bringt einen Detektiv zum Erfolg, sondern erst das Zusammenfügen der Einzelteile vermittels Logik und Vernunft ergibt ein Bild der Wahrheit.

Was für hehre Gedanken angesichts der banalen Tätigkeit, der ich nachzugehen habe!

Mein Plan sah vor, daß ich mich über die Dienerschaft langsam den anderen Passagieren nähere. Zu früher Stunde machte ich mich auf den Weg in die Küche, wo ich auf die beiden Dienstmädchen traf, die gerade dabei waren, das Frühstück vorzubereiten. Annabelle sorgte dafür, daß die am Abend vorbereiteten *Croissants* in den Ofen kamen und das am Vortag gebackene Weißbrot geschnitten und getoastet wurde. Agatha kümmerte sich um *Eier und Speck*, und gelegentlich mußte sie schon am Morgen ein riesiges *Entrecôte* in der Pfanne braten, das Mr. Powell dann ganz allein und ohne Beilagen verzehrte.

Es war mir ganz lieb, daß die beiden Dienstmädchen sich selbständig um das Zubereiten des Frühstücks kümmerten, denn ich hatte keine Lust, länger als nötig mit ihnen zusammen zu sein. Sie stritten sich immerzu. Normalerweise hatte Lucien ihnen geholfen und aufgepaßt, daß sie in der Küche kein Unheil anrichteten.

Heute war die Stimmung naturgemäß gedrückt. Gegen Morgen war ein kalter Wind aufgekommen, am Himmel waren schwere graue Wolken aufgezogen. Die Passagiere blieben unter Deck. Nachdem das Frühstück in fast allen Kabinen serviert worden war – nur Miss Lamb und Craig Moore waren wie gewöhnlich später dran als die anderen –, setzten wir uns an den Küchentisch.

«Verdächtigen Sie uns etwa?» fragte Agatha und sah mir dabei frech ins Gesicht.

«Ich muß alle Möglichkeiten in Betracht ziehen», erklärte ich sachlich.

«Ich finde das unerhört», empörte sich das englische Dienstmädchen.

«Das Unerhörte ist doch, daß auf diesem Schiff zwei Menschen umgebracht wurden.»

«Was habe ich damit zu tun?» fragte sie kaltschnäuzig.

«Das frage ich Sie. Wo waren Sie gestern um Mitternacht?»

«Werden Sie das alle fragen, die sich an Bord befinden?»

«Alle», versicherte ich, «vom Kapitän bis zum Dienstmädchen.»

«Auch die Herrschaften?»

«Selbstverständlich. Eine solche Untersuchung duldet keine Ausnahme.»

«Bis auf Sie selbst, Mr. Pistoux.»

«Das liegt wohl in der Natur der Sache.»

«Ich finde das eigenartig», erklärte Agatha schnippisch. «Was meinst du, Annabelle?»

Die Französin hatte die ganze Zeit schweigend neben uns gesessen. Sie war, ganz im Gegensatz zu Agatha, bedrückt, was ja angesichts unserer Lage nur zu natürlich war.

«Ich finde, er sollte seine Fragen stellen und uns dann wieder an unsere Arbeit gehenlassen.»

«Sie beugt ihr Haupt dem Schicksal …», sagte Agatha spöttisch.

«Wollen Sie nicht einfach nur meine Fragen beantworten?»

«Ja, bitte», sagte Annabelle.

«Nun gut», lenkte Agatha ein. «Sie wollen wissen, wo wir gestern um Mitternacht waren?»

Ich nickte. Sie wandte sich an die Französin: «Annabelle, wo waren wir?»

«Im Bett.»

«Beide?»

«Du in deinem, ich in meinem», sagte Annabelle.

«Wir haben uns gegenseitig überwacht», sagte Agatha. «Wir teilen uns eine Kabine. Die Tür quietscht sehr laut. Wir hätten schon zusammen morden müssen, um …»

«Agatha!»

«Schon gut, ich weiß.»

«Auch mir ist nicht nach Scherzen zumute», sagte ich.

«Wir sind es nicht gewesen. Verdächtigen Sie jemand anderen.»

«Wen sollte ich Ihrer Ansicht nach verdächtigen?»

Das englische Dienstmädchen kniff die Augen zusammen und sah mich scharf an: «Leute, die etwas zu vertuschen haben.»

«Wer könnte das denn sein?» fragte ich.

«Sie sind der Detektiv. Und Sie sind der Küchenchef. Das müssen Sie am besten wissen.»

«Wie darf ich denn das verstehen?»

«Es geht doch um Lucien ...»

«Es geht um zwei Morde, die mit großer Wahrscheinlichkeit etwas miteinander zu tun haben.»

«Lucien war ziemlich neugierig», deutete Agatha an.

«Was meinen Sie damit?»

«Vielleicht hat er etwas herausgefunden, zufällig beobachtet ...»

«Nun sprechen Sie endlich aus, was sie da andeuten!» rief ich verärgert aus.

Agatha blickte sich in der Küche um: «Sind wir allein?»

«Natürlich.»

Sie blickte Annabelle an, die sehr unglücklich auf die Tischplatte starrte.

«Annabelle ...», sagte Agatha auffordernd.

Die Angesprochene sah nicht auf.

«Es ist ihr peinlich», sagte Agatha.

Annabelle brach in Schluchzen aus.

«Sie sind grausam», sagte ich zu Agatha.

Die Engländerin zuckte mit den Schultern: «Sie ist einfach zu empfindlich.»

Annabelle verbarg das Gesicht hinter den Händen und schluchzte leise vor sich hin.

«Ich hab es nicht getan!» jammerte sie.

Agatha sah sie erstaunt an.

«Was hast du nicht getan?»

«Ich habe ihn nicht umgebracht!»

«Keiner spricht davon, daß du den armen Lucien umgebracht hast, Annabelle. Was redest du denn da!»

«Ich habe es nicht getan. Ich schwöre es!»

«Aber wer spricht denn von dir, du Dummerchen», wurde sie von Agatha unterbrochen. Sie wandte sich an mich: «Sehen Sie nur, wie diese ganze Tragödie sie durcheinanderbringt. Aus ihr ist kein vernünftiges Wort herauszubringen.»

«Weil Sie die ganze Zeit versuchen, für sie zu sprechen.»

«Wie meinen Sie das?»

«Ich stelle fest, daß Sie sie nicht ausreden lassen.»

«Ich lasse sie nicht ausreden?»

«Ja.»

Agatha richtete sich empört auf und saß jetzt stocksteif da: «Annabelle! Sag, was du zu sagen hast.»

Annabelle trocknete sich mit einem Taschentuch die Tränen und sah mich seltsam lächelnd an: «Entschuldigen Sie. Ich bin ganz durcheinander.» Sie schüttelte leicht den Kopf: «Ich weiß gar nicht, was ich da rede. Ich dachte, Agatha wollte mich ...»

Wieder fiel ihr die Engländerin ins Wort: «Aber, aber, wie kommst du denn nur auf so etwas, du bist ja völlig überspannt.»

«Aber diese Anspielung ...»

«Was ist nur mit dir, ich meine doch nicht dich! Ich meine doch ...» Agatha sah mich böse triumphierend an: «... die Köchin!»

Jetzt war es an mir, verwirrt dreinzublicken.

«Was wollen Sie damit sagen?»

Annabelle hatte die Augen weit aufgerissen.

«Ich will nur so viel sagen», erklärte Agatha mit hämischem Gesichtsausdruck: «Sie sollten die Köchin mal fragen, wo sie um Mitternacht gewesen ist!»

Damit stand sie auf, nahm den Arm der Französin und zog sie hoch.

«Wir jedenfalls waren in unserer Kabine und haben mit alledem nichts zu tun. Nicht wahr, Annabelle?»

Die Angesprochene nickte traurig.

Ich bereute, daß ich die beiden gemeinsam verhört hatte, und ließ sie gehen.

Vielleicht lag es daran, daß Miranda schöner war als jemals zuvor ... jedenfalls schlug ich den falschen Ton an, als sie die Küche betrat.

«Wo warst du letzte Nacht um Mitternacht?» fragte ich.

Sie stemmte die Hände in die Hüften und sah mich herablassend an: «Ich werde mit der spanischen Polizei reden, wenn es sein muß, mit niemandem sonst.»

«Lucien ist ermordet worden.»

«Ich weiß. Und?»

«Und was?»

«Dafür muß es ja wohl einen Grund geben.»

«Einen Grund? Willst du damit andeuten, daß er selbst an seiner Ermordung schuld ist?»

«Es wäre doch möglich.»

«Das ist ja ein grausamer und abwegiger Gedanke.»

«Die Welt ist grausam, und das, was Menschen tun, mitunter abwegig.»

Ein bitterer Zug lag auf ihrem Gesicht. Auf einmal hatte ich das Gefühl, eine Miranda vor mir zu sehen, die ich gar nicht kannte.

«Willst du mir damit etwas Bestimmtes mitteilen?»

«Sie sind ein schlechter Detektiv, Monsieur Pistoux.»

Ich versuchte ihr entgegenzukommen, um ihre Verstocktheit aufzubrechen: «Wir werden darum bitten, daß eins der Dienstmädchen uns in der Küche hilft. Und ich werde mich um das Abendmenü kümmern.»

«Gut», sagte Miranda und band sich eine Schürze um.

«Was wird es heute mittag geben?»

«Einen *Leoneser Lammeintopf*. Vorher gibt es eine *Escalivada* und danach *Pinienkern-Kroketten*.»

«Gut. Und heute abend gibt es Fisch. Auf eine *Tapioca-Suppe* folgt ein *Glattbutt mit Nantua-Sauce* und zum Dessert ein *Pouding de cabinet*.»

Miranda zuckte mit den Schultern, als würden sie französische Gerichte nicht mehr interessieren. «Ich muß mich jetzt an die Arbeit machen.»

«Ich werde mich um das Dienstmädchen kümmern.»

Miranda nickte. Ich stand auf.

Als ich schon halb aus der Tür hinaus war, fiel mir ein, daß ich sie etwas gefragt hatte.

«Du bist mir noch eine Antwort schuldig», sagte ich.

«Wie war die Frage?»

«Wo warst du gestern um Mitternacht?»

Sie zog das Tuch von der großen Schüssel, in der sie die Kichererbsen gewässert hatte.

«Ich war bei Mr. Powell.»

Ich sah sie irritiert an. Sie würdigte mich keines Blickes, sondern goß den Inhalt der Schüssel in ein Sieb.

«Bei Mr. Powell?»

Mit den Händen siebte sie die eingeweichten Kichererbsen.

«Ja.»

Sie sortierte einige schlechte Erbsen aus und warf sie in eine kleine Schüssel.

«In seiner Kabine?»

Sie hob die Schüssel an und schüttete den Inhalt in einen Topf und griff nach einem neben dem Herd bereitliegenden Schinkenknochen.

«In seinem Bett.»

Sie warf den Knochen in den Topf, drehte sich um und sah mich kalt lächelnd an.

∾ 7 ∾ SABOTAGE   Die Consommé war versalzen, die Sauce Nantua von zweifelhafter Konsistenz und der Pouding zu süß. Dennoch gab es keine Klagen. Das mußte wohl an der Unruhe liegen, die alle erfaßt hatte und die von Stunde zu Stunde zuzunehmen schien. Inzwischen herrschte unter der Mannschaft eine gespannte Nervosität, bei den Passagieren ein Zustand zwischen angsterfüllter Lähmung und beginnender Hysterie. Bei Tisch wurden viele, eher dumme Scherze gemacht, einige davon auf meine Kosten. Vor allem Dillion tat sich hervor, indem er immer wieder auf den «köstlichen Umstand» hinwies, «von einem Detektiv verpflegt und bedient zu werden».

Miranda hatte sich nicht mehr blicken lassen und war erst wieder zum Servieren erschienen. Immerhin half sie mir wenigstens dabei. Ich versuchte herauszubekommen, wie sich ihre angebliche besondere Beziehung zu Mr. Powell während dieser Arbeit bemerkbar machte. Vergebens. Die beiden verhielten sich ganz normal. Vielleicht hatte Miranda sich ja einen Scherz mit mir erlaubt. Haßte sie mich so sehr? Was für einen Anlaß sollte ich ihr gegeben haben? Diese ganze Geschichte bedrückt mich mehr und mehr. Ich hätte niemals auf dieses Schiff gehen dürfen.

Nach dem Essen verlangte ich von Miranda, daß sie mir am nächsten Tag bei der Zubereitung des Abendessens helfen solle. Sie würde sich fügen müssen, ob sie wollte oder nicht!

Am Nachmittag hatte ich Gelegenheit, mit Mr. Dillion zu sprechen, der sich mir gegenüber auf die gewohnte herablassende Art verhielt. Ich suchte ihn in seiner Kabine auf, wo er wie bei unserer ersten Begegnung selbstzufrieden hinter seinen Schreibtisch saß.

«Herr Detektiv», begrüßte er mich höhnisch, «was verschafft mir die Ehre Ihres Besuchs? Soll ich verhört werden?»

«Ich möchte Sie bitten, mir einige Fragen zu beantworten.»

«Haben Sie schon mit Mr. Powell gesprochen? Er ist ganz aus dem Häuschen, einen echten Privatdetektiv an Bord zu haben.»

«Mit ihm werde ich auch noch sprechen.»

«Seien Sie sicher, daß er sich schon darauf freut.»

«Mir ist nicht nach Scherzen zumute, Mr. Dillion. Immerhin sind auf diesem Schiff zwei Menschen ermordet worden.»

«Ich scherze nicht. Mir ist der Ernst der Lage bewußt.»

«Ich möchte Sie bitten, für diesen Moment davon abzusehen, daß ich auf diesem Schiff als Koch in Ihrem Dienst beziehungsweise im Dienst von Mr. Powell stehe.»

«Nur zu», sagte Dillion. «Spielen wir dieses Spiel. Ich sehe zwar grundsätzlich keinen Sinn darin, aber bitte, der Kapitän hat sich, wie es scheint, mit Mr. Powell darüber verständigt, daß Sie jedem an Bord Fragen stellen dürfen.»

Das war eine gute Nachricht.

«Der Küchenjunge wurde letzte Nacht kurz vor zwölf Uhr mit einigen Messerstichen tödlich verletzt. Den Blutspuren nach zu urteilen, geschah die Tat auf dem Vorderdeck. Der Täter kann also nicht weit entfernt gewesen sein, als ich den Jungen entdeckte.»

«Haben Sie jemanden bemerkt?»

«Nein. Zwar stand ich an der Reling oberhalb des Schaufelrads an Steuerbord, aber ich habe nichts gesehen.»

«Was haben Sie dort oben auf dem Schaufelrad gemacht?»

«Mr. Dillion. Ich bin derjenige, der hier die Fragen stellt.»

«Sie sind der Detektiv, das ist wahr. Aber sollte es nicht auch jemanden geben, der Sie einem Verhör unterzieht?»

«Was das betrifft, wenden Sie sich bitte an den Kapitän. Er wird meinen Bericht entgegennehmen und prüfen, er wird mich gegebenenfalls befragen. Nicht Sie, Mr. Dillion. Dies ist ein allzu durchsichtiges Ablenkungsmanöver!»

Dillion sah mich erstaunt an. Ein verkniffenes Lächeln lag auf seinen Lippen.

«Oho», sagte der Sekretär. «Sie sind gut im Bluffen. Schön, bringen wir es also hinter uns.»

«Wo sind Sie zu der Zeit gewesen, als der Mord geschah?»

«Ich war bei Mr. Powell.»

«Bei Mr. Powell?»

«Ja.»

«In seiner Kabine?»

«Ganz recht.»

«Waren Sie mit ihm allein?»

«Ja. Wie Sie wissen, haben er und seine Frau getrennte Kabinen. Er war also allein, als ich ihn aufsuchte.»

«Sind Sie ganz sicher?»

«Absolut.»

«Auch was den genauen Zeitpunkt betrifft.»

«Aber ja. Wir nahmen einen letzten Brandy, bevor wir zu Bett gingen.»

«Tun Sie das öfters?»

«Was?»

«So spät noch einen Brandy mit Mr. Powell trinken.»

«Warum interessieren Sie sich so sehr dafür?»

«Ich bin der Detektiv, Mr. Dillion.»

«Nun gut. Ja, es kam öfter vor.»

«Immer in seiner Kabine?»

«Ja.»

«Worüber haben Sie gesprochen?»

«Über die Briefe, die wir in Valencia abschicken würden, bestimmte Planungen, die das Unternehmen betreffen.»

«Wer wußte davon, daß sie dort waren?»

«Wie meinen Sie das? Wer sollte davon wissen?»

«Jemand, der gesehen hat, wie sie in Mr. Powells Kabine gingen.»

«Hören Sie, Pistoux. Sie stellen erstaunlich viele Fragen zu einem sehr einfachen Sachverhalt.»

«Ich bin der Detektiv, darauf hatten wir uns doch geeinigt, Mr. Dillion.»

«Herrgott, Pistoux, ich glaube fast, Sie fangen an, Mr. Powell zu verdächtigen.»

«Wir sprechen doch gerade über Sie, Mr. Dillion.»

«Über mich? Ja, natürlich. Versuchen Sie gerade, mich durcheinanderzubringen?»

«Nein. Ich stelle nur die naheliegendsten Fragen.»

«Und ich gebe ihnen die naheliegendsten Antworten.»

«Ja.»

«Genügt Ihnen das?»

«Nein.»

Mit dieser listigen Bemerkung verabschiedete ich mich von dem verwirrten Mr. Dillion. Zwar hatte ich nicht viel herausgefunden, aber dennoch war ich sehr zufrieden mit dem Gesprächsverlauf. Ich hatte herausgefunden, daß jemand log. Entweder Miranda oder Dillion.

Den Rest des Nachmittags verbrachte ich mit der Vorbereitung des Abendessens. Ich wurde unruhig. Meine Hochstimmung, in die ich nach dem Gespräch mit Dillion geraten war, verflog wieder. Alles in allem war meine Situation ungünstig. Ich verlor wertvolle Zeit. Bald würden wir in El Grao, der Hafenvorstadt von Valencia, festmachen. Und bis dahin wollte ich dem Kapitän die Ergebnisse meiner Nachforschungen mitteilen.

Ich entschloß mich zur Flucht nach vorn, unterbrach meine Notizen, um den Kapitän aufzusuchen. Mein Entschluß stand fest: Miranda würde für das Abendessen sorgen müssen. Und die Passagiere mußten sich unter diesen Umständen damit abfinden.

Als ich aufstand, wurde mir erst bewußt, daß die See rauher geworden war. Das Schiff schwankte heftiger. Ich zog mir eine Jacke über und verließ meine Kabine. Ich trat aus der Luke an Deck und bemerkte, daß es zu regnen begonnen hatte. Ein heftiger, kalter Wind blies mir die feinen Wassertropfen ins Gesicht. Ein Matrose, dem ich auf dem Weg nach oben begegnet war, hatte mir mitgeteilt, daß sich der Kapitän auf der Brücke befand.

Ich machte mich auf den Weg und fand den Kapitän und den Steuermann, beide in Öljacken und mit Südwestern auf dem Kopf, vor dem Kompaß stehen. Ich blieb erstaunt stehen. Der Steuermann winkte mich zu sich und hielt mir etwas hin. Ich nahm den kleinen kalten Gegenstand in die Hand. Er hatte die Form eines Hufeisens. Ich sah den Steuermann an, dann den Kapitän. Ihre Gesichter waren regennaß. Das Schiff hob und senkte sich. Ich mußte mich am Steuermann festhalten, der wie auch der Kapitän breitbeinig dastand und sich vom heftigen Seegang nicht weiter stören ließ.

«Was ist das?» fragte ich.

«Ein Magnet», erklärte der Steuermann.

«Was?»

«Jemand hat damit den Kompaß manipuliert.»

Ich sah die beiden Seemänner ratlos an.

«Wir sind die ganze Zeit auf falschem Kurs gewesen», sagte der Kapitän.

«Und bei diesem Wetter werden wir auch nicht so schnell herausfinden können, wo wir uns befinden», ergänzte der Steuermann.

«Auf jeden Fall weit von der Küste und von unserem Ziel entfernt», sagte der Kapitän.

«Wie konnte das geschehen?»

«Sabotage.» Der Kapitän kniff wütend die Augen zusammen.

Mir wurde kalt, und das Wasser lief mir in den Nacken.

«Was nun?» fragte ich und sah den Steuermann an. Der Steuermann sah zum Kapitän. Der faßte mich mit beiden Händen an den Oberarmen, schüttelte mich und rief: «Bringen Sie mir diesen Saboteur! Ich will ihn eigenhändig erschießen!»

«Sie werden genug Zeit haben», sagte der Steuermann düster.

«Entbinden Sie mich von meinem Amt als Schiffskoch? Miranda wird auch ohne mich zurechtkommen.»

«Natürlich wird sie das», sagte der Kapitän. «Aber hören Sie: Sagen Sie den Passagieren vorerst noch nichts von unserem Unglück.»

Ich nickte.

Gischt sprühte über uns hinweg. Ich eilte wieder nach unten.

Um uns herum tost das Meer, weht ein eisiger Sturmwind, klatschen immer dickere Regentropfen auf das Deck. Und irgendwo an Bord befindet sich ein bösartiger Verbrecher, der einen finsteren Plan verfolgt und bereits zwei Menschen auf dem Gewissen hat.

⌁ 8 ⌁ KEIN LAND

IN SICHT   Am Morgen erwachte ich spät aus einem bleiernen Schlaf. Es dauerte eine Weile, bis ich die Kajüte und was sich darin befand wiedererkannte. Das Schiff hob und senkte sich bedächtig, der Sturm war vorbei.

Ich ließ mir die Ereignisse des vergangenen Tages und den Schock der letzten Nacht durch den Kopf gehen und entschied, daß ich in einem Alptraum erwacht war. Inzwischen hatte ich immerhin herausgefunden, daß Miranda und Dillion widersprüchliche Angaben machten. Dieser Spur wollte ich nachgehen. Wenn beide Personen behaupten, zur Zeit des Mordes mit Mr. Powell zusammengewesen zu sein, so wird es wohl am besten sein, den Betreffenden selbst zu fragen, mit wem er gegen Mitternacht das Vergnügen hatte zusammenzusein.

Ich zog mich an, legte einen frischen Kragen um und band mir sorgfältig eine Fliege, bevor ich das Jackett überzog, das ich für feierliche Anlässe vorgesehen hatte. Heute war der Tag, wo ich endgültig die Grenze überschreiten würde und es wagen wollte, jene Herrschaften zu verhören, für deren leibliches Wohl ich zuständig war.

Ich ging nach oben und lief Richtung Vorderschiff, wo sich die Kabinen der Passagiere befanden. Ich hatte vor, zunächst Dillion aufzusuchen und ihn um eine Unterredung mit Mr. Powell zu bitten, sobald dieser Zeit hatte. So höflich wollte ich es formulieren und erst später, falls diese Bitte abgewiesen wurde, bestimmter werden und darauf hinweisen, daß ich unter dem direkten Kommando des Kapitäns stand.

Der Himmel war grau und hing bleiern über der See, die doch eine stärkere Dünung zeigte, als ich es erwartet hatte. Ein kalter Wind blies mir von Backbord her ins Gesicht. Der Regen hatte aufgehört. An Deck waren nur Matrosen zu sehen, die ihren Arbeiten nachgingen. Als ich jedoch das Sonnendeck erreichte, bemerkte ich eine Person, die es sich auf einem Deckchair bequem gemacht hatte. Es war Mr. Powell. Er hatte sich in mehrere Wolldecken eingehüllt und hielt ein dickes Buch in den Händen.

Ich näherte mich respektvoll und wartete darauf, daß er mich bemerken würde. Das dicke Buch war in Leder eingebunden. Auf dem Einband prangten die Buchstaben «J. F. C.». Als der Lesende mich nicht bemerkte, räusperte ich mich. Mr. Powell sah hinter seinem dicken Buch hervor. Er hatte sich eine wollene Seemannsmütze über den Kopf gezogen und einen Schal um den Hals geschlungen. So sah er gar nicht so ehrwürdig oder unnahbar aus wie sonst. Er lachte, als er mich erkannte, und legte das Buch in den Schoß.

«Mister Pinkerton. Freut mich, Sie zu sehen. Hab's mir hier gemütlich gemacht. So wie es aussieht, sind die Damen eher unpäßlich, und auch sonst schrecken alle vor dem kalten Wind zurück. Also liege ich hier herum und lese in meinem Lieblingsbuch. Kennen Sie das?» Er hob es hoch: «Der gute alte James Cooper, alter Freund der Familie, jedenfalls hat das mein Großvater behauptet. Wäre wohl nicht einverstanden mit unserem heutigen Lebenswandel – der alte Cooper, meine ich. War ja eher ein Mann der Wildnis, nicht der Zivilisation. Unsere Stahlfabrik wäre ihm zweifellos ein Dorn im Auge gewesen. Aber er hat großartige Romane geschrieben. Über Amerika. Man kann gar nicht genug über Amerika schreiben, wir haben zu wenige Schriftsteller. Aber wozu erzähle ich Ihnen das eigentlich?»

«Ich weiß nicht, Monsieur. Eigentlich wollte ich mit Ihnen über etwas anderes sprechen.»

«Natürlich! Ich halte hier Reden über Literatur, wie es eigentlich gar nicht meine Art ist, und Sie haben sicher etwas zu sagen, was Ihnen auf den Nägeln brennt, hab ich recht?»

Ich nickte.

«Holen Sie sich einen von diesen Stühlen, und setzen Sie sich neben mich. Ich hoffe nur, Ihnen wird nicht zu kalt. Da sind auch Wolldecken.»

Ich war erstaunt über diese Einladung und zögerte.

«Na los, Mr. Pistoux, machen Sie schon! Wir Amerikaner sind Demokraten.»

Ich schob einen Deckchair heran, setzte mich neben ihn und wickelte mich in eine Decke ein.

«Wissen Sie, was Demokratie ist?» fragte Powell. «Demokratie ist, wenn zwei Menschen wie wir nebeneinandersitzen und uns unterhalten. Das ist Demokratie. Und Demokratie ist Amerika. Amerika ist überall, wo man sich frei unterhalten kann.»

«Ja.» Mir war allerdings nicht ganz klar, was er damit meinte.

«Dann schießen Sie mal los, Pinkerton. Worüber wollen wir reden?»

Ich zögerte immer noch, weil es mir schwerfiel, auf diese jovialen Umgangsformen angemessen zu reagieren.

Plötzlich sah auch der Amerikaner sehr nachdenklich aus: «Glauben Sie mir, Pinkerton, die beiden Toten liegen mir schwer auf der Seele. Und was denken Sie wohl, wie es meiner Frau geht? Wenn sie sich nicht um die hysterische Mary kümmern müßte, die sich inzwischen weigert, etwas anderes als Wasser zu sich zu nehmen, würde sie selbst krank werden.»

«Das kann ich gut verstehen.»

«Ich auch, Pinkerton. Aber ist das nicht alles ein bißchen viel Aufregung wegen zwei Unfällen? Ich kann ja verstehen, daß alle um die beiden zu Tode gekommenen Menschen trauern, aber . . .»

«Sagten Sie Unfälle?»

«Ja.»

«Wie kommen Sie darauf?»

«Mr. Dimitrios hat uns aufgeklärt. Es ging ja das Gerücht um, es habe eine Messerstecherei an Bord gegeben, der der arme Fulton zum Opfer gefallen ist. Aber dann hat Mr. Dimitrios uns mitgeteilt, daß der arme Kerl durch eine Unachtsamkeit der Mannschaft durch einen Spalt in den Laderaum gefallen ist und sich tödlich verletzt hat.»

«In den Laderaum gefallen?»

Powell zog die Augenbrauen zusammen: «So sagt Mr. Dimitrios. Sind Sie anderer Ansicht?»

«Aber natürlich. Und wie erklärt sich Mr. Dimitrios den Tod des Küchenjungen.»

«Ein Streit unter Matrosen.»

«Aber das ist doch absurd!»

Mr. Powell hob beschwichtigend die Hände: «Ich habe ja nicht gesagt, daß ich diesem Griechen glaube.»

«Meiner Meinung nach haben wir es hier mit zwei Verbrechen zu tun.»

Powell nickte bedächtig. «Könnte möglich sein.»

«Darf ich fragen, wie Sie sich die Ermordung von John Fulton erklären?»

«Ich habe keine Erklärung.»

«Und die anderen?»

«Tja, die glauben, was sie gern glauben wollen. Ich will Ihnen mal was sagen, Mr. Pinkerton, ganz unter uns, und weil sie der Detektiv sind: Ich befürchte nichts Gutes. Craig, der Verlobte meiner Tochter, hält sich sehr bedeckt, was diesen Fulton betrifft. Immerhin ist er mit ihm zusammen auf die Schule gegangen. Aber er spricht nicht über diese Zeit. Scheint ihm unangenehm zu sein. Unsereins kann gar nicht mehr aufhören, wenn es sich um die Jugend dreht, aber er ... Nun ja, er ist noch jung, da hat er andere Interessen, der Blick ist mehr auf die Zukunft gerichtet ... ein junger Mensch halt ... hat nur Augen für meine Tochter ... kann ich ihm nicht verdenken.»

«Mr. Moore spricht also nicht gern über seine Vergangenheit mit Fulton?»

«Nein, das sagte ich ja eben.»

«Verzeihen Sie ...»

«Warum sollte ich Ihnen verzeihen, reden Sie doch einfach, Mister!»

«Verzeihung, aber ich hatte bei Tisch oftmals den Eindruck, als sei Monsieur Fulton bei ihrer Familie nicht sonderlich beliebt.»

«Nun, er hatte etwas Aufdringliches an sich. Das hat meiner Frau nicht gefallen. Und Craig auch nicht. Vor allem, daß Fulton sich ein bißchen zu auffällig mit Daisy beschäftigt hat. Auch Clara, die Gesellschafterin meiner Frau, schien ihm eher abgeneigt zu sein. Sie hat ihn ständig zurechtgewiesen. Manchmal hatte ich den Eindruck, sie konnte sich kaum noch beherrschen. Craig ist ihm aus dem Weg gegangen. Aber das schien Fulton nicht weiter zu stören. Er hat ein Gespräch mit ihm angefangen, wann immer er konnte. Mit mir weniger.»

«Aber Craig hat ihn doch an Bord geholt, oder?»

«Ja, hat er, aber dann hat er es schnell bereut. Manche Schulfreunde ändern sich im Laufe der Zeit. Der gute Kumpel von früher ist dann plötzlich ein Mensch geworden, der unser Vertrauen nicht mehr verdient.»

«Verstehe.»

«Aber jetzt hören Sie mal, Mr. Pinkerton. Dieses nachdenkliche Gesicht, das Sie da machen, soll doch wohl nicht bedeuten, daß Sie einen von uns verdächtigen?»

«Ich muß alle in Frage kommenden Personen verdächtigen. Der Täter kann genausogut unter den Passagieren wie unter der Mannschaft zu finden sein.»

«Vielleicht übertreiben Sie ja. Es kann doch trotz allem ein Unfall gewesen sein.»

«Trotzdem muß ich Sie fragen, wo Sie vorletzte Nacht um Mitternacht gewesen sind.»

«Sie machen wirklich keine Ausnahmen, Pinkerton.»

«Ich darf keine Ausnahme machen.»

«Gut. Das muß wohl so sein. Ich war bei Dillion. Fragen Sie ihn, er wird es Ihnen bestätigen. Aber ich sage Ihnen gleich, daß es sich nicht lohnt, mich zu verdächtigen.»

«Warum?»

«Darum.»

Er zog einen Revolver hervor.

«Was soll das beweisen?»

«Ich pflege meine Feinde zu erschießen, Pinkerton, wie das jeder aufrechte Amerikaner tut. Ich werfe niemanden durch eine Luke oder steche mit dem Messer zu. Das hier ist meine Waffe. Sie wissen ja, daß ich damit umgehen kann.»

«Das weiß ich, Monsieur.»

«Dieses Schulterhalfter habe ich mir nach eigenen Vorstellungen anfertigen lassen, feinstes Hirschkuhleder. James Cooper hätte das gefallen.»

Ich stand auf. «Mit Ihrer Erlaubnis würde ich jetzt gern mit Ihrer Frau sprechen.»

«Gehen Sie nur, Pinkerton. Meine Frau fühlt sich nicht wohl. Die unruhige See, Sie wissen schon. Sie ist in ihrer Kabine und dürfte sich über ein wenig Abwechslung freuen.» Er steckte den Revolver wieder in sein Schulterhalfter.

«Danke, Monsieur.»

«Übrigens, Pinkerton?»

«Ja, Monsieur?»

«Wissen Sie, wann wir endlich diesen gottverdammten nächsten Hafen anlaufen werden? Ich sehe weit und breit keine Küste. Wir müßten doch bald da sein.»

«Ich weiß es nicht, Monsieur. Fragen Sie den Kapitän.»

«Das werde ich tun», brummte Powell unzufrieden und wandte sich wieder seinem Buch zu, «obwohl ich das Gefühl nicht loswerde, daß er mir aus dem Weg geht. Genau wie dieser Dimitrios.»

Dann versenkte er sich wieder in seine Abenteuergeschichte.

⌁ 9 ⌁ ℱAMILIENVERHÄLTNISSE Ich ging unter Deck und klopfte an die Tür der Kabine von Mrs. Powell. Die Tür wurde geöffnet, und ich blickte in das längliche kantige Gesicht von Clara Hart, der Gesellschafterin von Mrs. Powell. Sie verzog mißbilligend den etwas zu großen Mund und fragte, was ich wolle.

Ich deutete eine höfliche Verbeugung an und erklärte, daß der Kapitän mich beauftragt habe, die Todesfälle an Bord zu untersuchen.

«Was wollen Sie dann hier?»

«Es gehört zu meiner Aufgabe, alle Passagiere zu verhören.»

«Ich finde es wirklich sehr erstaunlich, daß ein Koch sich urplötzlich zum Polizisten berufen fühlt.»

«Mademoiselle, der Kapitän als oberste Autorität auf diesem Schiff hat es so angeordnet.»

«Wie ist er bloß auf diese Idee gekommen?»

«Mademoiselle», sagte ich geduldig. «Sie können diese Anordnung nicht außer Kraft setzen. Im übrigen habe ich gerade mit Mr. Powell gesprochen, und er ist durchaus einverstanden, daß ich mich kurz mit seiner Frau unterhalte.»

«Die Frage ist wohl eher, ob Madame auch daran interessiert ist.»

«Clara», ertönte eine leise Stimme im Hintergrund, «laß den Mann doch eintreten.»

Clara Hart verzog den Mund noch etwas mehr.

«Bitte», sagte ich.

Sie trat beiseite und zog die Tür auf.

Die Kabine war etwa doppelt so groß wie meine und fast luxuriös eingerichtet. Das Bett war von normaler Größe, es gab einen Toilettentisch, eine Kommode, einige Spiegel, viele Lampen, und an der einen Seite zwischen den Bullaugen stand der große Schrankkoffer, in dem zahllose Kleider aus teuren Stoffen hingen. Die Wände schmückten dekorative Tücher.

Mrs. Powell lag im Morgenmantel, abgestützt von zahlreichen Kissen, auf dem Bett und winkte mich zu sich.

«Entschuldigen Sie, daß ich Sie hier liegend empfange, aber ich bin etwas seekrank.»

«Das Wetter hat sich wieder beruhigt, Madame. Es wird Ihnen sicherlich bald bessergehen.»

«Danke.» Sie lächelte schwach.

«Ich fürchte», sagte ich, «daß ich mit Ihnen unter vier Augen sprechen muß.»

«Clara? Du wolltest doch ohnehin einen Spaziergang an Deck machen.»

Clara warf mir einen abschätzigen Blick zu und ging.

«Ich möchte ja gern meinen Teil zur Aufklärung dieser Verbrechen beitragen», sagte Mrs. Powell, «aber ich fürchte, ich werde kaum von Nutzen sein.»

«Vielleicht können Sie mir ja etwas über den ermordeten Jugendfreund Ihres zukünftigen Schwiegersohns erzählen.»

«Über den armen John Fulton? Ich weiß nicht viel von ihm.»

«Wie war sein Verhältnis zu Monsieur Moore?»

«Ach, sehen Sie, das habe ich mich auch gefragt. Jugendfreunde. Sie waren gemeinsam auf einer Schule, aber ich wüßte jetzt gar nicht zu sagen, welche es wohl gewesen ist. Sie haben sich längere Zeit nicht gesehen. Aber wie mir scheint, haben Sie sich kaum über Ihre gemeinsame Vergangenheit unterhalten.»

«Vielleicht waren sie gar nicht so gute Freunde, sondern eher nur Bekannte?»

«Ja, mir schien es manchmal fast, als seien sie sogar böse aufeinander. Eigenartig nach so langer Trennung, finden Sie nicht?»

«Vielleicht eine alte Feindschaft?»

«Oh, nein, Mr. Pistoux! Jetzt haben Sie mich aber in eine schreckliche Situation gebracht. Ich merke gerade, daß ich meinen zukünftigen Schwiegersohn in diese Mordgeschichte hineinziehe. Das war nun aber ganz und gar nicht meine Absicht.»

«Selbstverständlich. Aber es kann ja schließlich viele Gründe geben, warum alte Bekannte nicht so gut aufeinander zu sprechen sind.»

«Ich fand es nur eigenartig, daß sie nie über die alten Zeiten

gesprochen haben. Wenn ich eine alte Freundin treffe, sprechen wir immer über die alten Zeiten ...» Mrs. Powell starrte
einen Moment lang mit leerem Blick vor sich hin.

«Vielleicht gab es ja Streitigkeiten.»

«Ich kann mir denken, worauf Sie anspielen, Mr. Pistoux,
aber schlagen Sie sich das aus dem Kopf. Daisy hat lediglich
versucht, den neuen Gast an Bord willkommen zu heißen.
Das hat Craig nicht gefallen. Aber eigentlich wäre es seine
Aufgabe gewesen, dafür zu sorgen, daß der Mann, den er an
Bord geholt hat, sich hier auch wohl fühlt.»

«Hat er sich nicht wohl gefühlt?»

«Schwer zu sagen bei so einem verschlossenen Menschen.
Er war recht wortkarg.»

«Aber Ihre Tochter hat sich mit ihm unterhalten?»

«Sie verstehen mich falsch. Wir alle haben uns mit ihm unterhalten. Aber ich hatte das Gefühl, daß meine Tochter sich
für die Nachlässigkeit ihres Verlobten verantwortlich fühlte.
Was ist daran nicht richtig?»

«Nichts, Mrs. Powell, im Gegenteil.»

«Ich danke Ihnen für Ihr Verständnis.»

«Vielleicht war Craig eifersüchtig. Entschuldigen Sie, wenn
ich das so direkt sage.»

«Eifersüchtig? Auf Fulton? Aber hören Sie, selbst wenn es
so gewesen wäre. Als Grund für eine so schreckliche Gewalttat
ist das doch wohl etwas wenig.» Mrs. Powell sah mich empört
an. «Außerdem hatte ich eher den Eindruck, daß Mr. Fulton
sich zu Clara hingezogen fühlte. Ich habe einen Blick für so
was. Er hat sie ständig beobachtet.»

Ich bemühte mich, mein Erstaunen zu verbergen: «Und
sie?»

«Hat es ignoriert.»

«Ich verstehe», sagte ich und war ratlos.

«Seltsam war nur, wie sich die kleine Mary verhielt», sagte Mrs. Powell nachdenklich. «Sie schien sich mit Daisy verkracht zu haben, später war sie sehr schlecht auf Agatha, unser englisches Dienstmädchen, zu sprechen. Sie hat sie des öfteren beschimpft und schlecht über sie gesprochen. Die arme Mary ist in einer sehr schwierigen Entwicklungsphase, wie mir scheint. Ich habe den Verdacht, daß sie Tagebuch schreibt.

Zuerst hatte ich das Gefühl, sie wollte Fulton imponieren. Dann aber hat sie sich plötzlich in ihre Kabine zurückgezogen. Ich mache mir Sorgen. Aber was erzähle ich Ihnen denn da für unnützes Zeug! Das wird sie alles gar nicht interessieren ... ich bin sehr müde, und krank, und frage mich, ob wir nicht schon viel zu lange unterwegs sind. Aber Irvine, ich meine Mr. Powell, war ja nicht davon abzubringen. Nun ja», seufzte sie, «seinen Geschäftsfreunden wird es sicherlich imponieren.» Sie schloß die Augen und schlug sie nach einer Weile wieder auf. «Sonst noch etwas?»

«Haben Sie in der Nacht, als der Küchenjunge erstochen wurde, irgend etwas bemerkt?»

«O nein, ich habe hier in meinem Bett gelegen, und mein Mann hat mir vorgelesen.»

«Ihr Mann?»

«Ja. Er saß da im Sessel und hat mir vorgelesen. Das hat er jeden Abend getan, bevor er sich in seiner eigenen Kabine zum Schlafen gelegt hat. Finden Sie das ungewöhnlich?»

«Nein, nein.»

Sie sah mich mit einem seltsamen Gesichtsausdruck an: «Oder hat er Ihnen etwas anderes erzählt?»

«Er sagte, er sei bei Mr. Dillion gewesen.»

«Bei Dillion?»

«Ja.»

«Nun, dann ist er wohl danach zu Dillion gegangen.» Sie strich ungeduldig über ihre Decke.

Ich erhob mich. «Ich danke Ihnen für Ihre freimütigen Auskünfte, Madame, und hoffe, daß ich Sie nicht noch mal in dieser Angelegenheit belästigen muß.»

Als ich bereits an der Tür war, fragte sie: «Sagen Sie, ist der Hafen von Valencia nicht schon in Sicht?»

«Noch nicht, Madame.»

«Die Küste? Ich sehne mich so sehr nach festem Boden unter den Füßen.»

«Auch die Küste ist noch nicht in Sicht.»

«Wie schrecklich. Sollten wir nicht längst da sein?»

«Sie müssen sich noch etwas gedulden, Madame.»

«Na schön. Dann lassen Sie mich jetzt bitte allein.»

Ich verabschiedete mich und ging an Deck.

Ich traf den Steuermann, der mir mitteilte, daß das Schiff gewendet habe und nun die gleiche Route, die es fälschlicherweise genommen hatte, wieder zurückfuhr. Voraussichtlich würde es zwei Tage dauern, bis wir den Hafen von Valencia erreichten.

Ich ging in die Küche. Dort stand Dillion und redete auf Miranda ein. Als sie mich sahen, hielten sie inne.

«Sprechen Sie mit ihm», sagte Miranda und deutete auf mich.

«Monsieur», sagte Dillion. «Miranda weigert sich, französisch zu kochen.»

«Das ist ihr gutes Recht. Außerdem kann sie die Rezepte nicht lesen, und der Küchenjunge ist ja leider tot.»

«Dann werden wir am Abend nichts zu essen haben?»

«Sie werden zweimal am Tag spanisch essen.»

«Unmöglich!»

«Sie werden sich dazu überwinden müssen. Und Miranda

wird weiterhin die Hilfe der beiden Dienstmädchen in Anspruch nehmen. Es sei denn, es ist ihr lieber, die Küche mit einem von den Matrosen zu teilen.»

Ich sah ihr ins Gesicht. Ihre Augen blitzten mich böse an.

«Ich jedenfalls stehe unter dem direkten Kommando des Kapitäns», ergänzte ich.

«Ja, ja», lenkte Dillion ein und wandte sich wieder an Miranda, deren haßerfüllter Blick noch immer auf mir ruhte. «Wie wird die Speisenfolge also aussehen?»

«Mittags *Artischockengemüse* und *Klippfisch in roter Sauce* und *Gebratener Pudding*, am Abend *Knoblauchsuppe*, *Bohnen mit Wurst und Schinken* und *Mandelseufzer*.»

«Hm, sehr rustikal», murmelte Dillion.

«Da haben Sie doch fast Ihre französischen Gerichte», sagte ich. «Artischocken werden auch in Frankreich auf vielfältige Art zubereitet, das gleiche gilt für die Knoblauchsuppe und die Bohnen. Die Küchen des Südens sind sich ähnlicher, als man es in den einzelnen Ländern mitunter wahrhaben will, wo neuerdings Rezepte gesammelt und in Büchern veröffentlicht werden, um damit dem Nationalstolz zu schmeicheln.»

«Ja, ja», sagte Dillion. «Kochen Sie, was Sie wollen. Ich ziehe mich aus der Verantwortung zurück. Nach all dem, was geschehen ist, ist es geradezu lächerlich, weiterhin auf Prinzipien zu beharren.»

Damit verließ er die Küche.

Miranda wandte mir den Rücken zu.

«Ich habe mit Mr. Powell gesprochen. Er behauptet, mit Dillion zusammengewesen zu sein, nicht mit dir.»

Sie zuckte mit den Schultern.

«Dillion behauptet das gleiche.»

Sie schwieg.

«Jemand lügt», stellte ich fest.

Da drehte sie sich um. Mit wutverzerrtem Gesicht schleuderte sie mir zahllose Flüche entgegen und erging sich in bszönen Beschimpfungen. Mit einem Mal war aus der blühenden Schönheit ein keifendes Waschweib geworden. Ich wandte mich ab und ging.

Als ich vor meiner Kabine ankam, blieb ich erschrocken stehen: Jemand hatte meine Tür aufgebrochen. Ich trat ein und stellte fest, daß alles durchwühlt worden war. Meine Kleider und alle Dinge des persönlichen Bedarfs lagen verstreut, teilweise zerrissen oder zertreten auf dem Boden herum. Mein Koffer war geöffnet, das Bett auseinandergezogen, Schubladen geleert worden, der Stuhl vor dem kleinen Tisch, an dem ich meine Gedanken niederschrieb, war umgestoßen. Alles war durcheinandergeworfen, als hätte jemand nach einem bestimmten Gegenstand gesucht.

Aber dieser Gegenstand, sicherlich handelte es sich um das Medaillon mit dem kleinen Foto darin, hatte sich nicht in meiner Kajüte befunden. Ich hatte es vorsichtshalber in meine Jackentasche gesteckt und mitgenommen.

◁ 10 ▷ ᴇXPLOSION   Die Kette der unerfreulichen Ereignisse riß nicht ab. Beim Mittagessen, wo ich servieren half, obwohl mir die Beschimpfungen von Miranda noch grell in den Ohren klangen, erklärte der Kapitän den Passagieren nach dem Dessert, daß es noch zwei weitere Tage dauern würde, bis wir El Grao, den Hafen von Valencia, erreichten. Ich hatte es so eingerichtet, daß ich bei Bekanntgabe dieser Nachricht anwesend war. Nun versuchte ich, die Reaktionen der einzelnen Personen zu studieren:

Mr. Powell – joviales Lachen, griff instinktiv zum Revolver, den er ganz offensichtlich auch beim Essen unter der Jacke trug.

Daisy Powell – sorglos, sagte lediglich: «Wenn das Wetter bloß besser wäre.»

Craig Moore – gespannte Aufmerksamkeit, zog hörbar die Luft ein, als er die Nachricht vernahm.

Clara Hart – ausdrucksloses Gesicht, dann ein Schulterzukken.

Enzo Dimitrios – stand auf und bat händeringend und mit einem Krämerlächeln um Entschuldigung, wirkte nervös.

Agatha und Annabelle – am Ende des Tisches, der Anflug eines höhnischen Lächelns auf dem Gesicht von Agatha? Annabelle zitterte, das war deutlich zu erkennen.

Mrs. Powell und Mary Lamb waren nicht anwesend.

Der Kapitän erwähnte nichts von der Manipulation am Kompaß, sondern sprach nur von einem «Defekt der Navigation», was seltsam klang und mich, wenn ich einer der Passagiere gewesen wäre, eher skeptisch gemacht, wenn nicht gar beunruhigt hätte.

Danach räusperte sich der kräftige Bretone und sagte: «Da kein Priester an Bord ist, suche ich einen Freiwilligen, der sich dazu berufen fühlt, angemessene Worte zu finden, wenn wir heute nachmittag die sterblichen Überreste der Verstorbenen der See übergeben.»

«Handeln Sie da nicht etwas überstürzt?» fragte Mr. Powell.

Kerbrac dachte einen Moment nach, dann sagte er: «Ich habe mich mit Monsieur Dimitrios abgestimmt. Und angesichts der Tatsache, daß wir noch einige Zeit benötigen, um den nächsten Hafen anzulaufen, und angesichts der Tatsache, daß wir uns in internationalen Gewässern befinden, sehe ich mich genötigt zu handeln. Schließlich trage ich die Verantwortung für die Gesundheit meiner Passagiere und der Mannschaft.»

Ganz offensichtlich hatte Kerbrac sich von Enzo Dimitrios zu diesem Schritt überreden lassen. Im Grunde hatten beide ja kein sonderliches Interesse daran, im nächsten Hafen mit der Polizei konfrontiert zu werden. Aber wie wollten sie das verhindern? Einfach schweigen? Und die Passagiere? Mir kam diese Angelegenheit eigenartig vor.

Mr. Powell erklärte: «Ich bin gerne bereit, einige Zeilen aus der Bibel vorzulesen.»

«Gut», sagte Kerbrac erleichtert. «Die Bestattungen finden heute nachmittag um fünf Uhr statt. Ich bitte alle Passagiere, den Toten die letzte Ehre zu erweisen. Auch die Mannschaft wird selbstverständlich vollständig antreten.»

Damit war die Rede des Kapitäns beendet. Er setzte sich wieder. Ein trauriges Schweigen breitete sich aus. Man seufzte, fing Sätze an, die man nicht zu Ende sprach, versuchte, seine Anteilnahme auszudrücken, äußerte die Hoffnung, dieser Teil der Reise möge doch bald vorbei sein. Dillion redet Craig Moore gut zu, der erklärte, er werde nie mehr einen Fuß auf dieses verfluchte Schiff setzen, wenn er erst mal in Valencia von Bord gegangen sei. Auch Clara Hart versuchte ihn zu beschwichtigen und sprach für eine Bedienstete erstaunlich vertraut mit ihm und wurde sogar einen Moment lang recht ungehalten, weil er sich so hoffnungslos gab.

Nachdem der Kaffee getrunken war, verließen die Passagiere die Messe. Ich hatte draußen gewartet, näherte mich der Gesellschafterin von Mrs. Powell und bat sie um eine Unterredung. Sie lehnte rundheraus ab.

«Miss Hart», sagte ich, «Kapitän Kerbrac hat mich beauftragt, diese Untersuchung durchzuführen.»

Sie sah mich hochnäsig an, aber ich merkte, daß sie verunsichert war.

«Wenn es denn sein muß», erwiderte sie kalt mit ungnädigem Gesichtsausdruck.

«Es muß sein.»

«Dann kommen Sie in einer halben Stunde in meine Kabine. Ich werde vorher noch nach Mrs. Powell sehen.»

«Ich hoffe, es geht ihr gut?»

«Das dürfte Sie doch wohl kaum ernsthaft interessieren, Mister Pistoux.»

Damit drehte sie sich um und ging den engen Korridor entlang zu den Passagierkabinen. Exakt eine halbe Stunde später klopfte ich an ihre Tür.

Sie ließ mich ein, wies mir einen Stuhl zu und setzte sich auf einen anderen. Zwischen uns stand ein kleiner Tisch, darauf lagen einige amerikanische Zeitschriften.

Die Kabine war etwa halb so groß wie die ihrer Herrin, also so klein wie meine eigene. Etwas freundlicher eingerichtet, was immerhin bewies, daß Clara Hart trotz ihrer Strenge eine Frau war. Neben dem ordentlich gemachten Bett stand eine kleine Kommode mit Toiletten-Utensilien sowie Erinnerungsstücken und einigen gerahmten Fotografien. Daneben stand ein Koffer, der um einiges kleiner war als der, den ich in Mrs. Powells Kabine gesehen hatte.

«Also bitte», sagte Clara Hart. «Beginnen Sie mit Ihrem Verhör oder was immer das sein soll.»

«Entschuldigen Sie, Mademoiselle, Sie sollten dies nicht als persönliche Angelegenheit zwischen mir und Ihnen betrachten. Alle werden befragt.»

«Ich sagte ja ‹also bitte›. Fangen Sie an.»

«Wo waren Sie zu dem Zeitpunkt, als der Küchenjunge starb?»

«Starb», wiederholte sie spöttisch. «Sie meinen, als er umgebracht wurde. Erstochen, nicht wahr. Wann war das genau?»

«Vorgestern um Mitternacht.»

«Ja, ich erinnere mich. Hat nicht die arme Mary den sterbenden Jungen gefunden?»

«Ja, ganz recht.»

«Und Sie sind dann dazugekommen?»

«Ja.»

«Hat er denn nicht noch etwas gesagt?»

«Was sollte er denn gesagt haben?» fragte ich scheinbar arglos. Mir war nicht entgangen, daß Clara Hart plötzlich ein deutliches Interesse an unserem Gespräch hatte.

«Der Junge hat meiner Ansicht nach nichts Wesentliches gesagt.»

«Ihrer Ansicht nach?»

«Ja. Es ist mir bisher noch nicht gelungen, mit Mademoiselle Lamb zu sprechen. Sie steht noch unter Schock.»

«Hat Miss Mary also das Privileg, nein sagen zu dürfen?»

«Hat sie nicht. Ich habe lediglich auf ihren Gesundheitszustand Rücksicht genommen.»

«Also wissen Sie nichts», sagte Clara Hart unwirsch.

«Nein.»

«Warum reden wir dann?»

«Weil nicht Sie etwas von mir, sondern ich etwas von Ihnen wissen möchte.»

«Bitte, so fragen Sie doch.»

«Ich habe die Frage bereits gestellt. Aber Sie haben sie nicht beantwortet.»

«Welche Frage?»

«Wo waren Sie vorgestern um Mitternacht, als der Mord an Lucien geschah?»

«Lucien?»

«Der Küchenjunge. Der kleine Mann, er dürfte Ihnen gelegentlich aufgefallen sein. Antworten Sie bitte.»

«Ich war bei Craig», sagte sie leichthin.

Ich sah sie ungläubig an. «Bei Craig? Mitten in der Nacht?»

Sie lächelte süffisant. «Nicht bei ihm, sondern mit ihm.»

«Mit ihm? Wo?»

«Wir standen am Bug.»

«Was haben Sie dort gemacht?»

«Wir haben uns unterhalten.»

«Worüber?»

«Über persönliche Dinge!» sagte sie scharf.

«Wie persönlich?»

«Er machte sich Sorgen um Miss Daisy.»

«Sorgen?»

«Weil sie so draufgängerisch ist, sich immer wieder in Gefahr begibt.»

«Wie lange haben Sie sich unterhalten?»

«Ich weiß nicht, eine Stunde vielleicht, bis uns der Schrei der armen Mary aufschreckte. Fragen Sie den Steuermann, er hat uns gesehen.»

«Gut, das wäre also geklärt. Was können Sie mir über John Fulton sagen?»

«Nichts.»

«Es heißt, er sei mit Craig zur Schule gegangen.»

«Das ist möglich.»

«Aber mehr wissen Sie nicht?»

«Nein.»

«Sie scheinen kein besonders großes Interesse für John Fulton aufzubringen.»

«Sollte ich?»

«Immerhin ist dieser Mann hier auf dem Schiff zu Tode gekommen.»

«Ja. Und was habe ich damit zu tun?» brauste sie auf.

Ihr Blick hatte sich verfinstert.

«Aber ich habe Ihnen doch gar nichts unterstellt.»

«Ich verstehe nicht, was Sie von mir wollen. Es wäre mir lieber, Sie würden gehen. Es ist viel zu eng hier für zwei Personen.»

Plötzlich stand sie ruckartig auf und ging nervös hin und her. Ich konnte spüren, wie sehr ihr diese Kabine plötzlich wie eine Gefängniszelle vorkam. Sie blieb vor ihrer Kommode stehen, wo sie nach einem der gerahmten Fotos griff und darauf starrte. Sie schien sich plötzlich in Gedanken zu verlieren. Lautlos trat ich neben sie.

«Sind Sie das?» fragte ich.

«Ja.»

«Als kleines Mädchen.»

«Ich war acht Jahre alt.»

«Sie haben sich als Königin verkleidet.»

«Ja, damals hatte ich noch hochtrabende Ideen.»

«Wo sind Sie aufgewachsen?»

«Irgendwo in Illinois.»

«Haben Sie Geschwister?»

Sie zuckte mit den Schultern.

«Brüder?»

«Das tut doch nichts zur Sache, bitte gehen Sie jetzt!»

«Wie Sie wünschen.»

Die nächsten zwei Stunden verbrachte ich in meiner Kabine, um meine Gedanken zu ordnen. Dann zog ich mich dem Anlaß entsprechend um und ging zum Vorderdeck, wo sich bereits die Reisegesellschaft und die Mannschaft aufgestellt hatten.

Ein kühler Wind wehte, der Himmel war wolkenverhangen, und die See war wieder unruhiger geworden. Der Kapitän bat Mr. Powell, eine Passage aus der Bibel zu lesen. Vor uns lagen die in Säcke eingenähten Leichname. Ich stellte fest, daß Mrs. Powell sich trotz ihres Unwohlseins herbemüht hatte. Als einzige Person fehlte Mary Lamb, von der es immer noch hieß, daß sie fieberte. Enzo Dimitrios war als letzter hinzugekommen, als Mr. Powell bereits mit singender Stimme begonnen hatte, aus der Bibel vorzulesen.

Als er damit fertig war, verabschiedete Kapitän Kerbrac seine beiden toten Passagiere mit wenigen kargen, aber würdigen Worten.

Zuerst wurde John Fulton dem Meer übergeben. Genau in dem Moment, als die sterblichen Überreste des armen Lucien in ihr nasses Grab eintauchten, hörten wir eine dumpfe Explosion im Mittelschiff. Alle schraken zusammen und drehten sich um. Eine Rauchschwade stieg mittschiffs in den Himmel, der Schornstein neigte sich zur Seite und blieb schief stehen.

ᴠᴄ II ᴫ᷍ DAISYS ZWEITES

GESICHT   Erstaunlicherweise bewahrten alle, Mannschaft wie Passagiere, Ruhe. Vielleicht war es die Situation, die ihnen nahelegte, sich zu beherrschen, vielleicht waren sie auch schon so schicksalsergeben, daß sie sich nicht mehr zu überflüssigen Gefühlsausbrüchen hinreißen ließen: Alle standen nur da und starrten den geborstenen Schornstein an, neben dem jetzt teils schwarze, teils weiße Dampf- und Rauchschwaden nach oben stiegen. Bis auf ein lautes Zischen und einen hohen Pfeifton war nichts zu hören.

Ein rußbeschmierter Mann taumelte auf den Kapitän zu, der sich aus der Menge der Trauernden löste. Nachdem der Maschinist ihm Bericht erstattet hatte, wandte sich Kerbrac an die Versammelten und erklärte:

«Messieurs-dames, es hat eine Explosion im Kesselraum gegeben. Um herauszufinden, wie groß der Schaden ist, werden wir unsere Fahrt unterbrechen müssen. Aber keine Sorge», sein Blick wanderte nach oben, er deutete auf die beiden Masten, «unser Schiff kann seine Fahrt genausogut als Segler fortsetzen.»

«Kann es nicht», murmelte eine Stimme neben mir.

Ich drehte mich erstaunt um. Neben mir stand der russische Maat.

«Die Segel wurden aus altem zerschlissenen Tuch gefertigt. Und die Taue sind morsch.»

«Sind Sie sicher?»

Er sah mich gar nicht an, sondern hüstelte nur verächtlich: «Und mit dieser Mannschaft? Das wird ja ein Schauspiel geben ...»

Damit schlurfte er davon.

Plötzlich stand Daisy Powell neben mir.

«Monsieur Pistoux?»

«Ja?» sagte ich verwirrt.

«Entschuldigen Sie bitte, aber ich glaube, ich habe allen Grund, Ihnen ernstlich böse zu sein.»

Ich sah sie erstaunt an. «Pardon?»

«Sie haben mich noch nicht verhört.»

Ich sah sie erstaunt an: «Ja, und?»

Sie verzog schmollend das Gesicht. Ich war beeindruckt. Miss Daisy Powell sah bezaubernd aus. Sie trug ein dunkelgrünes, gerafftes Kleid, das hinten gebauscht war, und darüber ein gleichfarbiges Überkleid, eine schwarze Schleife um den

Hals, einen kleinen dunkelgrünen Hut und darüber einen schwarzen Schirm, den sie wegen des Windes mit beiden Händen festhalten mußte.

«Mit allen haben Sie gesprochen», klagte die hübsche junge Dame. «Da sie es aber ablehnen, mit mir zu reden, gehe ich davon aus, daß ich Ihnen entweder gleichgültig bin ...»

«Ich ...»

«... oder daß Sie mich für die Mörderin halten.»

«Aber, Mademoiselle, ich bitte Sie!»

Sie drehte sich zur Seite, und ich folgte ihr. Wir entfernten uns von den anderen und gingen zum Bug. Mittlerweile liefen die Matrosen durcheinander. Der Steuermann kommandierte, der Kapitän blickte düster zum Schornstein. Der Maat hatte ihn untersucht und trat nun zum Kapitän, um sich mit ihm zu beraten.

Am Bugspriet angekommen, lehnte sich die junge Frau gegen die Reling, blickte in die Ferne und seufzte.

«Sie halten mich also für eine Verbrecherin?» fragte sie mit einem theatralischen Seufzen.

«Hören Sie, Mademoiselle ...»

«Ich höre kein klares Nein, Monsieur.»

«Meine Untersuchungen sind noch nicht abgeschlossen, ich kann mir kein abschließendes Urteil erlauben, ich ...»

«Beweisen Sie, daß ich die Mörderin bin!»

«Aber, Mademoiselle ...»

Sie drehte sich zu mir um und lächelte, als hätte sie soeben eine schmerzliche Nachricht gehört. Sie ware eine hinreißende Schauspielerin.

«Sie ziehen es also in Betracht ...»

«Aber nein, hören Sie, ich muß doch nach einem Plan vorgehen.»

«Gehöre ich nicht zu diesem Plan?»

«Doch, selbstverständlich. Aber ich darf mir noch kein abschließendes Urteil erlauben.»

Sie sah wieder aufs Meer hinaus. Mir schien, ihr war alles recht, solange sie nur eine herausragende Rolle spielte.

«Dann fragen Sie doch, Mister Pistoux. Ich stehe Ihnen zur Verfügung. Seit Sie mich in Marseille gerettet haben, bin ich in Ihrer Schuld.»

«Ich bitte Sie, sprechen wir nicht mehr darüber.»

«Mein Vater hält große Stücke auf Sie.»

«Nun gut. Wo waren Sie, als der Mord an Lucien geschah?»

«Lucien? War das der Name dieses Liliputaners?»

«Ja.»

«Ich wußte nicht mal, wie er hieß», sagte sie gedankenverloren. «Die Tat geschah um Mitternacht, nicht wahr?»

«Ja.»

«Ich war in meiner Kabine und habe Tagebuch gelesen.»

«Sie schreiben Tagebuch?»

«Ich sagte, ich habe Tagebuch gelesen, nicht geschrieben. Es war nicht mein eigenes Tagebuch.»

«Nicht Ihr eigenes?»

«Das von Mary.»

«Sie hat Ihnen das Tagebuch zum Lesen gegeben? Sie scheinen sehr gut miteinander befreundet zu sein.»

Daisy Powell seufzte: «Seit wir auf Reisen sind, ist es mit unserer Freundschaft bergab gegangen. Wir sprechen kaum noch miteinander. Mary verhält sich seltsam verschlossen. Sie wird schwermütig. Ich mache mir Sorgen. Das Tagebuch habe ich ihr gestohlen.»

«Weil Sie sich Sorgen machten?»

«Ja.»

«Damit haben Sie Ihrer Freundin bestimmt keinen großen Dienst erwiesen.»

Sie zuckte mit den Schultern. «Es war so eine Idee gewesen. Außerdem mußte ich herausfinden, was für ein seltsames Verhältnis sie zu John Fulton hatte. Gott sei seiner Seele gnädig!» Sie bekreuzigte sich.

«Ein besonderes Verhältnis?»

«Sie war ständig in seiner Nähe. Ich glaube, sie war in ihn verliebt. Nein, ich glaube es nicht, ich weiß es.»

«Aus dem Tagebuch?»

«Ja. Außerdem spricht sie davon, daß sie ihn schon einmal gesehen hat. Noch bevor er an Bord kam. Das finde ich eigenartig.»

«Woher könnte sie ihn kennen?»

«Keine Ahnung. Aber sie ist ihm ständig nachgeschlichen. Und immer, wenn ich mit ihm sprach, tauchte sie in der Nähe auf. Das machte mich nervös. Denn dann war da ja noch Clara, die offenbar auch einen Narren an diesem Mann gefressen hatte.»

«Erging es Ihnen nicht ebenso?»

Daisy sah mich strafend an: «Wir reden jetzt nicht von mir!»

«Bitte sehr.»

«Ich habe Clara beobachtet. Immer wieder hat sie versucht, sich mit ihm zu unterhalten. Das hat mir nicht gefallen.»

«Warum haben Sie sich denn so sehr für John Fulton interessiert?»

Wieder ein ungeduldiger Blick. «Weil er ein Mitreisender war. Interessieren Sie sich nicht für neue Menschen, die in Ihrer Nähe auftauchen?»

«Das kommt ganz darauf an.»

«Ja, sicher. Und in diesem Fall hoffte ich, etwas über Craig zu erfahren.»

«Über Craig?» fragte ich erstaunt.

«Ja, weil John mit ihm zur Schule gegangen ist. Ich weiß doch so wenig über Craig.»

«Immerhin ist er Ihr Verlobter!»

«Ja, seltsam, oder?»

«Das verstehe ich nicht.»

«Es war mehr Vaters Idee ...»

«Die Heirat.»

«Ja. Ehrlich gesagt, habe ich gar keine Lust dazu. Aber was bleibt einer jungen Frau anderes übrig. Ich dachte mir, Craig könnte ungefährlich für mich sein.»

«Ungefährlich?»

«Er ist ein netter Junge, zurückhaltend. Er würde mir nicht allzuviel verbieten können.»

«Was sollte er Ihnen denn verbieten?»

«Meine Pläne zu verwirklichen. Ich habe nämlich nicht die Absicht, in Ohio zu versauern.»

Sie blickte spöttisch nach unten auf die Wellen. «Sie haben es ja schon bemerkt», jetzt wandte sie mir kurz ihr hübsches Gesicht zu und lächelte ein wenig, «ich bin abenteuerlustig. Ich habe mir überlegt, daß ich meinen Eltern ein paar Enkel schenke, und dann mache ich mich auf den Weg.»

«Wohin?»

«Fort. Ich werde reisen. Aber nicht so wie jetzt. Ich werde richtig reisen. In ferne Länder. Keine Kreuzfahrten auf Dampfern, sondern Forschungsreisen in den Orient, nach Afrika, nach Indien, überallhin ...» Sie hielt inne, sah mich verschämt an. Sie war leicht errötet. «Das ist mein Traum. Ich sterbe bei dem Gedanken an ein ödes Familienleben in Lorain, Ohio.»

«Ich verstehe.»

«Wirklich?»

«Ein bißchen.»

«Danke.»

«Und Craig wäre damit einverstanden?»

«Craig ist schwach. Man sieht es ihm nicht an. Aber am liebsten tut er, was man ihm sagt.»

«Würde er mitkommen?»

Daisy lachte: «O nein, das soll er ja gar nicht!»

«Aber wäre es nicht schwierig für ihn, sich gegenüber seiner Familie zu rechtfertigen?»

«Muß er nicht. Nur gegenüber meiner. Seine Familie ist verstorben.»

«Ach so.»

«Irgend so eine ehrwürdige Familie aus Boston. Craig hat eine Menge Chroniken angebracht, die mein Vater mit großer Begeisterung gelesen hat. Er liebt diese Idee, in eine Familie von Pilgervätern einzuheiraten. Wir sind ja bloß Emporkömmlinge.» Sie rümpfte die Nase. «Ich hatte eher den Eindruck, daß Craig ein bißchen gemogelt hat, um meinem Vater zu gefallen. Ich hab in Boston Nachforschungen anstellen lassen. Auf eigene Rechnung. Von Pinkerton's. Viel haben Sie nicht herausgefunden. Zwar gab es einige wohlhabende Moores in Boston, aber über Craigs Familie war nichts herauszufinden. Ich bezweifle sehr, daß Craig so wohlhabend ist, wie er behauptet. Aber ich wollte meinem Vater die Enttäuschung ersparen.»

«Also lieben Sie Craig gar nicht?»

«O doch, ich mag ihn. Er ist mir sehr wichtig. Er ist meine Fahrkarte in die Zukunft. Ich liebe meine Freiheit. Und er wird sie mir verschaffen! Sobald ich verheiratet bin und meine Pflichten erfüllt habe, werde ich ein neuer Mensch!»

«Wird Ihre Familie Sie dann nicht trotzdem zurückholen lassen?»

«Das wird Craig verhindern müssen.»

«Das nennt man einen Handel mit dem Teufel machen.»

«Ich bin eine Frau, mir bleibt nichts anderes übrig.»

«Und die Morde?»

Sie sah mich erstaunt an. «Was haben die denn damit zu tun?»

«Das frage ich mich jetzt auch.»

«Das ist doch eine ganz andere Geschichte!»

Damit ließ sie mich stehen. Ich sah ihr nach, wie sie davonging, und dachte daran, wie ich sie in Marseille gerettet hatte, und konnte doch nicht anders, als ihre Kühnheit zu bewundern. Gerade hatte ich das zweite Gesicht der Daisy Powell kennengelernt.

༄ 12 ༆ *FIEBERWAHN* Mein Weg zur Kabine von Mademoiselle Lamb führte mich über das Sonnendeck. Dort stand Emily Powell vor ihrer Leinwand und bemühte sich, das eigenartige Bild des schiefstehenden Schornsteins mit den emporsteigenden Rauch- und Dampfschwaden in einer Kohlezeichnung einzufangen. Nicht weit entfernt unterhielt sich ihr Mann mit Enzo Dimitrios, den ich in letzter Zeit kaum zu Gesicht bekommen hatte.

Ich stieg nach unten. Auf mein Klopfen hin wurde die Kabinentür von Agatha geöffnet. Sie wirkte besorgt.

«Ich möchte gern mit Mademoiselle Lamb sprechen», sagte ich.

Sie schüttelte den Kopf: «Ich fürchte, da werden Sie nicht viel Glück haben.»

«Ich muß aber darauf bestehen.»

Sie zog die Tür auf: «Bitte sehr, ich habe nichts dagegen.»

Ich trat ein.

Mary Lamb lag unter zahlreichen Decken, von vielen Kissen abgestützt auf ihrem Bett und blickte düster und abwesend ins Nichts. Mit beiden Händen hielt sie ein kleines, in rotes Leder gebundenes Büchlein fest umklammert.

«Guten Tag, Mademoiselle. Bitte entschuldigen Sie, daß ich hier eindringe, aber ich muß meine Pflicht tun.»

Sie sah mich weiter regungslos an. Ihr Gesicht war blaß, aber in ihren Augen loderte ein kaltes Fieber. Kein Wort der Begrüßung.

«Sie hat ihr Tagebuch wiedergefunden», sagte Agatha.

«Oh, ein Tagebuch», sagte ich. «War es denn verschwunden?»

«Ja, sie hatte es verlegt. Es lag dort unter dem Toilettentisch. Es muß wohl während des Sturms dorthin gerutscht sein.»

Mary Lamb preßte das kleine rote Büchlein gegen die Brust und stieß ein einziges Wort hervor: «Gestohlen!»

«Das ist das einzige, was sie die ganze Zeit wiederholt. Das Tagebuch sei gestohlen worden», erklärte Agatha. «Sonst sagt sie gar nichts.»

«Gestohlen!» wiederholte Mary Lamb, als wollte sie Agathas Aussage bestätigen.

«Da hören Sie es.»

«Darf ich mich einen Moment zu Ihnen setzen?» Ich deutete auf einen Stuhl neben dem Bett. Keine Antwort, nur das lodernde kalte Fieber im Blick.

Ich setzte mich.

Mary Lamb schien zu erstarren. Ich folgte ihren Augen. Sie waren unverwandt auf Agatha gerichtet.

«Würden Sie uns bitte einen Moment allein lassen?»

«Ja, bitte, wenn Sie glauben, daß es etwas nützt. Vielleicht bringen Sie sie ja zum Reden.»

Sie verließ die Kabine.

«Sie ... hat ... es ... gestohlen», sagte Mary Lamb.

Ich war verwirrt. «Agatha?»

«Ja.»

«Sie hat das Tagebuch gestohlen?»

«Ja.»

«Sind Sie sicher?»

«Sie hat es getan.»

Was sollte ich dazu sagen? Gerade hatte mir Daisy gestanden, sie habe das Tagebuch gestohlen. Nun beschuldigte Mary eine andere. Wem sollte ich glauben? Durfte ich Mary von Daisys Geständnis berichten?

«Warum sollte Agatha Ihr Tagebuch stehlen?»

«Aus Eifersucht.»

«Hat sie denn Grund, eifersüchtig zu sein?»

«Wegen John.»

«John?»

«Mr. Fulton.»

Das brachte mich durcheinander. «Hat denn John, Monsieur Fulton, hat er denn ...»

«Ich habe ihn geliebt», sagte sie mit tonloser Stimme und ohne eine erkennbare Gefühlsregung im Gesicht.

«Ja, aber hat er denn ...»

«Sie hat ihn verführt, diese Hure. Ich bin dabeigewesen. Auf dem Achterdeck hat sie ihn überwältigt.»

«Überwältigt?»

«Sich auf ihn gestürzt wie die Hure Babylon. Er konnte sich nicht wehren.»

«Sie hat ihn ...?»

«Ja.»

«Oh.»

«Aber ich habe ihn geliebt.»

«Und er?»

Ganz langsam wandte sie mir ihr bleiches Gesicht zu. «Ist das wichtig?»

«Nun, es geht doch darum, den Mord an ihm aufzuklären. Und den Mord an meinem Küchenjungen. Das ist wichtig.»

«Ich glaube, er hat mich geliebt, er wußte es nur noch nicht», sagte sie.

«Er wußte es nicht?»

«Noch nicht.» Sie lächelte fast unmerklich.

Ich blickte sie ratlos an.

«Wollten Sie ihm Ihre Liebe gestehen?»

Wieder dieser Anflug eines seltsamen Lächelns: «Oh, das wäre nicht nötig gewesen.»

«Nein?»

«Er hätte es bemerkt. Ich hätte ihm ein Zeichen gegeben.»

«Ein Zeichen? Wann?»

«Wenn ich alles herausgefunden hätte.»

«Über ihn?»

«Ja, und warum Craig ihm diesen Brief gegeben hat.»

«Monsieur Moore hat ihm einen Brief gegeben?»

«Ja, in Nizza, im Kasino.»

«Aber das war ja noch vor seiner Ankunft an Bord der ‹Pluto›.»

«Ja.»

«Dann hat Monsieur Moore sich schon mit Fulton getroffen, noch bevor er so überraschend am Hafenkai in Marseille auftauchte?»

«Ja.»

«Das ist ja eigenartig. Weiß Monsieur Moore von Ihrer Beobachtung?»

«Nein.»

«Gut. Dann schreiben Sie ihm einen Brief.»

«Einen Brief? An Craig?»

«Ja.»

«Was soll ich ihm denn schreiben?»

«Daß Sie ihn in Nizza mit John Fulton gesehen haben. Und daß Sie ihm das Medaillon zurückgeben wollen.»

«Das Medaillon?»

«Ja. Dieses hier.»

Ich zog das Medaillon aus meiner Rocktasche hervor und reichte es ihr. Zum ersten Mal, seit ich eingetreten war, ließ sie die Hände sinken. Das rote Büchlein in der einen Hand, nahm sie das Medaillon, das ich für sie geöffnet hatte, in Empfang.

«Das ist hübsch.»

«Ja.»

«Mit einer Fotografie.»

«Ja.»

«Aber das ist ja ... eigenartig ... dieses Bild. Darauf sind drei Kinder zu sehen ...»

«Ja.»

«Aber was hat das zu bedeuten?»

«Das werde ich Ihnen und allen anderen erklären, sobald Craig bei Ihnen war, um sich dieses Medaillon zu holen.»

«Ich glaube ... ich verstehe nicht ...»

«Das ist nicht nötig.»

«Aber ...»

«Sie wollen doch, daß der Tod von John Fulton gesühnt wird?»

«Ja.»

«Dann lassen Sie uns diesen Brief schreiben.»

Plötzlich wurde sie lebendig. «Ja, wir werden einen Brief schreiben.» Sie schlug das rote Büchlein auf. «Ich werde eine Seite aus meinem Tagebuch dafür opfern.»

✣ 13 ✣ KOMPLIZE GESUCHT   Der Kapitän war

überrascht von meinem Vorschlag. Ich traf ihn auf dem Achterdeck, wo er sorgenvoll beobachtete, wie seine Mannschaft sich tapfer bemühte, die Segel flottzumachen.

«Ich soll Sie entbinden?» fragte er.

«Weil ich Ihren Erwartungen nicht genügt habe.»

«Aber ...»

«... ich werde weitermachen und brauche dabei Ihre Unterstützung.»

«Ich verstehe kein Wort, Monsieur.»

«Wir werden dem Mörder eine Falle stellen, um diese scheußliche Geschichte zu einem Ende zu bringen.»

«Eine Falle? Sie kennen den Mörder?»

«Ich hege einen begründeten Verdacht. Meiner Ansicht nach handelt es sich um zwei Personen.»

«Zwei Verbrecher an Bord! Wer? Ich werde sie sofort einsperren lassen!»

«Kapitän, das wäre voreilig. Wir wollen doch hieb- und stichfest beweisen können, daß es sich um die Mörder handelt, und sie zum Geständnis zwingen.»

«Nun ja, sicher.»

«Das heißt, daß wir sie in flagranti erwischen müssen.»

«In flagranti?»

«Auf frischer Tat ertappen.»

«Sie wollen diese Schurken noch einmal morden lassen?»

«Wir stellen eine Falle. Aber natürlich müssen wir verhindern, daß der Lockvogel zu Tode kommt.»

«Das will ich meinen. Aber wie wollen Sie das anstellen?»

«Ich werde gar nichts tun, denn ich werde ja meines Amtes enthoben. Ich begebe mich in die Küche und sorge für das Abendessen.»

«Was führen Sie im Schilde, Monsieur Pistoux?»

«Sie werden morgen beim Mittagessen bekanntgeben, daß Sie mich wieder in die Küche zurückbeordert haben. Sie seien mit meiner Arbeit als Detektiv nicht zufrieden und wollten die Angelegenheit nun so schnell wie möglich in die Hände der spanischen Behörden legen.»

«Ich hoffe doch, daß wir noch im Laufe des nächsten Morgens unser Schiff soweit flottgemacht haben, daß wir tatsächlich Kurs auf Valencia nehmen können.»

«Das paßt sehr gut. Wir kommen wieder in Fahrt, die Untersuchung scheint vorläufig abgeschlossen, nur ein Detail stört die Mörder noch.»

«Sie machen mich neugierig, Monsieur.»

«Es gibt eine Person, die die Mörder überführen kann.»

«Das sind Sie selbst.»

«Nein, es handelt sich um die junge Amerikanerin Mary Lamb.»

«Das blasse, kranke Mädchen?»

«Ja, krank ist sie wohl, aber sie hat dennoch eingewilligt, mir zu helfen.»

«Wieso?»

«Sagen wir mal, sie hat private Gründe.»

«Jetzt spannen Sie mich aber unnötig auf die Folter.»

«Mademosielle Lamb hat einem der Verdächtigen einen Brief zukommen lassen. Genauer gesagt, durch mich zustellen lassen, ich habe ihn unter der Kabinentür durchgeschoben.»

«Was zum Teufel steht in diesem Brief?»

«Darin steht geschrieben, daß Mademoiselle Lamb über einen Gegenstand verfügt und außerdem Beobachtungen gemacht hat, die darüber hinaus die Täter entlarven.»

«Und weiter?»

«Sie ist bereit, den Gegenstand zurückzugeben und zu

schweigen, wenn der eine der Täter ihr seine Gunst schenkt, denn sie liebt ihn schon seit langem.»

«Das ist verrückt!»

«Mag sein, aber es wird funktionieren.»

«Aber was ist, wenn die Täter nicht mit den Forderungen der jungen Dame einverstanden sind?»

«Sie werden nicht einverstanden sein.»

«Aber dann . . .»

«. . . schwebt unser Lockvogel in Lebensgefahr, richtig.»

«Wollen Sie eine weitere Bluttat provozieren?»

«Provozieren schon, aber nicht geschehen lassen. Deshalb müssen Sie mir zwei vertrauenswürdige Männer nennen, die alles daransetzen werden, ein weiteres Verbrechen zu verhindern.»

«Der Steuermann, Carlo Spuntini, und der Maat Piotr Dwarkin.»

«Diese beiden werden sich morgen abend kurz vor dem Diner in der Kabine von Mademoiselle Lamb verborgen halten.»

«Gut.»

«Und wir beide werden uns in der leeren Passagierkabine gegenüber verstecken, um den Tätern den Rückzug abzuschneiden.»

«Das ist zwar verrückt, aber wenn Sie mir versichern, daß Sie alles genau bedacht haben, bin ich einverstanden. Es wäre mir sehr lieb, wenn wir die Mörder in Valencia der Polizei übergeben könnten. Damit diese leidige Geschichte ein Ende hat.»

«Wir werden die Täter dann zum Diner in der Offiziersmesse präsentieren und überführen.»

«Gut, abgemacht.» Kerbracs Blick glitt wieder nach oben. Er schüttelte den Kopf. Offenbar machte er sich noch immer

Sorgen, ob sein Dampfer jemals in der Lage sein würde, mit Windkraft den nächsten Hafen anzulaufen.

«Übrigens hat Monsieur Dimitrios mich gebeten, Ihnen mitzuteilen, daß er sie in seiner Kabine erwartet.»

«Das trifft sich gut. Also dann, bis später.»

Kerbrac starrte weiter nach oben.

«Wünschen wir uns Glück», sagte er. «Wir können es gebrauchen.»

Ich suchte Monsieur Dimitrios in seiner Kabine auf. Er lächelte süffisant, als ich eintrat, und bot mir den Sessel neben dem seinen an.

Ich setzte mich.

«Nehmen Sie eine Zigarre, Monsieur Pistoux?»

«Immer erst nach dem Diner.»

«Oh, ein Mann mit Prinzipien.»

«Das hat durchaus nichts mit Prinzipien zu tun, Monsieur. Mehr mit Geschmack. Mit der Zigarre betäube ich meine Geschmacksnerven. Deshalb warte ich bis nach dem Dessert. Das einzige, was dem schweren Rauch standhalten kann, ist ein Digestif.»

«Demnach wären alle Raucher, jedenfalls all jene, die schon tagsüber damit beginnen, Banausen?»

«So weit würde ich niemals gehen, aber ...»

«Aber im Grunde genommen ist das Ihre Meinung.»

«Zigarren passen zu Cognac und Kaffee. Alle anderen Speisen und Getränke, vor allem auch der Wein, werden durch den Rauch entweiht.»

«Nun gut», sagte Dimitrios gemütlich, «lassen wir es dabei bewenden. Ich habe Sie ja auch nicht in Ihrer Rolle als kulinarischer Experte hierhergebeten.»

Ich sah ihm an, daß er mich nicht ernst nahm. So wie er sich benahm, hielt er das alles für ein Spiel. Womöglich war es ihm egal, daß zwei Menschen an Bord seines Schiffes umgebracht worden waren. Schließlich war er ehemaliger Offizier der Fremdenlegion und es gewohnt, über Leichen zu gehen.

Ich gab mich bedrückt: «Der Kapitän hat mich wieder in die Küche zurückgeschickt.»

«Ist er nicht mehr zufrieden mit den Künsten der heißblütigen Miranda?» Er hüstelte.

«Er zweifelt an meiner Begabung zum Detektiv.»

«Sie haben keine Spur?»

«Nein, alles bleibt diffus. Jeder könnte es gewesen sein.»

Dimitrios blies einige Rauchringe in die Luft.

«Jeder?» fragte er.

«Jeder hier auf dem Schiff.»

«Verdächtigen Sie mich etwa auch?»

«Sie?»

«Ja, mich.» Der Grieche lachte heiser.

«Ich gebe zu, daß mir Ihre Rolle nicht ganz klar ist.»

«Sieh an, Monsieur, Sie haben sich also doch ein paar Gedanken gemacht.»

Wieder blies er Rauchringe in die Luft.

«Das liegt in der Natur einer solchen Untersuchung.»

«Und zu welchem Schluß sind Sie gekommen?»

«Ich bin mir ziemlich sicher, daß der zweite Mord nur begangen wurde, um einen lästigen Zeugen zu beseitigen.»

«Eine Folgetat also, das Motiv wäre klar. Aber der erste Mord?»

«Ich kann Ihnen nicht sagen, warum John Fulton ermordet wurde.»

«Aber Sie müssen doch einer Vermutung nachgehen.»

«Eine Tat aus Eifersucht?»

«Eifersucht!» Dimitrios lachte laut auf.

«Glauben Sie nicht?»

«Das beste Motiv! Aber auch dafür brauchen Sie einen Täter.»

«Womit ich leider nicht dienen kann.»

«Zu schade.»

«Abgesehen vom Täter bleiben noch einige Fragen offen.»

«Im Offenlassen von Fragen scheinen Sie geradezu perfekt zu sein, Monsieur Pistoux.»

«Der Kompaß wurde manipuliert.»

«Sind Sie sicher, daß es nicht nur ein kleiner Defekt war?»

«Die Ladung.»

«Lassen Sie die mal mein Problem sein.»

«Die Explosion im Dampfkessel. Womöglich Sabotage.»

«Dimitrios schüttelte den Kopf. «Sprechen Sie mal mit dem Heizer. Er wird Ihnen erklären, wie es zu diesem Unfall kam. Die ganze Maschine ist verrottet.»

«Warum haben Sie es zugelassen, daß wir mit dieser Maschine in See stechen?»

Dimitrios klopfte nachlässig die Asche von der Zigarre. «Sollte ich für diese läppische Kreuzfahrt etwa ein neues Schiff kaufen? Sie scherzen!»

«Sie rechnen also nicht damit, daß Sie Probleme mit der Polizei in Valencia bekommen.»

«Wenn wir uns gut vorbereiten, nicht.»

«Vorbereiten?»

Der Grieche lehnte sich zurück und sah mich ernst an. «Ich bin der festen Überzeugung, daß wir nichts gewinnen, wenn wir die Todesfälle allzusehr aufbauschen.»

«Aufbauschen?»

«Unfälle geschehen überall. Ohnehin ist niemand besonders am Schicksal eines Küchenjungen interessiert. Da mache ich mir keine Sorgen. Aber ein Amerikaner ... natürlich kann es auch einem Amerikaner passieren, daß er des Nachts in eine Ladeluke fällt.»

«In einen Laderaum voller Kisten, gefüllt mit Gewehren.»

Dimitrios machte eine abwehrende Handbewegung. «Vergessen Sie die Gewehre. Die nehmen wir nicht mit nach Valencia.»

«Sie wollen die Ladung über Bord gehen lassen?»

«Hören Sie, Pistoux, Sie wollen doch nicht ihr Leben lang in Küchen schwitzen.»

«Nun ...»

«Werden Sie mein Partner. Ich brauche eine Vertrauensperson. Dieser Kerbrac ist mir zu unzuverlässig. Die anderen sind dumm. Vergessen Sie die Geschichte mit der Kreuzfahrt! Diese Ladung ist erst der Anfang.»

«Wie meinen Sie das?»

«Kennen Sie Abessinien?»

«Abessinien?»

«Ich bin dort gewesen. Die Neger dort kämpfen gegen den Mahdi. Die haben sogar einen Kaiser.» Er lachte abfällig. «Die brauchen viele Gewehre.»

«Sie wollen mit Waffen handeln?»

«Ich tue es bereits.»

«Und ich soll Ihnen dabei helfen?»

«Mein Partner sollen Sie werden. Zuerst müssen wir natürlich diese Geschichte hier an Bord regeln. Also ... was meinen Sie?»

«Ich denke, ich sollte es mir überlegen.»

«Das sollten Sie tun.» Er griff in die Brusttasche und holte eine Zigarre hervor: «Hier, nehmen Sie. Als Vorgeschmack auf abenteuerliche Zeiten.» Er lachte. «Natürlich erst nach dem Dessert!»

«Ich werde sie mir heute abend nach dem Diner anzünden.

Dann werden Sie auch wissen, wie ich zu Ihrem Angebot stehe.»

«Gut, gut», nickte der Grieche. «Dann also bis später.»

Beim Hinausgehen fragte ich mich, wieviel mehr Unheil dieser Mensch wohl um sich herum benötigte, wenn er auf noch abenteuerlichere Zeiten hoffte.

❦ Teil 3: ❦
DIE RACHE IST MEIN

Liebes Tagebuch,
die Rache ist mein! Ich fühle mich so gut wie lange nicht
mehr. Was für ein wunderbares Glücksgefühl. Ich bin in ein
Abenteuer verwickelt! Mord, Tod, Intrige, Verrat, Haß – das
Ende unserer Reise gleicht einer Schlacht. Und das letzte ent-
scheidende Gefecht wurde hier bei mir ausgetragen! Auf meinem Bett! Noch immer zittert mir die Hand, wenn ich daran
denke, was für eine finstere und gemeine Geschichte gerade
eben ihr Ende gefunden hat. Wir alle auf diesem Schiff waren
die Gefangenen eines teuflischen Plans. Überall wo man hin-
sah lauerte die Fratze der Boshaftigkeit.

Ach! Ich selbst bin auf den Teufel hereingefallen. Aber dennoch schäme ich mich nicht. Mein nächster Brief an Nora
wird ein Triumph! Ich werde als Heldin nach Hause zurück-
kehren, als die Überlebende eines Kampfes der finsteren
Mächte gegen die Vernunft.

Ja, er strahlt, mein Held! Wie hatte ich ihn nur übersehen
können. Bin ich nicht Amerikanerin genug, um über alle Stan-
desdünkel erhaben zu sein? Offenbar nicht, denn mir blieb der
edle Charakter dieses großartigen, mutigen und tatkräftigen
Mannes bislang verborgen. Er heißt Jack und ist nicht nur
Koch, sondern auch Detektiv. Er ist der Held des Tages, denn
er hat es geschafft, diese gemeine Intrige zu entwirren, die hier
an Bord alles durcheinandergebracht hat. Er hat die Powells
vor einem schrecklichen Irrtum bewahrt, die Ehre von Daisy
gerettet, das Geld von Mr. Powell und mein Herz erobert.

Es war alles Jacks Idee: Er ließ mich den Brief schreiben. In dem Brief mußte ich nur schildern, was mir vor unserer Abreise mit dem Schiff in dem Kasino in Nizza aufgefallen ist. Dort beobachtete ich, wie Craig auf John traf. Zu diesem Zeitpunkt war er noch keinem von uns bekannt, und dennoch unterhielten sich die beiden auf der Terrasse. Wenig später tauchte John wie zufällig in Marseille am Hafen auf, entpuppte sich als Craigs Schulfreund und wurde von Mr. Powell zu unserer Mittelmeerfahrt eingeladen. Wer sich darüber nicht zu freuen schien, war Craig.

Und dann war da noch die Sache mit dem Medaillon. Jack ließ mich schreiben: «Lieber Craig, ich kenne Euer Geheimnis, ich bin im Besitz des Medaillons. Wenn Du nicht willst, daß ich es dem Kapitän übergebe, komme morgen kurz vor dem Diner in meine Kabine.»

Ich will ehrlich sein: Ich glaubte nicht, daß es funktionieren könnte. Aber Jack war der festen Überzeugung, daß sein Plan gelingen würde.

Deshalb ließ er am Nachmittag den Steuermann und den Maat in meine Kabine kommen. Das war seltsam. Zwei Männer, noch dazu Angehörige der Besatzung, in meiner Kabine! Außerdem hatte ich mit niemandem darüber sprechen dürfen. Das war noch seltsamer. Ich lag auf dem Bett unter einer Wolldecke, denn es war noch immer sehr kühl. Trotzdem war mir heiß. Mein Herz pochte heftig, und ich hatte unbändigen Durst. Aber natürlich war es unmöglich, Annabelle oder Agatha zu rufen. So trank ich ein wenig von dem kalten Tee, der übriggeblieben war, und fügte mich in mein Schicksal.

Der Steuermann versteckte sich hinter dem kleinen Paravent, der neben dem großen Koffer stand. Er paßte kaum dahinter. Der Maat war kleiner und kroch unter das Bett, was meiner Ansicht nach ein Ding der Unmöglichkeit war, aber er belehrte mich eines Besseren.

Dann warteten wir. Wie eigenartig, wie erschreckend, in einem Raum mit zwei fremden Männern auf ein Ereignis warten zu müssen, das beweisen sollte, daß wir unter Verbrecher geraten waren.

Das Ereignis trat ein. Es klopfte. Mir stockte der Atem. Unwillkürlich fuhr meine Hand zum Mund, um einen Angstschrei zu ersticken. Dann hauchte ich: «Herein!»

Es klopfte wieder. Man hatte mich nicht gehört. Viel zu erstickt klang meine Stimme. Ich rief nochmals «Herein!» und zuckte beim Klang meiner eigenen Stimme zusammen.

Die Tür wurde aufgeschoben, und Craig trat ein. Aber er war nicht allein. Clara, die Gesellschafterin von Mrs. Powell, folgte ihm. Ich war verwirrt. Warum war er nicht allein gekommen?

Aber noch ehe ich einen klaren Gedanken fassen konnte, hatten die beiden lautlos die Tür hinter sich geschlossen und standen neben meinem Bett.

Es war Clara, die zuerst sprach. Aber es klang mehr wie ein Fauchen. So hatte ich sie noch nie reden gehört. Sie ignorierte alle Standesunterschiede und behandelte mich wie Ihresgleichen, nein schlimmer:

«Wo ist das Medaillon, du kleine Intrigantin?»

«Clara, wieso ...», stammelte ich. «Ich dachte, Craig ...»

«Hör auf zu denken, das kannst du nicht.»

«Das Medaillon», sagte Craig mit heiserer Stimme.

Er starrte mich aus weit aufgerissenen Augen an.

Ich hatte es die ganze Zeit in der Hand gehalten, die unter einer Decke steckte. Ich zog sie hervor und zeigte ihnen das Medaillon.

Mit einer hastigen Handbewegung riß Clara mir das

Schmuckstück aus der Hand, wobei die Kette zerriß und auf das Bett fiel. Sie schien ihr nicht wichtig zu sein. Sie machte sich an dem Medaillon zu schaffen und fluchte.

«Wo ist das Bild?»

«Das Bild? Ich weiß nicht.»

Ich hatte gar nicht gemerkt, daß Jack das Bild aus dem Medaillon entfernt hatte.»

«Du Miststück glaubst wohl, du könntest uns erpressen!» rief Clara aus.

«Still, nicht so laut», sagte Craig.

Ich war wie vom Donner gerührt. Sie redete wie ein Waschweib.

«Du kleine Hure, wo ist das Bild?»

Ich war wie gelähmt und starrte sie an, zu Tode erschrokken.

«Ich, ich weiß nicht ...»

Clara stieß einen Schrei aus und griff nach einem Kissen.

«Dir werde ich ...», rief sie.

Und noch ehe ich merkte, wie mir geschah, hatte sie mir das Kissen auf das Gesicht gepreßt, und ich bekam keine Luft mehr.

Ich wollte nach Hilfe rufen. Eine furchtbare Todesangst überkam mich. Ich versuchte mich zu wehren. Ich hatte völlig vergessen, daß noch jemand in der Kabine war. Ich glaubte ersticken zu müssen.

Schon war ich der Ohnmacht nahe, da wurde das Kissen leichter und fiel zur Seite.

Als ich die Augen aufriß, sah ich Craig und Clara im Kampf mit dem Maat und dem Steuermann.

Plötzlich hatte Clara ein Messer in der Hand. Der Steuermann schrie auf. Craig und der Maat gingen zu Boden. Clara riß die Tür auf und sprang nach draußen. Dann heulte sie vor

Wut laut auf. Man hörte ein Klirren. Das Messer war zu Boden gefallen. Clara stolperte rückwärts in die Kabine, gefolgt vom Kapitän und Jack. Gleichzeitig stand der Maat auf, dem es gelungen war, Craig zu überwältigen, und der ihm nun beide Arme auf den Rücken gedreht hatte.

Clara fauchte immer noch. Als sie bemerkte, daß Craig zu schluchzen begonnen hatte, schnaubte sie nur verächtlich.

Der Kapitän hatte einen Revolver auf Clara gerichtet.

«Kapitän», sagte Jack, «Sie wissen, was Sie zu tun haben.»

Der Kapitän nickte, und zusammen mit dem Steuermann und dem Maat schaffte er Clara und Craig aus meiner Kabine.

Ich war ohnehin kurz davor gewesen, laut loszuschreien, denn die Anwesenheit von so vielen Menschen in meiner kleinen Kabine hatte mir eine schreckliche Atemnot verursacht. Jack merkte, was mit mir los war. Er öffnete ein Bullauge.

«Danke, daß Sie mich gerettet haben», sagte ich und richtete mich halb auf.

Da lächelte er nur und sagte: «Ich habe doch nur das Fenster geöffnet.»

Dann sah er mich ernst an. «Ich danke Ihnen, daß Sie sich geopfert haben, Mademoiselle.» Er deutete eine Verbeugung an. «Sie sollten sich jetzt ausruhen.»

«Ja.» Ich sank wieder auf meine Kissen zurück.

Er zog mir die Wolldecke zurecht und sah mich prüfend an.

«Alles in Ordnung?» fragte er. Ich nickte tapfer. «Ich muß jetzt gehen.»

«Ach», sagte ich.

«Wir sehen uns zum Diner.»

Ich nickte schwach. Ich hatte kein Recht, ihn aufzuhalten. Jack.

꙯ **2** ꙯ ᴇɴᴛʟᴀʀᴠᴜɴɢ   *Aus dem Protokoll des Kapitäns:* Nachdem wir, Gabin Kerbrac, Kapitän des Dampfschiffs ‹Pluto›, Carlo Spuntini, Steuermann, Piotr Dwarkin, Maat, und Jacques Pistoux, Schiffskoch, die beiden Passagiere Clara Hart und Craig Moore bei ihrem Versuch, Mademoiselle Mary Lamb in ihrer eigenen Kabine mit einem Kissen zu ersticken, überrascht hatten und an der Durchführung ihres Verbrechens hindern konnten, wurden alle Passagiere und Offiziere gebeten, vollzählig am Diner in der Offiziersmesse teilzunehmen. Monsieur Pistoux hatte es sich nicht nehmen lassen, seine Arbeit als Koch wiederaufzunehmen. Für diesen Abend hatte er folgendes Menü zubereitet:

Aioli garni
Kabeljau à la crème
Kaninchenpäckchen
Mandelpastete

Serviert wurde das Essen von der Köchin Miranda und dem Dienstmädchen Annabelle.

Am Tisch waren versammelt: die Passagiere Irvine Powell, seine Frau Emily, Tochter Daisy und Mary Lamb; des weiteren George Dillion, Sekretär von Monsieur Powell; Agatha, das englische Dienstmädchen der Powells; die Verdächtigen: Clara Hart, Gesellschafterin von Madame Emily Powell, und Craig Moore, Verlobter von Mademoiselle Daisy.

Des weiteren: Enzo Dimitrios, Reiseagent; Carlo Spuntini, Steuermann; Piotr Dwarkin, Maat; Jacques Pistoux, Schiffskoch; Miranda, Köchin; sowie ich selbst, Gabin Kerbrac, Kapitän.

Monsieur Jacques Pistoux saß am Kopfende des Tisches mir gegenüber. Seine Aufgabe war es, den Anwesenden die Ereignisse der letzten Tage noch einmal in Erinnerung zu rufen, Zusammenhänge herzustellen und seinen Verdacht zu begründen.

Daß sich die Ereignisse dann überschlugen, war nicht seine Schuld, denn er war nur der Wahrheit verpflichtet.

Pistoux begann mit der Darlegung der Chronologie der Ereignisse, während die Vorspeise serviert wurde, und wandte sich zunächst direkt an Monsieur und Madame Powell.

PISTOUX: Madame, Monsieur, zweifellos hatten Sie sich unter einer Kreuzfahrt auf dem Mittelmeer etwas Erfreulicheres vorgestellt. Aber lassen Sie mich Ihnen versichern: Wenn es nicht auf diesem Schiff passiert wäre, wäre es woanders geschehen, denn die bösartige Intrige, deren Opfer Sie und Ihre Tochter geworden sind, war schon wesentlich früher geplant worden. Wie früh, weiß ich nicht zu sagen, aber ich nehme an, daß Craig Moore und Clara Hart sich mit der vollen Absicht, Ihnen zu schaden, in Ihre Familien eingeschlichen haben.

EMILY POWELL: Das klingt ja schrecklich. Was behauptet der Mann da, Irvine?

IRVINE POWELL: Das sind schwere Anschuldigungen. Ich hoffe, Sie haben für alle Ihre Behauptungen auch genügend Beweise.

PISTOUX: Ich würde es nicht wagen, diese Beschuldigungen aufzustellen, wenn ich nicht ganz sicher wäre. Meiner Meinung nach haben sich Craig Moore und Clara Hart – beide tragen falsche Namen – Ihnen genähert, um Craig die Möglichkeit zu eröffnen, Ihre Tochter Daisy zu heiraten ...

DAISY: Aber ... Craig ein Verbrecher? Wollen Sie etwa andeuten, daß er ein Heiratsschwindler ist?

PISTOUX: Genau das, Mademoiselle, so schmerzlich es auch für Sie sein mag, dies zu hören.

IRVINE POWELL: Beweisen Sie es, das klingt mir alles doch sehr abenteuerlich.

PISTOUX: Zuerst wurde Mademoiselle Mary Lamb darauf aufmerksam.

DAISY: Mary, du? Was hast du ... was weißt du?

MARY: Muß ich mich etwa für die Verfehlungen anderer entschuldigen?

PISTOUX: Was Mademoiselle Mary im Kasino von Nizza beobachtete, gab ihr zu denken, aber da sie keinen Argwohn hegte, konnte sie auch keinen Verdacht schöpfen. Sie wunderte sich lediglich, daß Craig Moore in einem fremden Land mit einem fremden jungen Mann auf vertrautem Fuß stand, den sie nicht kannte. Noch verwunderlicher fand sie es, daß Craig ihm einen Briefumschlag zusteckte.

IRVINE POWELL: Wer soll denn dieser Mann gewesen sein?

PISTOUX: Es handelte sich um John Fulton, der wenig später, angeblich rein zufällig im Hafen von Marseille auftauchte und dann von Ihnen eingeladen wurde, an der Kreuzfahrt teilzunehmen.

IRVINE POWELL: Das wollen Sie mir vorwerfen?

PISTOUX: Nein, sie handelten aus lauteren Motiven.

DILLION: Entschuldigung, aber was befand sich denn überhaupt in dem Umschlag?

PISTOUX: Ich vermute, Geld. Der Umschlag wurde in Fultons Kabine gefunden. Es befanden sich noch einige Geldscheine darin.

DAISY: Aber warum sollte Craig einen Umschlag mit Geld an John Fulton gegeben haben.

PISTOUX: Sie waren Komplizen. Fulton brauchte Geld, Craig hatte welches. Womöglich hat er es sich von Ihnen geliehen?

DAISY: Nein.

IRVINE POWELL: Es war von mir. Ich habe dem Jungen etwas ausgeholfen, weil er mich bat.

DILLION: Ich höre immer Komplizen. Bisher ist das nichts weiter als eine Unterstellung, Mr. Pistoux.

IRVINE POWELL: Na los, Pinkerton. Sie müssen es beweisen können.

PISTOUX: Ich werde der Reihe nach vorgehen, wenn Sie erlauben. Als nächstes kam John Fulton an Bord und wurde ermordet. Aber ein Motiv war weit und breit nicht auszumachen.

DILLION: Aber Sie haben es gleich erfaßt, wie?

PISTOUX: Nein, keineswegs. Erst als Lucien, der Küchenjunge, ermordet wurde, kam etwas Licht ins Dunkel. Es war nämlich ein Fehler, den Jungen umzubringen, nur weil er zufällig eine Unterhaltung zwischen Ihnen beiden belauschte. Sie fürchteten, er könne sie verraten.

CLARA HART: Hören Sie auf, das ist lächerlich!

CRAIG MOORE: Clara, sei doch still.

PISTOUX: Ich vermute, es hat einen Streit zwischen Ihnen beiden gegeben, als sie sich auf dem Vorderdeck befanden. Und im Verlauf dieses Streits kam es zu Handgreiflichkeiten. Dabei wurde eine Kette zerrissen, und sie fiel zusammen mit dem daran befestigten Medaillon zu Boden. Dann entdeckten Sie Lucien und versuchten, ihn mit dem Messer zum Schweigen zu bringen. Was Ihnen auch fast gelang, aber der kleine Mann bekam das Medaillon zu fassen und schleppte sich davon. Sie konnten ihn nicht zurückhalten, denn er sank in die Arme von Mademoiselle Mary, und kurz darauf erschien ich bei dem Sterbenden.

CLARA HART: Sie haben wirklich eine blühende Phantasie!

PISTOUX: Wenn das Medaillon so unwichtig ist, wieso wurde dann meine Kabine durchsucht?

CLARA HART: Davon weiß ich nichts.

PISTOUX: Sie sind zwar eine Verbrecherin, aber Ihre Sentimentalität ist Ihnen zum Verhängnis geworden. Was für eine Ironie.

CLARA HART: Meine Sentimentalität? Lächerlich! Ich habe niemals ein Medaillon besessen.

PISTOUX: Dann ist es Craigs Medaillon. Monsieur Moore?

CRAIG MOORE: Ja, ja …

DAISY: Craig!

EMILY POWELL: Er weint.

PISTOUX: Er hat Grund dazu.

IRVINE POWELL: Was zum Teufel hat es denn nun mit diesem Medaillon auf sich?

DILLION: Kommen Sie endlich zur Sache, Pistoux!

PISTOUX: In dem Medaillon befindet sich eine Fotografie. Auf dieser Fotografie sind drei Kinder abgebildet. Zwei Jungen und ein Mädchen. Ganz offensichtlich sind es Geschwister. Ich habe lange darüber nachgedacht, und die Sache ist eindeutig: Es handelt sich um Craig, John und Clara. Vielleicht können mir die beiden anwesenden Geschwister mitteilen, welchen Familiennamen sie in Wirklichkeit tragen.

CLARA HART: Sie können nichts beweisen. Das ist alles Unsinn. Craig! Hör auf zu weinen, das ist ja entwürdigend.

PISTOUX: Daisy, haben Sie sich nicht darüber gewundert, wie vertraut Clara mit John Fulton umging?

DAISY: Ja.

PISTOUX: Mademoiselle Mary. Wurden Sie heute nachmittag von Craig und Clara überfallen?

MARY: Ja, das stimmt.

PISTOUX: Und verlangten sie von Ihnen das Medaillon?

MARY: Ja.

PISTOUX: Was geschah dann, Monsieur Spuntini?

SPUNTINI: Ich war anwesend, hatte mich hinter dem Paravent versteckt. Signora Clara versuchte Signora Mary mit einem Kissen zu ersticken.

PISTOUX: Wer kann das noch bezeugen?

DWARKIN: Ich war ebenfalls anwesend und sah alles.

IRVINE POWELL: Mein Kompliment, Pinkerton.

EMILY POWELL: Aber das ist ja alles furchtbar.

DILLION: Klingt plausibel, Pistoux. Aber was steckt denn nun eigentlich dahinter?

PISTOUX: Wir haben es mit Hochstaplern und Heiratsschwindlern zu tun.

DAISY: Craig? Ein Schwindler?

PISTOUX: Craig, wollen Sie sich dazu äußern?

CRAIG: Ich kann doch nicht.

PISTOUX: Clara?

CLARA HART: Von mir erfahren Sie kein Wort.

PISTOUX: Monsieur Powell, der Mann, der sich Craig Moore nannte, hat sich bei Ihnen als junger Mann aus angesehenen Bostoner Kreisen eingeführt.

IRVINE POWELL: Ja, es hat uns durchaus geschmeichelt, daß Craig sich für unsere Tochter interessierte.

PISTOUX: Craig, Clara und John stammen aber keineswegs aus angesehenen Bostoner Kreisen.

DILLION: Woher wollen Sie das denn wissen?

PISTOUX: Die Fotografie. Sehen Sie sich doch mal das Bild genau an. Die Kinder sind schmutzig, schlecht gekleidet, und im Hintergrund sieht man eindeutig, daß es sich um eine Arbeitergegend handelt.

IRVINE POWELL: Ausgezeichnet, Pinkerton.

DAISY: Ein Schwindler! So ein Schuft.

CRAIG: Aber ich habe dich doch geliebt!

DAISY: Was?

CRAIG: Daisy!

CLARA: Craig!

PISTOUX: Beruhigen Sie ihn.

DAISY: Mich geliebt, wie kann er das behaupten?

EMILY POWELL: Aber was ist denn das für ein schreckliches Durcheinander?

PISTOUX: Es ist die reine Wahrheit.

DILLION: Nur weiter, Pistoux!

PISTOUX: Craig hatte sich tatsächlich in das Opfer seines geplanten Verbrechens verliebt. Die Liebe hatte ihn geläutert. Er wollte nicht mehr mitmachen. Clara alarmierte John. John reiste an und kam an Bord, um Craig gemeinsam mit Clara unter Druck zu setzen. In seiner Verzweiflung brachte Craig ihn um. Was sollte Clara nun tun? Sie konnte nicht sagen, wer der Mörder war. Sie wäre ebenfalls in Schwierigkeiten geraten. Außerdem handelte es sich um eine Familienangelegenheit. Aber viel schwerer wog, daß ihr eines Tages ein großer Teil des Geldes gehören würde, über den Craig nach der Heirat mit Daisy verfügen würde. Sie setzte ihn weiter unter Druck. So kam es zum Streit und zu jener Handgreiflichkeit, die von dem armen Lucien beobachtet wurde. Und dabei kam bekanntlich das Medaillon abhanden, das der sentimentale Craig als Erinnerungsstück bei sich trug.

IRVINE POWELL: Bravo, Pinkerton, bravo!

EMILY POWELL: Ich kann das nicht glauben.

PISTOUX: Es ist wahr. Aber ohne das Medaillon wäre alles nicht ans Tageslicht gekommen.

AGATHA: Der arme kleine Junge.

KAPITÄN KERBRAC: Wir werden die Verbrecher in Valencia der Polizei übergeben, nicht wahr Monsieur Dimitrios?

ENZO DIMITRIOS: Aber sicher.

In diesem Moment wurde die Tür aufgerissen, und ein Matrose rief: «Kapitän! Von Süden her nähert sich ein Clipper!»

Und Kapitän Kerbrac sagte: «Ich komme sofort!», wurde aber von Monsieur Dimitrios unterbrochen, der plötzlich eine Pistole zog und rief: «Keiner bewegt sich! Alle bleiben auf ihren Plätzen sitzen! Miranda!»

Die Angesprochene trat neben ihn. Auch sie hielt plötzlich einen Revolver in der Hand. «Ihnen wird nichts geschehen, wenn Sie den Raum nicht verlassen!»

~ 3 ~ TUMULT

«Tja, meine Herren», erklärte Mr. Powell später seinen zigarrenrauchenden und whiskytrinkenden Freunden, «und damit kommen wir zum vorläufig letzten Zwischenfall unseres europäischen Abenteuers.» Er deutete mit der brennenden Zigarrenspitze auf seinen Sekretär: «Dillion, möchten Sie unseren Bericht zu Ende bringen?»

Dillion neigte den Kopf: «Mit Vergnügen, Sir.»

«Bitte sehr.» Mr. Powell lehnte sich genüßlich in seinen Sessel zurück und machte eine einladende Handbewegung.

«Wo waren wir stehengeblieben?» Dillion sah nachdenklich ins Kaminfeuer.

«Dieser Tausendsassa von einem Koch hatte uns gerade die Mörder serviert», sagte Powell.

«Richtig. Und der Kapitän erklärte, er werde sie gleich in Valencia der Polizei übergeben.»

«Wir waren erschüttert», fügte Powell hinzu.

«Zweifellos», sagte Dillion.

«Immerhin war es eine Verschwörung zum Schaden der Familie oder sogar zum Schaden von Powell Industries. Wenn dieser Erbschleicher und seine mißratene Schwester hier in

Lorain, Ohio, an Einfluß gewonnen hätten, nicht auszudenken!»

«Eine Verschwörung schlimmster Ordnung», bestätigte Dillion.

«Und ohne die Hilfe dieses Kochs ...»

«... wären wir ganz allein auf Ihre kämpferische Natur und Ihren Scharfsinn angewiesen gewesen.»

«Und auf meinen Revolver, Dillion, vergessen Sie meinen Revolver nicht!»

«Wie könnte ich Ihren Revolver vergessen, Mr. Powell.»

«Schön. Dann erzählen Sie bitte weiter!»

«Genau in dem Moment, als Mr. Pistoux ...»

«Ich habe ihn übrigens scherzhaft Pinkerton genannt», sagte Irvine Powell.

«... genau in diesem Moment wurde die Tür zur Offiziersmesse aufgerissen, und ein Matrose rief, es würde sich ein Clipper nähern. Da wir praktisch manövrierunfähig dalagen, weil es der Mannschaft der ‹Pluto› einfach nicht gelingen wollte, den Dampfer als Segler flottzumachen, waren wir zunächst froh, daß Hilfe nahte.»

Irvine Powell fuchtelte mit der Zigarre in der Luft herum: «Aber dann!»

Dillion nickte: «Plötzlich stand dieser Grieche auf ...»

«Enzo Dimitrios.»

«Dieser Dimitrios stand plötzlich auf und bedrohte uns mit einem Revolver.»

«Und dieses Flittchen!» rief Powell zornig aus.

«Dieses Flittchen», wiederholte Dillion, «Miranda, die spanische Köchin. Sie entpuppte sich als Komplizin.»

«Wenn ich das geahnt hätte», murmelte Powell düster.

«Sie stand plötzlich neben ihm und hielt ebenfalls eine Waffe in der Hand.»

«Eigenartige Situation», sagte Powell. «Möchte ich Ihnen nicht wünschen, meine Herren!»

«Ihnen wird nichts geschehen, wenn Sie den Raum nicht verlassen, sagte der Grieche.»

«Und diese giftige Spanierin richtete ihren Revolver auf mich.»

«Dann wandte sich der Grieche an den Koch und forderte ihn auf mitzukommen.»

«Das war ein Schock», sagte Powell.

«Das war ein Schock», wiederholte Dillion. «Sollte die Überführung der Mörder und all das nur Teil einer Komödie gewesen sein, die allein zu dem Zweck erdacht worden war, uns zu erniedrigen?»

«Genau das waren meine Gedanken», sagte Powell.

«Und dann geschah die nächste Überraschung», fuhr Dillion fort.

«Es ging Schlag auf Schlag!»

«Mr. Pistoux näherte sich dem Griechen, und wir alle dachten, er würde gemeinsame Sache mit diesem Kerl machen.»

«Mit diesem Kerl, dem wir bis dahin vertraut hatten, vergessen Sie das nicht, Dillion!»

«Ja. Der Koch näherte sich also dem Griechen, der noch immer seine Waffe auf uns gerichtet hielt. Und plötzlich schien es uns allen so, als würde er stolpern ...»

«Aber so war es gar nicht.»

«Nein, so war es gar nicht. Es war kein Stolpern. Oder wenn doch, dann geschah es aus Absicht.»

«Ganz sicher.»

«Es geschah aus Absicht. Der Koch stolperte und prallte gegen den Griechen, der das Gleichgewicht verlor, einen Fluch ausstieß, zurücktaumelte, gegen die Wand prallte und seine Waffe nicht mehr unter Kontrolle hatte.»

«Gleichzeitig wurde dieses Flittchen abgelenkt», ergänzte Mr. Powell.

«Mr. Pistoux gelang es, den Griechen an der Gurgel zu pakken.»

«Er verpaßte ihm einen Faustschlag, Dillion.»

«Ich sah nur, wie er ihn am Hals zu fassen bekam und gegen die Wand drückte.»

«Vorher hat er ihm einen Schlag in den Magen verpaßt, Dillion!»

«Der Faustschlag kam erst jetzt, nachdem er ihn am Hals gefaßt hatte.»

«Bravo, Dillion!»

«Der Grieche stöhnte laut und ging zu Boden.»

«Und da hatte dieses Flittchen auch schon ihre Waffe auf den mutigen Koch gerichtet.»

«Und während wir noch gebannt dasaßen ...»

«Sie schoß. Auf den Koch, auf unseren Pinkerton.»

«Blutüberströmt ging er zu Boden.»

«Am Kopf getroffen ...»

«Und dann zeigte uns Mr. Powell, daß er ein Amerikaner ist.»

Mr. Powell nickte selbstgefällig. «Ja.»

«Er zog seinen Revolver.»

«Endlich hatte ich die Gelegenheit dazu», sagte Mr. Powell.

«Und schoß.»

«Genau so.»

«Die Spanierin ging zu Boden.»

«Ich hatte dieses Flittchen mitten in ihr verdorbenes Herz getroffen.»

«Alle schrien auf, einige suchten Deckung auf dem Boden, unter dem Tisch ...»

«Diese unübersichtliche Situation nutzte der Grieche, um

aufzustehen, zur Tür zu stürzen und nach draußen zu flüchten.»

«Nach draußen, wo seine Leute auf ihn warteten.»

«Dillion, seien Sie so gut ...», unterbrach Mr. Powell seinen Sekretär. Im Eifer der Erzählung hatte er seinen Whisky ausgetrunken. Seine Zigarre war ausgegangen. Tatsächlich hatte er sich für seine Verhältnisse recht heftig in die Erzählung seiner Heldentaten hineingesteigert.

Das hatte einen einfachen Grund: Ganz so, wie der amerikanische Industrielle und sein Sekretär es schilderten, hatte es sich nicht ereignet. Die junge Spanierin starb keineswegs sofort. Zwar gelang es Mr. Powell, sie außer Gefecht zu setzen, aber er traf sie nur ins Bein. Sie prallte gegen die Wand und rutschte dann zu Boden, wo sie aufrecht sitzen blieb, noch immer die Waffe in der Hand. Ein Schuß von ihr, und Mr. Powell hatte seinen Revolver verloren, zu seiner großen Verwunderung, denn niemals hätte er gedacht, daß sie eine so gute Schützin war.

Die Pistole auf ihn gerichtet, begann sie ihre Haßtirade. Ein Schwall von Flüchen, Obszönitäten und für alle Anwesenden peinlichen Beschuldigungen ergoß sich über den Amerikaner. Seine Tochter starrte gebannt auf Miranda, die ebenso jung war wie sie selbst, aber Dinge von ihrem Vater wußte, die sie niemals auch nur geahnt hätte. Mrs. Powell fiel in Ohnmacht.

Wieder war es Pistoux, der die Situation bereinigte. Auf dem Boden liegend, blutend und keuchend, war er Zentimeter um Zentimeter auf die Pistole zugekrochen, die Dimitrios verloren hatte. Als er sie endlich zu fassen bekam, hob er sie, zielte und schoß Miranda mitten ins Herz. Danach brach er zusammen, und Enzo Dimitrios riß die Tür auf, um nach draußen zu flüchten.

Dem Griechen war es gelungen, einige Matrosen auf seine Seite zu bringen. Er hatte sie mit Gewehren aus dem Laderaum bewaffnet. Die Meuterer hielten die übrige Besatzung in Schach, während der Clipper sich näherte und schließlich an der ‹Pluto› festmachte. Finstere Gestalten kletterten an Bord des Dampfschiffs und begannen, die Waffen auf den Segler umzuladen. Kapitän Kerbrac und seine Offiziere kochten vor Wut, mußten aber tatenlos zusehen, wie alle Kisten verschwanden, denn sie standen den schwerbewaffneten Meuterern hilflos gegenüber.

Währenddessen kümmerte sich Daisy um ihre Mutter und Mary, unterstützt von Annabelle und Agatha.

Craig Moore und Clara Hart hatten den Tumult genutzt und waren aus der Offiziersmesse geflüchtet. Während des Umladens verhandelten sie mit Dimitrios, der es aber ablehnte, sie mitzunehmen.

Bevor er die ‹Pluto› verließ, bewies Enzo Dimitrios noch, was für ein Schuft er war. Zunächst ließ er sämtliche Kabinen aufbrechen und brachte die Wertgegenstände der Passagiere an sich. Dann nahm er ihnen sogar den Schmuck ab, den sie am Leibe trugen. Und schließlich schickte er zwei der Meuterer ins Unterdeck. Kurz nachdem sie wieder aufgetaucht waren, ertönte eine Explosion. Dann kletterten die Verbrecher an Bord des Clippers, legten ab und verschwanden unter vollen Segeln Richtung Südosten.

Die schlimme Nachricht verbreitete sich schnell: Die Meuterer hatten ein Loch in den Kiel der ‹Pluto› gesprengt. Das Schiff würde sehr bald sinken.

Kaum hatten Craig Moore und Clara Hart das erkannt, machten sie sich daran, eins der beiden Rettungsboote zu entern. Es gelang ihnen nicht. Sie wurden ein zweites Mal von Kapitän Kerbrac, dem Steuermann und dem Maat überwältigt und diesmal sofort gefesselt. Die Boote wurden zu Wasser gelassen. Kapitän Kerbrac entschied, die Leichen von Miranda und Pistoux auf dem sinkenden Schiff zurückzulassen.

Mary Lamb weinte, als die beiden Boote von der ‹Pluto› abstießen und die Matrosen sich in die Riemen legten. Rechts und links von ihr saßen Agatha und Annabelle, denen sie die Hände gereicht hatte. Daisy biß die Zähne zusammen, würdigte ihren betreten dreinblickenden Vater keines Blickes und bemühte sich, ihre Mutter zu trösten. Dillion suchte die Nähe seines Herrn. Craig Moore und Clara Hart starrten finster ins Wasser.

Der Kapitän beriet sich mit dem Steuermann und dem Maat, und dann nahmen die beiden Ruderboote Kurs auf die spanische Küste.

An Bord der sich langsam neigenden ‹Pluto› regte sich ein Totgeglaubter und stöhnte laut auf.

꙳ EPILOG ꙳   Er lag schon im Wasser, als das blaue Boot mit den strahlenden Segeln festmachte. Das Wasser fühlte sich warm an. Er wälzte sich herum, versuchte sich aufzurichten und fiel mit dem Gesicht in die riesige Salzwasserpfütze, die sich um ihn herum gebildet hatte. Eine Pfütze? Oder war es das Meer?

Viel konnte er nicht mehr erkennen, denn es war sehr dunkel und schrecklich anstrengend, die Augenlieder auch nur einen winzigen Spaltbreit zu öffnen.

Aber er sah, daß an Deck des blauen Seglers rege Geschäftigkeit herrschte: Zahllose Männer mit weißen Schürzen und hohen Mützen liefen hin und her. Einige näherten sich und hoben ihn auf einen bequemen Sessel. Dann trugen sie ihn wie in einer Sänfte hinüber zu der großen Tafel, die sie an Bord des blauen Seglers aufgebaut hatten.

Vom Kopfende der großen Tafel her konnte er gut erkennen, was zu seinen Ehren seriviert wurde: *Œufs pochés Soubise, Gegrillte Makrelen mit Beurre d'anchois, Hammelnieren mit Chicorée, Aprikosen-Reis-Dessert.*

Und dann sah er auch, wem er diesen warmen Empfang auf dem unbekannten blauen Segler mit den strahlend gelben Segeln zu verdanken hatte: Auf der linken Seite der langen Tafel näherte sich ein junger Mann im Frack, der eine Fliege umgebunden hatte und einen Zylinder in der Hand trug. Sein Gesicht zierte ein gepflegter Schnurrbart. Er lächelte.

«Auguste!» rief Pistoux aus.

Der Mann kam näher und sagte: «Ich weiß, du hast noch

immer ein Faible für die einfachen Genüsse deiner provenzalischen Heimat. Greif zu!»

«Auguste! Mein Freund!»

«Greif zu, mein kleiner Jacques!»

«Auguste! Setz dich zu mir. Laß uns zusammen essen.»

«Ich habe keine Zeit …»

«Auguste!»

Warum nur setzte sein Freund sich einen Zylinder auf? Warum wollte er nicht bleiben?

«Auguste! Bleib doch! Hast du denn keinen Hunger? … Auguste!»

«Er redet im Fieberwahn», sagte einer der Männer, die den Verletzten von dem sinkenden Raddampfer auf das beigedrehte Segelschiff getragen hatten.

DAS KOCHBUCH DES JACQUES PISTOUX

In einem kleinen Restaurant, das vornehmlich
von Fischern besucht wird, bestellt Jacques Pistoux,
nachdem er wieder zu Geld gekommen ist, ein
provenzalisches Menü:

⤳ BOUILLABAISSE ⤶

Für die traditionelle Marseiller Fischsuppe benötigen Sie
3 kg Mittelmeerfische wie Petermännchen, Drachenkopf,
Meerbarben, Petersfisch, Seeteufel, eventuell auch
Tintenfisch sowie Krabben und Krebse. –– Bereiten Sie
einen Fond aus Fischabfällen, Tomaten, Karotten, Porree,
Sellerie, Knoblauch und Zwiebeln, den Sie mit Kräutern
(Petersilie, Thymian, Rosmarin, Fenchel, Lorbeer,
Orangenschale) 45 Minuten köcheln lassen –– Fisch und
Kräuter entfernen und Fond mit Gemüse pürieren. ––
Mit Safran aufkochen, Fische hinzugeben und einige
Minuten ziehen lassen. –– Den Fisch auf einer Platte, die
Suppe in einer Terrine zusammen mit
Knoblauchmayonnaise oder La Rouille (im Mörser
zerriebene Paste aus Knoblauch, Chilischoten, Meersalz
und Olivenöl) servieren. –– Dazu gibt es geröstetes Brot.

⤳ SALADE NIÇOISE ⤶

Der Nizzasalat enthält keine Blattsalate, sondern zum
Beispiel Paprika, Tomaten, Artischocken, Gurken,
Zwiebeln (alles kleingeschnitten) und auf jeden Fall
Knoblauch, hartgekochte Eier, Oliven, Sardellenfilets.
Er wird mit Salz, Pfeffer und Olivenöl abgeschmeckt und
mit Basilikum bestreut.

◡ TIAN DE LAIT ◠

Dieser einfache Pudding wird aus 0,5 Liter Milch, 125 g
Zucker, 2 Eiern, 3 Eigelb und 30 ml Rum zubereitet:
Milch erhitzen, Zucker einrühren, aufwallen und dann
abkühlen lassen. — — Eier und Eigelb verquirlen,
einrühren, Rum hinzufügen und die Masse in einer
Tonform bei 150 Grad etwa eine halbe Stunde garen, bis
sie fast fest ist.

*Im Brief an ihre Freundin Nora in Ohio berichtet
Mary Lamb vom Besuch der amerikanischen
Reisegesellschaft in einem kleinen Fischerort namens
Saint-Tropez und von einer volkstümlichen
Spezialität, die sie in Nizza kennenlernte:*

◡ THUNFISCHRAGOUT MIT ARTISCHOCKEN ◠

750 g Thunfisch in Stücke schneiden und mit Lorbeer,
Thymian, Knoblauch, Safran und Olivenöl eine Stunde
marinieren. — — Währenddessen 3 geputzte, halbierte
junge Artischocken 5 Minuten in Olivenöl anbraten. — —
Dann 1 feingehackte Zwiebel in Olivenöl dünsten,
2 gehäutete und entkernte Tomaten und 100 g gehackten
Sauerampfer hinzufügen. — — 10 Minuten unter Rühren
dünsten. — — Artischocken, Thunfisch und Marinade
dazugeben, kochendes Wasser darübergießen und eine
Viertelstunde garen. — — Mit geröstetem Brot servieren. — —
Auch hierzu paßt Knoblauchmayonnaise oder La Rouille.

⋰ KICHERERBSENPFANNKUCHEN. ⋱

Dieser ölige Fladen wird Socca genannt, in Nizza auf dem Markt oder an Imbißständen verkauft und besteht aus einem Teig aus Kichererbsenmehl, Meersalz und Olivenöl, der im Holzofen goldbraun gebacken wird.

Ein provenzalisches Ragout muß in einem Tontopf namens Daubière geschmort werden, belehrt Mr. Dillion, der wichtigtuerische Sekretär des amerikanischen Industriellen Irvine Powell, den neuen Schiffskoch:

⋰ DAUBE D'AVIGNON ⋱

1,5 kg Lammfleisch mit 2 feingehackten Zwiebeln und 4 zerdrückten Knoblauchzehen sowie Thymian, Lorbeer, Petersilie, Nelken, 6 Eßlöffel Olivenöl, 0,25 l Rotwein, 2 Eßlöffel Cognac, Salz und Pfeffer 2 Stunden marinieren. – – Anschließend mit in Streifen geschnittenem durchwachsenem Speck und getrockneter Orangenschale in einem Tontopf bei 180 Grad 5 Stunden schmoren und dann servieren.

Jacques Pistoux erinnert sich an einige baskische Gerichte, die sowohl in Frankreich wie auch in Spanien gekocht werden:

⌁ HUHN UND PAPRIKA ⌁

finden in der baskischen Küche zusammen. – – Man teilt
ein Huhn in acht Stücke, brät es an und gibt, nachdem
man das Fleisch herausgenommen hat, 2 feingehackte
Zwiebeln und 3 feingehackte Knoblauchzehen in die
Pfanne. – – Kurz darauf werden 4 kleingeschnittene
Paprikaschoten, eine feingehackte Chilischote und 150 g
gewürfelter luftgetrockneter Schinken dazugegeben und
angebräunt. – – Dann kommen die Hühnchenteile
wieder dazu, ein Glas Weißwein wird angegossen, 500 g
gehäutete, entkernte und feingehackte Tomaten
untergerührt. – – Pfeffer und Salz darüber, Deckel drauf
und 45 Minuten schmoren.

⌁ PIPERADE ⌁

Zwei rote und zwei grüne Paprikaschoten werden unterm
Grill schwarz geröstet, dann kann die dünne Haut
abgezogen werden. – – Anschließend werden sie entkernt.
– – Außerdem muß 1 kg Tomaten gehäutet und entkernt
werden. – – Die Paprika werden in Streifen geschnitten
und mit 2 gehackten Zwiebeln, 2 zerdrückten
Knoblauchzehen, einer feingehackten Chilischote kurz in
Olivenöl geschmort. – – Dann kommen die Tomaten
sowie Pfeffer und Salz dazu. – – Alles wird 30 Minuten
geschmort. – – Dann werden 6 Eier verschlagen und
untergerührt, bis die Masse stockt. – – In einer zweiten
Pfanne werden 6 Scheiben luftgetrockneter Schinken
angebraten und auf die fertige Rühreimasse gelegt.

❧ FLAN CATALAN ❧

450 ml Milch werden mit 125 ml Sahne und einem
Eßlöffel Fenchelsamen aufgekocht. –– Vom Herd
nehmen und 1/2 Stunde ziehen lassen. ––
Währenddessen Samen einer Vanilleschote mit 80 g
Zucker vermischen und mit 3 Eigelb schaumig schlagen.
–– Geriebene Schalen von einer Zitrone und 1/2 Orange
dazugeben. –– Milch sieben und mit der
Ei-Zucker-Masse vermischen. –– In Porzellanförmchen
gießen und im Wasserbad bei 180 Grad etwa 30 Minuten
stocken lassen.

*Natürlich hat Pistoux auch schon von dem berühmten
Kartoffelomelette namens Tortilla gehört:*

❧ TORTILLA ❧

Das spanische Nationalgericht wird aus 500 g in Scheiben
geschnittenen Kartoffeln, einer gehackten Zwiebel, sechs
Eiern hergestellt. –– Zuerst werden die Kartoffeln und
die Zwiebel in Olivenöl weich gedünstet und gesalzen. ––
Dann wird das Rührei darübergegeben. –– Die Masse
braucht bei kleiner Hitze knapp eine halbe Stunde zum
Stocken. –– Dann wird das Omelette auf einen Teller
gestürzt. –– Wieder kommt Olivenöl in die Pfanne, und
nun wird die Tortilla auf der anderen Seite kurz
fertiggebraten.

«Ich esse für mein Leben gern Sardinen. Und
mein Lieblingsdessert ist der Far breton», erklärt
Gabin Kerbrac, der bretonische Kapitän des
Kreuzfahrtdampfers «Pluto», dem neuen
Besatzungsmitglied:

∿ SARDINEN ∾

müssen nicht unbedingt gegrillt werden, es geht auch
raffinierter, zum Beispiel mit Spinat: ein Pfund Sardinen
werden geschuppt, ausgenommen und entgrätet; 1 kg
Spinat wird kurz gegart und mit einer Mischung aus 1 Ei
und geriebenem Parmesan vermischt. –– Die Mischung
kommt in eine mit Olivenöl beträufelte Backform, darauf
die aufgeklappten Sardinenfilets, die mit Salz, Pfeffer,
Thymian sowie Semmelbröseln und Parmesan bestreut
werden. –– Das Sardinen-Spinat-Gratin wird bei 225
Grad im Ofen eine Viertelstunde gebacken.

∿ FAR BRETON ∾

wird aus 350 g eingeweichten Backpflaumen und einem
Teig aus 1/2 l Milch, 3 Eiern, 125 g Zucker und 75 g Mehl
hergestellt, der in einer gebutterten Form bei 200 Grad im
Backofen 45 Minuten gebacken und dann in Stücke
geschnitten warm als Nachtisch verzehrt wird.

Zurück in Ohio, wird Irvine Powell Gäste einladen,
um ihnen von den Abenteuern in Europa zu berichten.
Sein Sekretär Dillion muß aus diesem Anlaß ein

provenzalisches Menü im Stil von Jacques Pistoux
zusammenstellen:

◠ SOUPE AUX MOULES ◠

1 kg Miesmuscheln werden mit Kräutern der Provence in
Weißwein gedämpft, aus den Schalen gelöst und in den
Sud gelegt. –– Eine Zwiebel und eine Porreestange
werden feingehackt und in Olivenöl angedünstet. ––
3 enthäutete, entkernte Tomaten werden hinzugegeben,
ebenso eine Messerspitze Safran und 2–3 Stengel
Fenchelkraut. –– Mit 1 l Wasser aufgießen und 20
Minuten köcheln lassen. –– Salzen. –– 4 Eigelb, etwas
Olivenöl und Pfeffer mit dem Muschelsud vermengen, in
die Suppe rühren und erhitzen, aber nicht mehr kochen.
–– Muscheln dazugeben. –– Mit Knoblauchbrot
servieren.

◠ PÂTES AUX HERBES ◠

Für diese Kräuternudeln benötigen Sie frische Kräuter
und Salate (Löwenzahn, Portulak, Basilikum, Majoran,
Rucola, Sauerampfer, Petersilie etc.) die mit Mangold
oder Spinat vermischt werden. –– Für 500 g Teig genügen
etwa 150 g Füllung. –– Der Nudelteig wird aus 250 g
Mehl und 2 Eiern gemischt, dann werden die
feingehackten Kräuter und anschließend 150 g Mehl
langsam eingearbeitet. –– Dann wird der Teig ausgerollt,
in Quadrate geschnitten, die ca. 6 Minuten in
sprudelndem Wasser gegart und mit Butter, Parmesan
und frischen Pfeffer serviert werden.

⁓ Beefsteak mit Oliven ⁓

Das Steak von beiden Seiten in Olivenöl anbraten (zwei
bis fünf Minuten, je nach Vorliebe). –– Öl weggießen,
Fond mit Weißwein ablöschen, einkochen. –– Entkernte,
in dünne Scheiben geschnittene, blanchierte schwarze
oder grüne Oliven dazugeben, kalte Butter einrühren. ––
Eventuell kann die Sauce auch noch mit Thymian
aromatisiert werden.

⁓ Crème de Citron mit Rotweinfrüchten ⁓

Sie benötigen eine Schüssel mit zerstoßenem Eis. ––
Vermengen Sie 125 g Zucker mit 1 Teelöffel Maisstärke.
–– Kochen Sie einen halben Liter Milch mit 3 Streifen
Zitronenschale auf. –– Verschlagen Sie 6 Eigelb mit der
Zuckermischung. –– Nehmen Sie die Zitronenschale aus
der Milch, und rühren Sie die Milch unter den Eischaum.
–– Masse bei milder Hitze dick kochen, vom Herd
nehmen und Topf auf das Eis setzen. –– Kalt rühren. ––
Die Früchte in Rotwein mit Zucker und Zimt eine halbe
bis eine Stunde simmern lassen. –– Danach die Sauce
reduzieren und über die Früchte geben. –– Zusammen
mit der Crème servieren.

*Das erste Abendessen auf der ‹Pluto› ist
Pistoux ganz gut geglückt:*

✧ Daube Provençale ✧

Man zerreibt grobes Salz, einige Knoblauchzehen,
Kräuter der Provence im Mörser zu einer Paste und
vermengt sie mit 125 g Speckstreifen, mit denen
anschließend 2 kg große Rindfleischstücke gespickt
werden. –– Anschließend wird das Fleisch mit Olivenöl
und Rotwein einige Stunden mariniert. –– Inzwischen
halbiert man einen Schweinefuß und blanchiert ihn
zusammen mit 125 g zerschnittener Schweineschwarte
und ebensoviel durchwachsenem Speck. –– Das ganze
mit 2 gehackten Karotten, 2 gehackten Zwiebeln, drei
zerdrückten Knoblauchzehen, 500 g enthäuteten,
entkernten und gehackten Tomaten sowie 100 g Oliven
vermengen. –– Alle Zutaten vermischen und mit einem
Bouquet garni in einem Tontopf geben. –– Mit der
Marinade und einem Glas Marc de Provence bedecken,
wenn nötig, Wasser dazugießen. –– Sechs Stunden bei
mäßiger Hitze im Ofen garen.

*« Die Genüsse der Liebe erhöhen den Durst », liest
Dillion in seiner kulinarischen Bibel und denkt über
das spanische Mittagsmenü nach:*

✧ Kichererbsen in Vinaigrette ✧

Über Nacht 400 g Kichererbsen einweichen, dann eine
Stunde gar kochen. –– Aus einem Eigelb, 2 Eßlöffeln
Essig und etwas Garflüssigkeit eine Marinade rühren,
1 feingewürfelte Tomate, 1 feingehackte Zwiebel,
1 zerdrückte Knoblauchzehe, 1 Eßlöffel gehackte Petersilie

231

und 2 Eßlöffel kleine Kapern dazugeben, salzen und pfeffern. – – Die warmen Kichererbsen mit der Marinade vermischen und servieren.

⤳ Schinken in Tomatensauce ↝

In Scheiben geschnittenen luftgetrockneten Schinken und Knoblauchscheiben in Olivenöl anbraten, herausnehmen und im Bratensatz feingehackte Tomaten garen, die dann mit Wasser abgelöscht und mit Pfeffer gewürzt werden. – – Den Knoblauch-Schinken in einen Topf geben, Tomatensauce darübergießen und weitere Schinkenscheiben darauf legen. – – 10 Minuten leicht kochen. – – Mit Streifen gedünsteter roter Paprika und gehackter Petersilie bestreut servieren.

Auf der Terrasse eines Cafés in Barcelona erholt sich die amerikanische Reisegruppe von den Aufregungen der Seereise und verspeist ein üppiges spanisches Menü:

⤳ Klippfischpüree ↝

Einen Tag lang eingeweichten Klippfisch (500 g) in reichlich Wasser garziehen lassen, Haut und Gräten entfernen. – – 2 Knoblauchzehen mit grobem Salz im Mörser zerreiben. – – Klippfisch zerpflücken und nach und nach dazugeben und pürieren. – – 400 g Kartoffeln kochen, pürieren und einarbeiten. – – Mit 100 ml Olivenöl glattrühren und mit Salz, Pfeffer und Zitronensaft würzen.

❧ HUHN MIT HUMMER ❧

Hummer in siedendem Wasser töten, dann 20 Minuten
garen. –– Fleisch auslösen und in große Stücke
schneiden. –– Hühnchen in 8 Stücke teilen, mit Salz,
Pfeffer und Zimt würzen und in Olivenöl anbraten. ––
200 g gehackte Zwiebeln dazugeben, weich dünsten und
mit Mehl bestäuben. –– 500 g feingehackte Tomaten,
Bouquet garni aus Lorbeer, Thymian, Oregano, Petersilie
und Lauch) dazugeben, außerdem 0,2 l Hühnerbrühe, ein
Glas Rotwein und ein kleines Gläschen Pastis. ––
20 Minuten köcheln lassen. –– Inzwischen
3 Knoblauchzehen, eine Prise Safran, 50 g Haselnüsse und
Mandeln sowie 30 g Bitterschokolade im Mörser pürieren
und schließlich zu dem Huhn geben, ebenso die
Hummerteile. –– Noch eine Viertelstunde zusammen
garen.

❧ SPINAT MIT ROSINEN UND PINIENKERNEN ❧

1 kg Spinat 5 Minuten dämpfen, abtropfen lassen und
ausdrücken. –– Jeweils 50 g Rosinen, Pinienkerne und
Schinkenwürfel mit zwei zerdrückten Knoblauchzehen in
Olivenöl anbraten. –– Spinat dazugeben, salzen und
pfeffern und fünf Minuten braten.

❧ KARAMEL-FLAN ❧

100 g Zucker und 2 Eßlöffel Wasser in einem Topf
karamelisieren und den Karamel auf 4 Portionsförmchen
verteilen. –– 6 Eigelb, 350 ml Milch und 4 Eßlöffel
Zucker vermengen, in die Förmchen gießen und

40 Minuten bei 180 Grad im Wasserbad garen. ——
Erkalten lassen und vor dem Servieren stürzen.

Jacques Pistoux ist erstaunt über das Talent seiner
spanischen Kollegin Miranda, aus beliebigen Zutaten
ein interessantes Gericht zu machen, ohne auch nur
eine Sekunde über das Rezept nachdenken zu müssen:

∻ PAPRIKASALAT ∻

4 rote Paprikaschoten im Backofen bei großer Hitze
schwarz rösten, dann häuten und in Streifen schneiden.
—— 150 ml Olivenöl, 2 Eßlöffel Rotweinessig, 6 zerdrückte
Knoblauchzehen mit Salz und Pfeffer verrühren. —— Die
Vinaigrette über die Paprika gießen, zwei Stunden ziehen
lassen.

∻ WACHTELN ∻

kann man mit Reis zubereiten: In einem Schmortopf
werden 6 Knoblauchzehen, 1/2 Hühnchen, 5 Wachteln,
150 g gewürfelter Serranoschinken, 150 g Chorizoscheiben
und 100 g Speck angebraten. —— 10 gehackte Schalotten
dazugeben, Salz, Pfeffer und 0,25 l Wasser. —— 10 Minuten
köcheln lassen, Reis sowie 1 l Wasser dazugeben und
20 Minuten garen.

❧ LAMMFLEISCH MIT ZITRONE ❧

1 kg Lammfleisch in Würfel schneiden und anbraten,
2 gehackte Zwiebeln und 4 zerdrückte Knoblauchzehen
hinzufügen, ebenso Salz, groben Pfeffer, süßes
Paprikapulver, den Saft einer Zitrone und 2 Eßlöffel
gehackte Petersilie. — Eine halbe Stunde garen, fertig.

❧ ORANGEN UND THUNFISCH ❧

Thunfischfilet garen, zerteilen und mit Orangenscheiben,
Frühlingszwiebeln und Oliven vermengen, mit Olivenöl
beträufeln. — Vinaigrette mit Essig, Knoblauch,
scharfem Paprikapulver und Salz rühren, über den Salat
geben. — Mit gehackten, hartgekochten Eiern bestreuen
und servieren.

❧ WEISSKOHL UND KARTOFFELN ❧

Weißkohl in Salzwasser blanchieren und in dünne
Streifen schneiden. — 2 in Scheiben geschnittene
Knoblauchzehen und 2 gehackte Zwiebeln in Olivenöl
andünsten, 50 g in Scheiben geschnittenen Chorizo und
den Kohl dazugeben, dann 1 l Rinderbrühe angießen,
200 g kleingewürfelte Kartoffeln und Salz und Pfeffer
hinzufügen. — 30 Minuten kochen.

❧ SEETEUFEL UND MANDELN ❧

2 Eßlöffel Semmelbrösel mit 1 zerdrückten
Knoblauchzehe, 1 Eßlöffel gehackter Petersilie und 50 g
gemahlenen Mandeln in 1 Eßlöffel Olivenöl rösten. —

Mit 1 Messerspitze Safran und 2 Eßlöffel Wasser im Mörser zu einer Paste verarbeiten. –– 1 feingehackte Zwiebel in Olivenöl dünsten, 500 g feingehackte Tomaten hinzufügen, 5 Minuten braten, dann die Mandelpaste dazugeben, salzen und pfeffern. –– 800 g in Scheiben geschnittenen Seeteufel kurz anbraten, in eine feuerfeste Form geben, die Sauce darübergießen und im Ofen bei 200 Grad 10 Minuten backen.

∾ REIS UND HONIG ∾

200 g Rundkornreis zusammen mit 1 Teelöffel Salz in 1 l Wasser zum Kochen bringen und bei milder Hitze 1 Stunde garen. –– 250 g Honig in einem Topf karamelisieren, geriebene Schale einer halben Zitrone sowie 1 Teelöffel Zimt und 1 Messerspitze Safran unterrühren und dann den Honig zum Reis geben. –– Noch 5 Minuten kochen, dann abkühlen lassen.

Weil sie eine Flaschenpost abschicken will, läßt Mary Lamb sich von Miranda eine Weinflasche mit Korken geben und bekommt bei dieser Gelegenheit noch ein Stück Kuchen geschenkt:

∾ PINIENKERNKUCHEN ∾

150 ml feines Sonnenblumenkernöl mit der geriebenen Schale einer Zitrone in einem Topf erhitzen, dann abkühlen lassen. –– 3 Eigelb und 150 g Zucker verschlagen. –– Öl mit Zitronenschale, 150 ml Milch und

1 Teelöffel Vanillezucker verrühren und darunter-
mischen. –– 3 Eiweiß mit etwas Salz steif schlagen, unter
den Teig heben. –– Den Teig in eine gebutterte Form
geben, 15 Minuten backen, 50 g Pinienkerne und
Hagelzucker darüberstreuen, weitere 20 Minuten
fertigbacken.

*In Barcelona haben Jacques Pistoux und
Miranda die Gelegenheit, frischen Fisch einzukaufen,
das schlägt sich in dem Speiseplan nieder:*

~ GALIZISCHER TINTENFISCH ~

1 kg Tintenfisch in kochendem Wasser 45 Minuten
weich kochen. –– Im Sud abkühlen lassen. –– 175 ml
Olivenöl mit 3 zerdrückten Knoblauchzehen und
1 Eßlöffel Paprikapulver verrühren. –– Tintenfisch
zerschneiden und mit der Sauce vermischen.

~ GEFÜLLTE SARDINEN ~

24 Sardinen ausnehmen, Kopf und Rückgrat entfernen.
–– 125 g Zwiebeln und 2 Knoblauchzehen feinhacken, in
Olivenöl weich dünsten, 100 g Semmelbrösel
unterrühren, ebenso 2 Eßlöffel gehackte Petersilie und
1 Ei, salzen und vom Herd nehmen. –– Mit der Mischung
die Fische in Mehl wälzen und in Olivenöl braten. ––
Sardinen in eine Kasserolle schichten, mit einem Glas
Weißwein übergießen und köcheln, bis der Wein
verdunstet ist. –– Heiß servieren.

«Miranda bereitete es großes Vergnügen, mir die
Gerichte ihrer spanischen Heimat zu zeigen», erzählt
Pistoux. Dies ist eine besonders sündhafte Süßspeise,
die angeblich von Nonnen erfunden wurde:

⌁ HIMMELSSPECK ⌁

Aus 80 g Zucker, 2 Eßlöffel Wasser und 1 Teelöffel
Zitronensaft Karamel herstellen und eine runde
Metallform damit ausgießen. –– 200 g Zucker, 350 ml
Wasser und die in Streifen geschnittene Schale einer
Zitrone zwanzig Minuten lang zu einem Sirup verkochen.
–– 10 Eigelb und 2 ganze Eier verrühren. –– Den Sirup
langsam in die Eimasse geben. –– Verrühren und Masse
in die Form geben. –– Im Wasserbad bei 180 Grad
40 Minuten stocken lassen. –– Nach Erkalten stürzen
und in Portionen schneiden.

Pistoux befiehlt seiner Kollegin, ein französisches Menü
zu kochen. Es kommt zum Streit: «Sie fluchte auf
spanisch. Es klang wie das Fauchen einer Wildkatze»:

⌁ PÜRIERTE ERBSENSUPPE ⌁

500 g frische Erbsen mit Suppengrün in 1 Liter Wasser
garen, durch ein Sieb passieren und mit 1 Liter kochender
Milch verrühren, salzen und pfeffern, 50 g Butter
einrühren und sofort servieren.

∵ THUNFISCH IN CHARTREUSE ∾

800 g Thunfisch blanchieren. –– 1 Zwiebel mit
4 Sardellenfilets in Olivenöl anschmoren, in Scheiben
geschnittene Karotte hinzufügen, dann den Thunfisch
daraufsetzen und 5 Minuen sautieren. –– 4 Salatherzen
und eine Handvoll Sauerampfer hinzufügen, kurz
dünsten, dann mit einem Glas Weißwein ablöschen und
10 Minuten simmern lassen.

∵ ERDBEER∗TARTELETTES ∾

Aus gesüßtem Knetteig in Förmchen kleine
Tartelette-Böden backen, auskühlen lassen, frische
Erdbeeren daraufsetzen. –– Eine zweite Menge Erdbeeren
pürieren und mit dem gleichen Anteil rotem
Johannisbeergelee und reichlich Puderzucker zu einem
flüssigen Gelee verkochen und über die Erdbeeren auf
den Tartelettes gießen. –– Kalt werden lassen, mit
Puderzucker bestreuen.

*Miranda rebelliert gegen ihren Chef und versteift
sich auf extra scharfe spanische Kost:*

∵ GAZPACHO ∾

2 Knoblauchzehen mit grobem Meersalz in einem großen
Mörser zerreiben. –– 2 feingehackte Paprikaschoten und
1/2 Gurke unterarbeiten, ebenso 500 g feingehackte
Tomaten. –– 5 Eßlöffel Olivenöl langsam zugießen, dann
2 Eßlöffel Rotweinessig und 1 l Wasser einrühren, durch

ein Sieb passieren und kühlen. — — Mit einer Garnitur aus kleinen Paprika-, Tomaten-, Gurkenwürfeln und gerösteten Croûtons servieren.

⤙ TXANGURRO ⤚

Für gefüllte Krebse auf baskische Art brauchen Sie 4 ganze Taschenkrebse, die 15 Minuten gekocht und dann sofort in kaltes Wasser getaucht werden. — — Dann wird das Krebsfleisch ausgelöst und gehackt und die Schalen mit Olivenöl eingepinselt. — — In einer Pfanne werden drei Zwiebeln und zwei Knoblauchzehen, beides feingehackt, angedünstet, mit 60 ml Sherry und 40 ml Cognac abgelöscht, dann kommen 300 g feingehackte Tomaten dazu, 2 Eßlöffel feingehackte Petersilie, und alles wird zu einer dicken Sauce eingekocht. — — Krebsfleisch und Cayennepfeffer zugeben, drei Minuten köcheln lassen, danach die Füllung in die Krebspanzer geben und im Ofen bei 200 Grad 10 Minuten backen.

Zum Frühstück essen die Amerikaner frisch gebackene Croissants à la française, aber auch Eier und Speck. Irvine Powell pflegt schon morgens ein riesiges Entrecôte zu sich zu nehmen:

⤙ CROISSANTS ⤚

Aus 500 g Mehl, 250 ml Milch und 40 g Hefe, 20 g Zucker, 2 Eiern, und einer Prise Salz einen Hefeteig anfertigen und zu einem dicken Viereck ausrollen. — — Ein Stück Butter

(250 g) auf den Teig legen und die Teigecken darüberklappen. –– Teig zu einem Rechteck ausrollen, dann dreifach übereinanderklappen, Vorgang wiederholen. –– Den Teig eine Viertelstunde ruhen lassen. –– Den Teig dünn ausrollen, in Dreiecke schneiden, diese aufrollen und zu Hörnchen biegen. –– 30 Minuten gehen lassen und 20 Minuten bei 200 Grad backen.

⌇ Eier und Speck ⌇

Durchwachsenen Speck in dünne Streifen schneiden und scharf anbraten. –– Beiseite stellen. –– In der gleichen Pfanne halbierte Tomaten braten. –– In einer zweiten Pfanne Spiegeleier braten. –– Eier mit Speckstreifen belegen, Tomaten danebensetzen und wahlweise Toast, geröstetes Landbrot oder Schwarzbrot dazu reichen.

⌇ Entrecôte Bordelaise ⌇

Auch wenn der Amerikaner sein Steak nach dem Braten direkt aus der Pfanne auf den Teller nimmt, empfiehlt es sich, das Fleisch mit einer feinen Sauce zu servieren: Zunächst das Zwischenrippenstück in sehr heißem Öl braten (zwei Minuten von jeder Seite – blutig, fünf Minuten von jeder Seite – medium), dann warmstellen. –– Fett aus der Pfanne gießen, eine feingehackte Schalotte darin andünsten, zerriebenen Thymian darüberwerfen, mit Rotwein ablöschen. –– Fleischfond angießen, aufkochen, reduzieren. –– Sauce durch ein Sieb passieren, mit kalter Butter verrühren und über das Fleisch geben. –– Dazu passen Kartoffelgratin und karamelisierte gelbe und weiße Rübchen.

«*Sie sind ein schlechter Detektiv*», stellt Miranda fest. *Pistoux verspricht ihr mehr Unterstützung bei ihrer Arbeit, und sie schlägt folgendes Mittagsmenü vor:*

⌁ Escalivada ⌁

4 rote Paprikaschoten und 2 Auberginen im Ofen rösten, dann eine Viertelstunde abgedeckt ruhen lassen. –– Haut abziehen und das Gemüse in Streifen schneiden. –– 2 zerdrückte Knoblauchzehen und 100 ml Olivenöl vermischen und über das Gemüse geben. –– Mit Salz, Pfeffer und Zitronensaft würzen und mindestens 1 Stunde durchziehen lassen.

⌁ Leoneser Lammeintopf ⌁

1 feingehackte Zwiebel und 1 zerdrückte Knoblauchzehe in Olivenöl andünsten, 500 g gewürfeltes Lammfleisch dazugeben und anbräunen. –– 250 g Kartoffeln, 150 g Karotten, 100 g grüne Bohnen und 100 g frische Erbsen dazugeben und einige Minuten mitgaren lassen. –– Semmelbrösel darüberstreuen, umrühren, 350 ml Fleischbrühe angießen, salzen, pfeffern und zum Kochen bringen. –– Dann 1/2 Stunde köcheln lassen, fertig.

⌁ Pinienkern-Kroketten ⌁

250 g Zucker mit dem Saft einer halben Zitrone karamelisieren, die feingeriebene Zitronenschale, 250 g Pinienkerne und 150 g gemahlene Mandeln unterrühren. –– Masse auf Backblech etwas abkühlen lassen und dann mit nassen Händen Kugeln formen.

« Und heute abend gibt es Fisch »,
legt Pistoux fest und stellt ein
klassisches französisches Menü zusammen:

⌁ TAPIOCA⸱SUPPE ⌁

Kochen Sie aus 500 g magerem Rindfleisch, einem Bund
Suppengrün sowie zwei Knoblauchzehen mit 1 1/4 Liter
Wasser eine klare Suppe. –– Anschließend geben Sie 4–5
Eßlöffel Tapioca dazu und lassen die Suppe 5 Minuten
kochen. –– Dann binden Sie die Suppe mit einer
Mischung aus 4 Eigelb und etwas Sahne oder Milch und
würzen mit Salz, Pfeffer und Muskat.

⌁ GLATTBUTT IN NANTUA⸱SAUCE ⌁

Glattbutt filetieren, salzen, in einen Topf legen und mit
Milch überziehen. –– Aufkochen, bis die Milch an den
Rändern des Fischs Blasen bildet. –– Vom Feuer ziehen
und 15 Minuten ziehen lassen. –– Für die Sauce werden
500 g Krebse in kochendem Wasser 2 Minuten gegart,
dann das Schwanzfleisch ausgelöst und beiseite gestellt.
–– Die Karkassen im Mörser fein mahlen und in 200 g
Butter einarbeiten. –– In einem Topf erhitzen, klären und
ein Glas Wasser unterrühren. –– Erstarren lassen. ––
Anschließend 1 Eßlöffel Butter mit 0,1 Liter Milch
erhitzen, 2 Eigelb und die Krebsbutter in kleinen Stücken
einrühren, zum Schluß die Krebsschwänze dazugeben,
mit Salz und Cayennepfeffer abschmecken und den Fisch
mit der Sauce überziehen.

◡ POUDING DE CABINET ◡

1/2 Liter Milch mit einem Teelöffel Orangenwasser
aromatisieren und mit 150 g Zucker erhitzen und 4 Eiern
verrühren. – – Eine Timbale-Form buttern, auf den
Boden Früchte-Confit geben. – – Form mit
Biskuitzungen auskleiden. – – Zerbröckelte Biskuits mit
Früchte-Confit mischen und in die Form geben, bis sie
gefüllt ist. – – Milch-Ei-Masse einfüllen. – – Im
Wasserbad stocken lassen, stürzen und mit
Aprikosenkonfitüre übergießen.

*Doch bald schon kommt es wieder zum Streit, als
Pistoux die Küche verläßt, um sich seiner Tätigkeit als
Detektiv zu widmen:*

◡ ARTISCHOCKENGEMÜSE ◡

500 g junge Zwiebeln und 2 Knoblauchzehen hacken und
in Olivenöl weich dünsten. – – 500 g feingehackte
Tomaten hinzufügen, kurz mitdünsten, dann mit Wein
ablöschen, salzen und pfeffern. – – 6 Artischockenherzen,
500 g junge Kartoffeln und Zitronensaft hinzugeben und
eine Viertelstunde köcheln lassen.

◡ KLIPPFISCH IN ROTER SAUCE ◡

Klippfisch einen Tag einweichen. – – Ein Dutzend rote,
getrocknete Paprikaschoten 1 Stunde einweichen. – – In
einer Pfanne mit Olivenöl 750 g Zwiebeln,
4 Knoblauchzehen und 1 Bund Petersilie (alles

feingehackt) dünsten, dann 1 Stunde köcheln lassen,
anschließend pürieren. –– Paprikaschoten häuten und
dazugeben. –– 2 hartgekochte Eidotter und 150 ml
Fischfond verrühren. –– Alle Zutaten mischen und
pürieren. –– 75 g Brotkrumen und eine zerstoßene
Chilischote zugeben, salzen, pfeffern, eine halbe Stunde
köcheln lassen. –– Klippfisch kochen, filetieren. –– Eine
Tonform mit der Hälfte der Sauce füllen, Klippfisch
darauflegen, restliche Sauce darübergießen und eine
Viertelstunde im Ofen backen.

∿ GEBRATENER PUDDING ∾

1/2 l Milch, 2 Eßlöffel Mehl, 3 Eßlöffel Maisstärke, 1
Eßlöffel Butter, 4 Eßlöffel Zucker, Schale einer Zitrone
und eine Zimtstange bei niedriger Hitze zu einer dicken
Masse einkochen. –– Zimt und Zitrone entfernen und
4 Eigelb unterrühren. –– In Porzellanform füllen und
abkühlen lassen. –– Pudding in Stücke schneiden, in
Mehl wenden und in Öl braten. –– Mit Zucker und Zimt
bestäuben.

«Hm, sehr rustikal», murmelt Dillion, als Miranda
ihm die Speisenfolge für den Abend erklärt:

∿ KNOBLAUCHSUPPE ∾

6 in Scheiben geschnittene Knoblauchzehen und 50 g in
Streifen geschnittenen luftgetrockneten Schinken in
Olivenöl anbraten. –– Würfel von 3 Scheiben

Roggenbrot dazugeben, mit Paprikapulver bestäuben, dann mit 1 l Fleischbrühe ablöschen. –– 10 Minuten köcheln lassen. –– Topf vom Herd nehmen und 4 verschlagene Eier einrühren.

ᴥ Bohnen mit Wurst und Schinken ᴤ

1 feingehackte Zwiebel und 2 in Scheiben geschnittene Knoblauchzehen in Olivenöl andünsten. –– 150 g Paprikawurst und 100 g luftgetrockneten Schinken dazugeben, 2 Minuten braten. –– 500 g frische dicke Bohnen, 200 g Karotten, 300 g Kartoffeln und 1 Teelöffel Paprikapulver dazugeben, salzen, pfeffern. –– Mit kaltem Wasser aufgießen und 1 Stunde köcheln lassen.

ᴥ Mandelseufzer ᴤ

Eiweiß von 3 Eiern schlagen, mit Zucker vermischen und 150 g geschälte, geröstete und gehackte Mandeln unterheben. –– Mandelmasse auf ca. 40 Oblaten verteilen. –– 30 Minuten bei 150 Grad backen. –– Auskühlen lassen.

Nachdem Jacques Pistoux seine Ermittlungen abgeschlossen hat, lädt er alle Beteiligten zu einem letzten großen Diner in die Offiziersmesse ein, um die Täter zu überführen:

❧ Aioli Garni ❧

Für die Knoblauchmayonnaise nehmen Sie pro Person
zwei Knoblauchzehen und ein Eigelb sowie 40 ml
Olivenöl. –– Sie können auch auf das Eigelb verzichten,
dann nehmen Sie gleich eine ganze Knoblauchknolle zum
Olivenöl und sonst nichts, wie es in alten Zeiten gemacht
wurde. –– Zuerst werden die Knoblauchzehen mit
grobem Meersalz im Mörser zerrieben, dann das Ei
dazugeben (oder auch nicht), und anschließend wird das
Öl in einem dünnen Strahl dazugegossen und
eingearbeitet. –– Dazu gibt es pochierten Stockfisch,
Schnecken, Tintenfisch und viel Gemüse (Artischocken,
Karotten, Kartoffeln, Bohnen usw.) sowie hartgekochte
Eier.

❧ Kabeljau à la Crème ❧

Kabeljau filetieren. –– Aus einem Kilo Kartoffeln mit
etwas Milch, Butter und 1 bis 2 Eiern ein zähes Püree
zubereiten. –– Die Hälfte des Pürees in eine Gratinform
geben, die Fischfilets darauflegen und mit einer
Béchamelsauce nappieren. –– Den Fisch mit dem Rest
des Pürees bedecken und im Ofen bei 200 Grad eine
halbe Stunde backen.

❧ Kaninchenpäckchen ❧

Tomatenpüree aus feingehackten Tomaten, Olivenöl, Salz
und Pfeffer bereiten. –– Kaninchen in 8 Stücke teilen. ––
Die Stücke mit Thymian und Knoblauchscheiben
belegen und mit Streifen von durchwachsenem Speck

einwickeln. –– Tomatenpüree in eine Tonform geben, Kaninchen daraufsetzen und bei 200 Grad $1/2$ Stunde backen, wenden und noch mal $1/2$ Stunde backen.

⤙ MANDELPASTETE ⤚

250 g enthäutete Mandeln im Mörser zermahlen und mit 250 g Zucker vermengen. –– 6 Eier einarbeiten, dann 150 g Butter untermengen. –– Mit Orangenwasser aromatisieren. –– Masse in einen Blätterteig füllen und bei 200 Grad etwa 30 Minuten backen, nach der Hälfte der Backzeit Teig mit einem Eigelb bestreichen, damit er goldbraun wird.

Im Fieberwahn imaginiert Jacques Pistoux ein rustikales Menü, das ihm sein Freund Auguste Escoffier als Traumgestalt serviert:

⤙ OEUFS POCHÉS SOUBISE ⤚

Eier in kochendes Wasser schlagen und kurz pochieren. –– Dann in einem Topf 50 g Butter heiß werden lassen, einen Eßlöffel Mehl darüberstreuen und wenn es braun wird mit 0,3 Liter Kalbsfond ablöschen. –– Mit Salz, Pfeffer und Muskatnuß würzen und zusammen mit einem Bouquet garni eine halbe Stunde köcheln lassen. –– Zwei Eßlöffel sehr fein gehackte oder pürierte Zwiebeln einarbeiten, einkochen, bis alles sich verbunden hat, und mit den pochierten Eiern servieren.

⁓ Gegrillte Makrelen mit Beurre d'Anchois ⁓

Die Makrelen mit Olivenöl bestreichen, innen und außen pfeffern und salzen und auf einem nicht zu heißen Grill einige Minuten garen. –– Sardellenfilets durch ein Sieb passieren und mit weicher Butter verkneten. –– Eventuell mit Salz und Pfeffer würzen. –– Den gegrillten Fisch mit der geschmolzenen Butter überziehen und servieren.

⁓ Hammelnieren mit Chicorée ⁓

Die Hammelnieren in Scheiben schneiden und in einer Pfanne kurz in Butter braten. –– Mit einem Schaumlöffel herausnehmen und beiseite stellen. –– Zwei feingehackte Schalotten in die Pfanne geben, glasig dünsten, zwei Eßlöffel Tomatenwürfel dazugeben und mit einem Glas Weißwein ablöschen. –– Ein halbes Glas kräftigen Fleischfond dazugießen, Sauce reduzieren, mit Salz und Pfeffer würzen und die Nieren damit überziehen. –– Dazu gibt es Chicorées, die im Ganzen im Ofen bei 200 Grad mit viel salziger Butter und etwas Zucker karamelisiert wurden.

⁓ Aprikosen‑Reis‑Dessert ⁓

200 g Milchreis kochen und kurz vor Ende der Garzeit 50 g Butter, 100 g Zucker und etwas Vanille einrühren. –– 500 g Aprikosen entkernen, vierteln und in $1/2$ Liter Zuckerwasser kurz aufkochen. –– Aprikosen herausnehmen, Sirup einkochen und mit

Aprikosenkonfitüre vermischen, eventuell mit Rum verfeinern. –– Reis mit den Aprikosen umlegen und mit dem Sirup überziehen.

«Wer auf die Zurüstungen zu einer Reise in die pyrenäische Halbinsel einige Tage zu verwenden hat, der versäume nicht, sich die eigentümlichen Leckerbissen dieses Landes des Wohllebens vorsetzen zu lassen.»
(Karl Friedrich von Rumohr)

Über die Autorin : Virginia Doyle, Mitte 30, ist das Pseudonym einer mehrfach ausgezeichneten Krimiautorin. Sie lebt nach einer Lehrzeit in einem Hotel an der Côte d'Azur und einer Ausbildung zur Sommelière in einem Londoner Restaurant mittlerweile in Maidstone (Grafschaft Kent), wo sie sich ganz dem Schreiben und der Corgi-Zucht hingibt.

«Kreuzfahrt ohne Wiederkehr» ist ihr zweiter Roman um den Meisterkoch und Amateurdetektiv Jacques Pistoux.

Serientäter

Kenneth Abel
Köder am Haken
(thriller 43245)

Die Mauer des Schweigens
(thriller 43276)

Meschugge *Der Roman zum Film von Dani Levy und Maria Schrader*
(thriller 43363)
In der Kleinstadt Hameln brennt eine Schokoladenfabrik ab. Brandstiftung. Der jüdische Eigentümer entkommt knapp dem Tod. – New York City. Die Mutter von David Fish, hat in der Zeitung das Bild des Schokoladenfabrikanten gesehen und ihren todgeglaubten Vater erkannt. Kurz darauf wird sie ermordet ...

John Baker
Ins offene Messer
(thriller 43259)

Tiefschlag
(thriller 43307)
Die Bodybuilder Ben und Gog entführen arglose Kinder, die ein trauriges Schicksal erwartet. Sam Turner – seit elf Monaten trocken und genauso lange Privatdetektiv – kann der Sippe das Handwerk legen. Leider hat er dabei die Rechnung ohne die Mafia gemacht ...

Voll erwischt
(thriller 43260)
«Ein hinreißendes und lustiges Märchen.»
Times Literary Supplement

Robert Crais
Falsches Spiel in L.A.
(thriller 43299)
Susan Martin war der gesellschaftliche Mittelpunkt in L. A. und die Frau des Topmanagers «Teddy». Sie wurde brutal mit einem Hammer erschlagen, und das Motiv scheint glasklar: Susan wollte sich scheidenlassen ...

Im freien Fall
(thriller 43309)

Kidnapping
(thriller 43301)

Die Rache der Samurai
(thriller 43302)

Schmutzige Geschäfte
(thriller 43310)

rororo thriller

rororo thriller werden herausgegeben von Bernd Jost. Ein Gesamtverzeichnis aller lieferbaren Titel finden Sie in der *Rowohlt Revue*. Vierteljährlich neu. Kostenlos in Ihrer Buchhandlung. Rowohlt im Internet:

«Da werden endlich wieder Geschichten erzählt, die so intelligent und spannend sind, die zum Zittern und Lachen bringen. Allererste Empfehlung: die subtil anarchistischen Polizeikomödien der beiden Hamburger Norbert Klugmann & Peter Mathews.»
Lui

KLUGMANN/ MATHEWS

thriller

Vorübergehend verstorben

rororo

Beule & Co
Beule oder Wie man einen Tresor knackt. Ein Kommissar für alle Fälle. Flieg, Adler Kühn
(thriller 43101)
Die Helden des Autorenduos scheinen auf den ersten Blick wenig perfekt. Sie haben Probleme mit Frauen, mit sich selbst und mit ihrer Kondition. Eigentlich sind sie ganz selten richtige Helden ...

Die Schädiger. Tote Hilfe
Zwei Krimikomödien
(thriller 43275)
«Witzig und spannend» (*Süddeutsche Zeitung*) ist der häufigste Kommentar zu diesen etwas anderen Krimis. Zwei Geschichten um den ewigen Loser Rochus Rose und die Jungs von der alternativen Tankstelle.

Vorübergehend verstorben
Roman
(thriller 43306)
Die Männer sind alle Verbrecher, ihr Herz ist ein finsteres Loch... Die Anwältin Luise Rubato fährt lieber in die Grube, als der Moral der Männer zu erliegen.

Norbert Klugmann
Treibschlag *Ein Fall für den Sportreporter*
(thriller 43238)

Zielschuß *Ein Fall für den Sportreporter*
(thriller 43241)

Doppelfehler *Ein Fall für den Sportreporter*
(thriller 43228)

Schweinebande
(thriller 43175)

Tour der Leiden *Best of Foul Play*
(rororo 43324)

«**Norbert Klugmann** legt ein wahnsinniges Tempo vor und ihm fließen mitunter Dialoge aus der Feder, gegen die hochgerühmte amerikanische Kollegen die reinsten Langweiler sind.» *Süddeutscher Rundfunk*

Ein Gesamtverzeichnis der Reihe *rororo thriller* finden Sie in der *Rowohlt Revue*. Vierteljährlich neu. Kostenlos in Ihrer Buchhandlung.

Philip Kerr

Philip Kerr wurde 1956 in Edinburgh geboren und lebt heute in London. Er hat den Ruf, einer der ideenreichsten und intelligentesten Thrillerautoren der Gegenwart zu sein. Für seinen Roman «Das Wittgensteinprogramm» erhielt er den Deutschen Krimi-Preis 1995, für seinen High-Tech Thriller «Game over» den Deutschen Krimi-Preis 1997.

«Philip Kerr schreibt die intelligentesten Thriller seit Jahren.» *Kirkus Review*

Das Wittgensteinprogramm
Ein Thriller
Deutsch von Peter Weber-Schäfer
416 Seiten. Gebunden
(Wunderlich Verlag und als rororo thriller 43229)

Gesetze der Gier
(rororo thriller 43133)
«Die überaus authentische Geschichte entwickelt sich zu einer Chandler-Version von Turgenjew: witzig, grimmig, kenntnisreich und präzise.» *Ruth Rendell*

Feuer in Berlin
(rororo thriller 43164)

Alte Freunde - neue Feinde *Ein Fall für Bernhard Gunther*
(rororo thriller 43163)

Im Sog der dunklen Mächte *Ein Fall für Bernhard Gunther*
(rororo thriller 43165)
«Ein kantiger, subversiver Held vor einem kraftvoll gestalteten geschichtlichen Hintergrund: Kerr liefert das Beste.» *Literary Review*

Game over *Thriller*
Deutsch von
Peter Weber-Schäfer
496 Seiten. Gebunden
Wunderlich und als rororo 22400
Ein High-Tech-Hochhaus in Los Angeles wird zur tödlichen Falle, als der Zentralcomputer plötzlich verrückt spielt. Mit dem ersten Toten beginnt für die Yu Corporation ein Alptraum.
«Brillant und sargschwarz.» *Wiener*

Esau *Thriller*
Deutsch von
Peter Weber-Schäfer
512 Seiten. Gebunden
Wunderlich und als Wunderlich Taschenbuch 26083

Der Plan *Thriller*
Deutsch von Cornelia Holfelder- von der Tann
416 Seiten. Gebunden.
Wunderlich

Rowohlt im Internet:
www.rowohlt.de

rororo thriller